Fille de profs, Sophie Chabanel se retrouve à HEC un peu par hasard. Elle est aujourd'hui formatrice-consultante en entreprise.

DU MÊME AUTEUR

Décompte
Albin Michel, 2006

Birgit Pécuchet n'est pas une sainte
Anne Carrière, 2008

La Griffe du chat
Seuil, 2018
et « Points Policier », n° P4958

Sophie Chabanel

LE BLUES DU CHAT

ROMAN

Éditions du Seuil

TEXTE INTÉGRAL

ISBN 978-2-7578-7844-6
(ISBN 978-2-02-141874-3, 1re publication)

Aux propriétaires de Scottie,
ils se reconnaîtront...

1

– Innocuité, ça prend un *n* ou deux *n* ?

– Deux, soupira la commissaire Romano en essayant pour la troisième fois de relancer le désembuage de la Clio.

Après s'être longuement tortillé sur son siège, Clément avait extirpé son smartphone de sa poche. De toute évidence, il avait décidé de se rendre utile – pas forcément une bonne nouvelle. Romano se serait bien passée de sa présence, mais c'est lui qui avait reçu l'appel annonçant la mort de François-Xavier Tourtier. Pour une fois qu'ils avaient droit à une célébrité, l'adjudant aurait été vexé comme un pou de ne pas en être.

– Innocuité asperge, ça charge.

– Si ça se trouve, le type a clamsé en avalant de travers, auquel cas, on se fout bien qu'il y ait eu de l'asperge sur son toast. Le médecin des pompiers semblait pencher pour une réaction anaphylactique mais j'entendais un mot sur deux. C'était peut-être juste une fausse route : il y a des tas de gens qui meurent comme ça.

– *Pour une conservation optimale, les asperges doivent être disposées dans du papier absorbant. Vous pouvez les mettre dans le bac du réfrigérateur si vous les consommez dans la semaine. Ne les lavez surtout pas, cela les fait mûrir plus vite.*

Le pare-brise était blanc de buée. Six jours déjà que des trombes incroyables tombaient du ciel : à croire que le dérèglement climatique avait importé la mousson dans la région lilloise. Romano ouvrit grand sa vitre, ralentit encore et s'accorda une respiration profonde. Sa sœur prétendait que ça la calmait, elle avait décidé d'essayer. Mais ses respirations abdominales ressemblaient beaucoup à des soupirs excédés. Ce truc n'était pas à faire en public.

– Si vous voulez, regardez les différents sites et dites-moi si vous voyez des choses intéressantes.

Dans l'idéal, elle aurait préféré faire plus direct, par exemple en demandant à Clément de la boucler. Mais l'adjudant, en plus d'être un peu benêt, était ombrageux : une combinaison éprouvante. D'où la nécessité de faire des périphrases, un des nombreux trucs fatigants avec lui. Romano pensait parfois au nombre de mots inutiles qu'elle avait prononcés pour ne pas le froisser : vertigineux.

Son bras était déjà trempé et quelques maigres centimètres carrés de vitre commençaient tout juste à se dégager. Elle essuya le pare-brise du revers de la manche.

– Vous saviez que l'asperge était recommandée contre les hémorroïdes ?

– À votre avis, c'est ici ?

Romano montrait du doigt une vaste bâtisse de brique, un peu en retrait de la route.

– Vous voulez que je cherche sur Google Images ? Si je tape « Non-Lieu, Roubaix », il y aura peut-être une photo.

– Pas la peine, regardez.

Un panneau touristique confirmait que le bâtiment était bien le Non-Lieu, ancienne filature devenue hôtel d'entreprises et association culturelle. Romano contourna le bâtiment en direction du parking, dangereusement boueux. De peur de s'enliser, elle se gara sur le bord de l'allée goudronnée.

– Si j'étais décoré de la Légion d'honneur, ça ne me viendrait pas à l'idée d'organiser la fête ici.

– Moi non plus, approuva Romano, tout en songeant qu'elle avait à peu près autant de chances que Clément de l'obtenir.

De nuit et sous la pluie, l'endroit était austère, limite sinistre. François-Xavier Tourtier l'avait sans doute choisi pour sa portée symbolique : la reconversion, voire la conversion, c'était bien pour ça qu'on le décorait. Ancien trader, il avait fait la une des journaux pour son implication dans un scandale bancaire, puis, un an plus tard, pour son engagement exemplaire dans la cause environnementale, grâce à une start-up prometteuse de fours solaires. Le méchant devenu gentil, rien de moins.

Romano enfila sa veste en Gore-Tex et sortit de la voiture en courant, Clément sur ses talons. Un beau pompier, un peu jeune peut-être, et un sexagénaire rondouillard en costume guettaient leur arrivée par la fenêtre. Ils se précipitèrent à leur rencontre.

– Médecin chef Nicolas, nous nous sommes parlé au téléphone.

– Daniel Tauran, président de la CRASS des Hauts-de-France, Chambre régionale de l'activité sociale et solidaire. C'est moi qui ai décoré M. Tourtier.

La commissaire et l'adjudant hochèrent la tête d'un bel ensemble et suivirent les deux hommes. L'entrée débouchait directement dans une immense salle, haute de cinq mètres au moins, où des poutrelles, fûts, poulies, treuils et engrenages, épars et mystérieux, rappelaient le passé industriel. Sur le mur en béton brut, en guise de décoration, un grand panneau *Soins aux électrisés* présentait les méthodes de massage cardiaque et de bouche-à-bouche sur des dessins décolorés. Très gai, décidément.

Curieusement posés là, les éléments apportés pour la réception : un buffet dressé sur des tables blanches, déjà bien attaqué à en juger par les plateaux déserts et les verres sales, et des guirlandes en papier crépon qui auraient mieux convenu pour un anniversaire d'enfant. Donner une atmosphère bon enfant, c'était sûrement l'idée, mais pour un type aussi plein aux as, la ficelle était grosse. Le décor bonne franquette manquait carrément de naturel, et la greffe du festif sur la friche industrielle n'avait pas bien pris.

La présence d'un cadavre n'avait pas dû réchauffer l'ambiance : il régnait un silence écrasant. Toute l'assemblée s'était massée au fond de la salle, comme pour se tenir chaud. Ou plutôt, corrigea Romano, pour s'éloigner du corps, allongé en position latérale de sécurité sur le sol en ciment, entouré de deux pompiers. On aurait dit une scène de théâtre, ou, mieux, un finale d'opéra – les opéras qu'elle connaissait finissaient toujours avec un mort. À l'avant de la scène, en guise de solistes, une toute jeune femme en fourreau noir, assise sur une chaise en plastique, et deux hommes, de part et d'autre, qui tentaient de la réconforter. La femme avait une incroyable chevelure blond vénitien et était très belle malgré ses boucles ridicules à l'américaine et son air absent – le genre à être belle avec des lunettes et un bonnet de piscine, ou même sur une photo de passeport. L'un des deux hommes, brun ténébreux qui ne manquait pas d'allure dans son pull noir sur pantalon noir, lui tenait la main. L'autre, déguisé dans un costume trop grand, lui effleurait timidement l'épaule. Il regardait la jeune femme d'un air extatique, indifférent à tout le reste. De toute évidence, il en était raide dingue.

Derrière eux, le chœur, debout. Une bonne centaine de personnes, raides et solennelles, dont les serveurs et serveuses, en uniforme noir, au premier rang – qui semblaient avoir été placés là pour leur caractère décoratif. Mais le rideau ne tomba pas.

– J'ai demandé à tout le monde de rester, comme vous m'avez dit, expliqua le médecin. Mais il paraît que certains invités étaient déjà partis quand l'accident a eu lieu.

Romano s'approcha du mort. Avec le rictus de douleur qui lui déformait le visage, il n'était pas facile de lui donner un âge. Son unique mèche blanche, sur le front, ressortait d'autant plus qu'il était très brun.

– Vous pouvez nous redire comment ça s'est passé ?

– Après l'appel téléphonique de M. Tauran, on a mis six minutes pour arriver : c'était déjà trop tard. D'après les symptômes observables sur le corps et ce qu'on m'a décrit, le décès vient d'une réaction anaphylactique. M. Tourtier était en pleine discussion avec monsieur quand il a eu son malaise.

D'un geste de la main, le pompier désignait le président de la CRASS, qui enchaîna.

– François-Xavier venait de manger un toast et s'est mis à gonfler comme une outre. Il s'est effondré en quelques secondes. J'ai appelé au secours. Son épouse, qui regardait le film sur son entreprise avec une grande partie des invités, a accouru de l'autre bout de la salle pour lui faire une piqûre.

– D'après elle, reprit le médecin, il avait déjà eu des crises graves et savait être allergique à la crevette. Il avait toujours sa trousse de secours dans sa poche.

– Et il en a quand même mangé ?

– Son épouse avait donné des consignes strictes pour qu'il n'y ait aucun produit de la mer dans le buffet.

Apparemment, le toast qu'il a mangé avant de s'effondrer était à l'asperge et à l'œuf dur. Mais le coupable peut être un autre toast. Une réaction d'anaphylaxie peut se produire jusqu'à trente minutes après le contact avec l'allergène.

– On dirait un accident, non ? Pourquoi nous avoir appelés ?

– Sa femme lui a fait deux piqûres d'adrénaline l'une après l'autre. D'après les témoins les plus proches, il respirait encore à ce moment-là mais n'a pas réagi à l'injection. Étonnant : en principe, ça relance le cœur, même si ça ne dure pas. Et puis, c'est quelqu'un de connu, on ne sait jamais.

Romano se félicita de l'absence de Tellier, son adjoint, qui n'aurait pas apprécié que les morts connus fassent l'objet d'égards particuliers. En voyant le pompier sortir de sa sacoche la trousse de secours de la victime, à mains nues, elle prit un gant de plastique dans son sac à dos et s'en empara.

– Je l'embarque, on fera analyser les seringues. Avant votre arrivée, quelqu'un avait essayé de ranimer la victime ?

– Pas de chance, il n'y avait pas de médecin dans l'assemblée. Son épouse a essayé de lui faire du bouche-à-bouche, sans résultat.

– Autre chose ?

– Quand on est arrivés, l'épouse était en état de choc : tension à huit cinq, tremblements. Je lui ai administré un tranquillisant, il vaudrait mieux attendre demain pour lui parler.

Romano jeta un coup d'œil à la jeune femme, qui n'avait pas bougé de sa chaise. Regard hagard, paupières papillonnantes : le tranquillisant l'avait tranquillisée.

– Parfait. Quand vous aurez rempli le certificat de décès, vous pourrez filer. Dans le doute, j'appelle un collègue légiste et un technicien PTS pour faire des photos et des relevés.

Elle se tourna vers Clément, qui attendait ses ordres.

– Si on interroge les cent cinquante invités, on en a pour la nuit. Dans l'immédiat, je vais me concentrer sur les personnes qui ont vu la scène de près. Pour ceux qui étaient à l'autre bout de la salle, devant le film, vous dressez la liste. Contrôle d'identité, fonction, téléphone.

Romano se planta devant l'assemblée et demanda qui était placé près de François-Xavier au moment de *l'accident* – elle était bien consciente que sa présence ouvrait d'autres scénarios, mais que dire d'autre. Sept mains se levèrent. Elle demanda aussi si quiconque avait observé quoi que ce soit de bizarre et souhaitait lui en faire part. Rien.

– On va former deux groupes, annonça-t-elle. Les témoins les plus proches, attendez dans ce coin et je viendrai vous chercher. Merci de ne pas échanger entre vous pour ne pas mélanger vos souvenirs avec ceux de vos voisins. Les autres, vous pouvez rentrer chez vous après avoir donné vos coordonnées à l'adjudant Clément. Les serveurs, pareil : laissez tout en l'état, sans rien débarrasser, surtout.

Elle s'engagea dans le couloir qui longeait la salle, à la recherche d'une pièce fermée où prendre les dépositions. La plupart des portes étaient verrouillées. Sans doute donnaient-elles sur des entreprises en activité. La société de Tourtier n'avait pas encore emménagé dans le bâtiment mais certaines étaient déjà présentes depuis quelques mois. Une porte, ornée d'une plaque en cuivre *Bobinothèque*, finit par s'ouvrir. Elle donnait sur une petite pièce, mal éclairée par une ampoule faiblarde.

Le mur de droite était occupé jusqu'au plafond par une étagère immense remplie de bobines de fil multicolores. Pour le reste c'était un bric-à-brac de machines et de cartons. Pas très accueillant mais ça ferait l'affaire, du moins si elle trouvait de quoi s'asseoir. Derrière un paravent, elle dénicha un vieux fauteuil en cuir, qui avait sans doute appartenu au patron de l'usine. Elle le porta près de l'entrée, à côté d'une chaise à roulettes dont elle jugea prudent de vérifier la stabilité.

Restait à trouver du café, d'autant plus indispensable qu'elle allait opérer sans Tellier. En général, elle s'appuyait beaucoup sur son adjoint pour les interrogatoires. Il était plus patient qu'elle, et tellement gentil que même les plus rétifs finissaient par parler, oubliant presque qu'ils avaient affaire à un flic. Mais Tellier était en week-end à Rome, pour initier ses filles à l'histoire antique.

Elle attrapa un serveur sur le départ, qui lui dégota un gobelet de breuvage magique. Presque froid mais tant pis : le défilé pouvait commencer.

2

Les sept témoins privilégiés avaient rassemblé des chaises en cercle et constitué ainsi une espèce de salle d'attente. Hommes et femmes majoritairement dans la quarantaine, comme la victime. Conformément à sa consigne, ils étaient silencieux, et même s'ignoraient. Tous avaient le nez dans leur smartphone, pour raconter l'événement ou simplement occuper le vide.

Le président de la CRASS se leva, considérant d'évidence que les règles de préséance le faisaient passer le premier. Romano fut tentée de le faire rasseoir, pour le plaisir d'agacer le notable, mais cela risquait de lui mettre le bonhomme à dos. Elle se contenta de hocher la tête et le guida jusqu'à la bobinothèque.

Tout en lui désignant la chaise à roulettes, elle s'installa dans le fauteuil en cuir, raide mais confortable.

– Vous me racontez plus en détail ?

– Comme je vous disais, François-Xavier a rougi et gonflé en quelques secondes, puis il s'est effondré par terre en criant, d'une voix rauque, « Ariane, piqûre ». Je me suis précipité vers l'assemblée et j'ai demandé s'il y avait un médecin, puis j'ai composé le 15. J'ai d'abord pensé à un infarctus, puis je me suis souvenu qu'il était allergique – il en parlait à chaque fois qu'on déjeunait ensemble. Son épouse, qui regardait le film, est arrivée en courant. Elle l'a placé en position latérale de sécurité, a sorti une trousse de secours de la poche de pantalon de son mari et a fait les deux injections.

– Elle paraissait paniquée ? Vous pensez qu'elle a fait les piqûres correctement ?

– Elle était très calme, au contraire, une maîtresse femme. « C'est fini mon chéri, répétait-elle, ne t'inquiète pas, c'est fini. »

Le président regardait la commissaire d'un œil hésitant, semblant se demander si elle comprenait l'ironie de cette phrase.

– Et après ?

– Quand elle a vu qu'il ne réagissait pas aux piqûres puis qu'il ne respirait plus, elle a tenté le bouche-à-bouche. Elle montrait une telle maîtrise que personne ne s'en est mêlé. C'est en entendant arriver les pompiers qu'elle a fait une crise de nerfs.

– Parfait, remercia Romano, nous reviendrons vers vous si nécessaire.

Les cinq témoins suivants, amis et connaissances du décoré, confirmaient largement cette version. Tous avaient vu François-Xavier Tourtier « gonfler comme une outre » – l'expression consacrée, on gonfle comme une outre ou on ne gonfle pas. Tous avaient également entendu les derniers mots du disparu et ceux de sa femme. L'un des témoins, content de sa comparaison, précisa deux fois que le décoré avait croassé comme un corbeau.

Seules les couleurs divergeaient. Certains l'avaient vu devenir rouge comme une tomate (ou un coquelicot), d'autres assuraient qu'il était devenu blanc comme un linge. Bel exemple de la fiabilité des témoignages : Romano fit une note mentale de le citer à ses élèves de l'école de police.

Sur la forme, les différents récits avaient en commun un manque d'émotion très frappant. Tous commençaient avec une vague formule de circonstance, du genre « Quelle histoire terrible ! » ou « Le pauvre, si jeune ». Mais après cette maigre concession aux convenances, le ton faisait place à une excitation fébrile et, en réalité, plutôt joyeuse. La scène était racontée avec l'aisance de ceux qui parlent souvent à des inconnus, un certain sens de la formule, parfois un véritable brio. Il en ressortait une fascination mêlée de gourmandise à peine dissimulée : vous vous rendez compte, on est peu de chose. Visiblement ravis que ce soit tombé sur le voisin et pas sur eux.

En allant chercher la dernière personne, Romano trouva enfin l'adjectif qu'elle avait sur le bout de la langue : les témoignages étaient mondains, tout simplement. Une fois passé l'inévitable moment de flottement, tout le monde reprenait le dessus à toute vitesse. La mort du décoré était un événement inattendu, certes, mais qui ne changeait pas fondamentalement la tonalité de la soirée. Si elle leur avait proposé une petite coupe de champagne avant de partir, ils auraient sûrement dit oui.

Le dernier témoin, en costume trois-pièces, était vice-président de la chambre de commerce. Avant même de s'asseoir, le petit homme confia à Romano que cette soirée était bien moins ennuyeuse que prévu. Des sauteries comme celle-ci, il en faisait deux par semaine : les petits fours, les discours, mettez-vous à ma place.

– Avant cet événement, la soirée n'avait rien eu de marquant ? demanda Romano.

Le vice-président réfléchit une seconde avant de répondre.

– Le discours a été un grand moment. Entendre un plaidoyer pour le four solaire pendant une averse de fin du monde, forcément, tout le monde était au bord du fou-rire.

Rien que d'y repenser, le témoin avait pris un air rigolard. En l'absence de Tellier, qui n'aurait pas manqué de lui envoyer un regard scandalisé, Romano se sentit obligée d'adopter une moue vaguement désapprobatrice.

– Que voulez-vous, se justifia le vice-président, je ne connaissais pas ce type, on ne peut pas pleurer à chaque fois que quelqu'un passe de vie à trépas. Au moins, il est mort décoré, tout le monde ne peut pas en dire autant !

– Exact, approuva Romano, qui trouvait sa franchise sympathique.

Malheureusement, il n'osa pas terminer sur cette note hilare, pas complètement adaptée à une oraison funèbre. Il s'éclaircit la voix et reprit d'un ton grave.

– Comme le disait Paul Valéry : « Le seul don du destin aux hommes, c'est la mort. »

À ce moment-là, un jeune type en cravate fit irruption dans la pièce, sans frapper. Tout essoufflé, il expliqua que les voitures commençaient à s'embourber sur le parking.

– Et merde ! s'écria le vice-président de la chambre de commerce en bondissant de sa chaise.

Assez rigolé, cette fois, la situation était grave.

3

Quand Tellier entra dans le bureau de Romano, à 8 h 30 sonnantes, elle était en train de bâiller bruyamment. Cinq heures de sommeil à peine : même après vingt ans de métier, l'excitation d'un début d'enquête l'empêchait de se coucher à une heure raisonnable. Elle décala légèrement ses pieds, posés sur le bureau – sa position favorite, tant pis si ça faisait un peu cow-boy.

– Asseyez-vous. Je ne vous demande pas si votre week-end s'est bien passé, ça se voit sur votre visage. Et puis, la Ville éternelle restera toujours la Ville éternelle, c'est le principe, non ?

– Les filles ont adoré, approuva Tellier, d'un ton ravi.

– Ici, on a du nouveau. L'ex-trader François-Xavier Tourtier, fondateur et P.-D.G. de Soleil et Terre, est mort hier soir à Roubaix, pendant sa remise de Légion d'honneur.

Romano résuma les événements de la veille. Juste quand elle finissait, son téléphone fixe sonna.

– Le labo, ils ont fait vite ! s'exclama-t-elle en reconnaissant le numéro de téléphone de Soubigou, l'un des techniciens.

Elle l'avait remarqué plus d'une fois, le fait d'avoir couché avec un certain nombre de collègues d'autres départements améliorait spectaculairement la collaboration transversale interservices. Malheureusement, cette pratique très efficace était délicate à conseiller lors des séminaires consacrés aux retours d'expérience.

– Tu as déjà les résultats ? Ça donne quoi ?

– Pour les petits fours, j'essaye de faire passer la demande en accéléré mais c'est pas gagné. Le buffet était prévu large : on a huit plateaux de toasts, gâteaux et verrines en tout genre, à vérifier un par un. Si bien qu'on a dû sous-traiter à un labo parisien, ça risque d'être long. Par contre, j'ai analysé les seringues. Pas la moindre trace d'adrénaline. De la flotte, voilà ce qu'il y avait dedans.

Romano accueillit la nouvelle avec le sifflement qui s'imposait et raccrocha en se frottant les mains. Elle se tourna vers Tellier et Clément, lequel avait pointé son nez entre-temps.

– Les seringues de secours de Tourtier ont été vidées et remplies d'eau. On a bien affaire à un assassinat.

Tout en parlant, elle s'était approchée du tableau blanc au mur.

– On va faire un premier point. Si vous voulez pédaler en même temps, n'hésitez pas.

Pour améliorer la condition physique de son équipe, Romano avait muni son bureau, ainsi que la salle de réunion du rez-de-chaussée, de vélos d'appartement. Pédaler n'empêchait pas de réfléchir, au contraire. Et même, avait-elle expliqué, ça améliorait l'irrigation du cerveau – elle avait arrêté ses bobards en voyant les gros yeux de Tellier, scandalisé qu'elle profite de l'adoration de son équipe pour leur faire gober n'importe quoi.

Debout à côté du tableau blanc, Romano commença par dresser un portrait du défunt, à partir d'interviews trouvées sur Internet. Depuis que ce type, sans doute pour soigner sa crise de la quarantaine, était passé de la banque à une start-up de fours solaires devant sauver la planète, il se répandait partout sur le sens de sa vie. Avec un parfait dosage de pudeur et d'exhibitionnisme : un pro de la communication.

– Bref, conclut-elle, ce salaud repenti devait avoir un tas d'ennemis, qui lui reprochaient soit d'être un salaud, soit de s'être repenti. Ou alors, tout simplement, de trop bien réussir. Son affaire de fours solaires semblait sur le point de décoller : il était en train de s'implanter en Inde, un marché d'une tout autre échelle. Et maintenant, parlons du *modus operandi.*

Elle prit un marqueur et se tourna vers ses deux collaborateurs, sourire aux lèvres. Chaque nouvelle enquête était une excitante plongée dans l'inconnu, comme une rencontre amoureuse en mieux.

– À ce stade, remarqua-t-elle, le plus probable est que le coupable ait arrosé les canapés de jus de crevette. Non pas un canapé mais tous les canapés : il ne pouvait pas savoir qui allait manger quoi.

– Ça suffit pour tuer un homme ? demanda Clément, incrédule.

– S'il est gravement allergique, oui.

– Ça fait pas sérieux, comme mort.

Tellier hocha la tête.

– C'est vrai mais l'arme du crime ne change rien au caractère ignoble de l'assassinat.

– Bref, coupa Romano, quelles questions soulève ce *modus operandi* plutôt original ?

– Qui savait que Tourtier était allergique à la crevette ?

Après avoir noté la question du capitaine, Romano constata qu'elle devait s'éloigner du tableau pour relire. Putain de presbytie ! À quarante-sept ans, la dégradation de sa vue était le seul signe de vieillissement à l'agacer à ce point. Contrairement aux cheveux blancs, masqués dès leur apparition par sa teinture blonde, ou à l'épaississement de la silhouette, évité par les heures passées sur son tapis de course, il n'y avait aucun moyen, naturel ou artificiel, de lutter. La chose touchait tout le monde, riche ou pauvre, suivi médicalement ou non, au même âge ou presque : un des rares trucs à ne pratiquer aucune discrimination. L'idéal aurait été de s'y résoudre et de l'ignorer, comme elle faisait pour ses rides et comptait bien faire pour sa ménopause – un emmerdement de moins. Sauf que, pour la vue, il fallait bien faire quelque chose. En attendant la prochaine visite médicale prévue en juillet, trois mois plus tard, elle se promit d'acheter des lunettes loupe le jour même.

– Apparemment, répondit-elle, Tourtier parlait beaucoup de son allergie. Même ses vagues relations étaient au courant, on a les sujets de fierté qu'on peut. J'ai horreur des gens qui sont fiers de choses pour lesquelles ils n'ont aucun mérite. C'est comme sa mèche blanche : à sa façon de poser sur les photos, on sent qu'il en est tout content.

– Ou alors, remarqua Tellier, il avait une autre allergie, connue seulement de quelques-uns.

– Possible, approuva Romano.

– Qui a pu arroser les canapés de jus de crevette, ou éventuellement d'autre chose ? ajouta Clément.

La commissaire lui adressa un sourire d'encouragement puis nota avec application. Dans ce genre de séance, les contributions de Clément étaient rares et elle les écrivait avec un soin tout particulier.

Mais une fois la phrase terminée elle ne put retenir une grimace.

– A priori, il était facile d'accéder aux plateaux. Les toasts ont séjourné plus d'une heure au frigo, y compris pendant le discours. Les serveurs étaient occupés à dresser le buffet, puis à fumer dehors : une personne déterminée pouvait facilement mettre un coup de vaporisateur.

– Qui a pu mettre de l'eau dans les seringues de la trousse de secours ?

– Probablement plus compliqué, reconnut Romano. En principe, un allergique sévère garde toujours sa trousse sur lui. En l'occurrence, il semble que Tourtier la mettait dans sa poche.

Le téléphone sonna de nouveau. Le flic de l'accueil l'informait qu'Ariane Tourtier était arrivée, accompagnée d'un certain père Criaud.

– Tellier, venez avec moi interroger la veuve, on convoquera les autres proches dans la journée. Clément, je vous confie la partie financière : banquier, expert-comptable, notaire. Objectif, connaître l'état du patrimoine, les assurances-vie et les éventuels testaments.

Au bout de trois ans, Romano avait repéré que c'était dans le domaine financier que l'adjudant donnait le meilleur de lui-même. Avec les puissants, ou supposés tels, sa déférence, limite servile, avait toujours du succès.

– À tout à l'heure, souffla Ariane Tourtier à l'homme assis à côté d'elle, qui lui tenait la main.

Romano reconnut le brun ténébreux qui tentait de la réconforter, la veille. Elle n'aurait jamais imaginé que ce beau mec était un prêtre. Rien à voir avec les maristes que ses parents lui avaient imposés pendant toute sa scolarité – dommage, elle aurait mieux vécu la chose.

La jeune femme répondit au bonjour de Romano d'une voix à peine audible. Mine défaite, teint blafard, elle accusait le coup. D'après les esquisses de ridules au coin des yeux, elle devait approcher de la trentaine. Elle se leva péniblement et le bel ecclésiastique lui prit le bras.

– Vous êtes sûre que vous ne voulez pas que je vous attende ?

– Non, rentrez chez vous voir votre assureur. C'est le genre de rendez-vous qu'il vaut mieux ne pas annuler.

Romano la guida jusqu'à la petite salle où Tellier les attendait. D'un geste ample, le capitaine invita la veuve à s'asseoir.

– Je suis affreuse, désolée. Je n'ai pas eu le courage de me maquiller, je crois que c'est la première fois depuis mes quatorze ans.

Romano se demanda si Ariane Tourtier aurait fait la même remarque en l'absence de Tellier ou si elle avait parlé par coquetterie. Malgré ses traits tirés et sa tenue simple, sa beauté était frappante. Son jean et son pull étaient du genre chic et cher, comme toute sa garde-robe sans doute.

– Aucune importance.

La veuve adressa à Tellier un regard attristé.

– C'est très grave, au contraire. Pour moi, le maquillage du matin n'a rien de futile. Le geste compte autant que le résultat. Le glissement du pinceau, le parfum de la poudre, la caresse des doigts sur les paupières, c'est ma façon de me connecter avec le monde. Ce matin, l'odeur du rouge à lèvres m'a donné envie de vomir.

– Il faut laisser le temps au temps, aventura Romano.

Les circonstances les plus exceptionnelles appelaient les formules les plus plates : il fallait s'y faire. Parmi les banalités à disposition, certaines étaient pires que d'autres. Comme « faire le deuil », désormais plus adapté à une paire de chaussures foutues qu'à un conjoint sauvagement assassiné.

– Nous savons que c'est difficile, mais il faudrait nous parler de votre mari, s'excusa Tellier de sa voix chaleureuse. D'après les premiers éléments, nous ne sommes pas certains que son décès soit accidentel. Mieux nous le connaîtrons, plus nous aurons de chances de découvrir la vérité.

– Vous voulez dire qu'il a été assassiné ?

La question avait fusé, donnant l'impression que la veuve s'attendait à cette nouvelle. Romano confirma, d'un hochement de tête. La jeune femme sortit de son sac Vuitton un sachet neuf de mouchoirs en papier, qui semblait, pour ainsi dire, préparé pour l'occasion.

En quelques phrases ponctuées de sanglots étouffés, elle raconta sa rencontre avec François-Xavier à Bruxelles, lors d'une soirée de son père, alors ambassadeur en Belgique. Cela remontait à six ans, quand elle était étudiante en décoration intérieure. François-Xavier avait quinze ans de plus qu'elle mais un charme fou. Il lui avait fait la cour, ils étaient sortis ensemble, de plus en plus souvent. Puis il y avait eu la demande en mariage.

– Pas à mon père, précisa-t-elle avec un pâle sourire, directement à moi.

La remarque visait sans doute à montrer qu'Ariane Tourtier était une femme moderne et libre de son destin. Mais elle n'eut pas l'effet escompté sur Romano, qui avait oublié que les filles, du temps de la préhistoire, demandaient l'accord de leur père pour se marier.

Elle imaginait la scène. Le pauvre gars tremblant qui dégainait sa bague enrubannée au-dessus d'une chandelle, la fille qui écarquillait la bouche et les yeux, délicieusement ébahie. Quelle horreur.

La jeune veuve tendit sa main droite en écartant les doigts, pour montrer un saphir de belle taille. Les ongles peints étaient impeccables mais des plaques d'eczéma, que Romano n'avait pas remarquées la veille, couvraient ses doigts. En les voyant, Ariane Tourtier rangea précipitamment sa main sous le bureau.

Tellier lui tendit une petite bouteille d'eau, d'où elle avala doucement quelques gorgées.

– Vous devez trouver ça ridicule, s'excusa-t-elle, comme si elle prenait conscience, tout à coup, que ses mœurs n'étaient probablement pas celles de la commissaire.

– Étrange serait plus juste, répondit Romano.

Après tout, faire une demande en mariage à l'ancienne n'était pas plus con que d'assaisonner son thé au beurre de yak ou de manger des petits pois à la menthe.

– Tout est allé très vite, reprit la veuve. Comme dans une valse où le rythme est donné par la musique et par le cavalier, et où vous n'avez qu'à suivre. Mais François-Xavier venait d'obtenir un excellent poste à Los Angeles, il fallait se décider.

Romano fut consternée, une fois de plus, de cette propension des individus à réduire leur champ des possibles. Au XXIe siècle, une femme n'était pas obligée de se marier pour suivre un type en Californie.

Ariane Tourtier s'exprimait maintenant d'un ton plus animé, prenant un certain plaisir à parler d'elle-même. L'adaptation à Los Angeles avait été facile. Elle retrouvait la vie d'expatriée connue toute son enfance en tant que fille de diplomate, en un mot la belle vie. Les collègues de François-Xavier, ou plutôt ses subordonnés, l'avaient bien accueillie. Les épouses, en particulier, l'avaient aidée à se repérer dans la ville.

– Je vois, coupa Romano d'un ton sec, en imaginant les repères en question : boutiques, salons de beauté, salles de sport, rien que du crucial, en somme.

Quel gâchis. Car enfin, à l'intérieur de cette boîte crânienne, objet de tous les soins, il y avait quand même un cerveau.

– Ce mariage précipité, vous ne l'avez jamais regretté ?

La veuve hocha doucement la tête de gauche à droite.

– Jamais. Nous étions amoureux comme au premier jour et l'épreuve du scandale financier, deux ans après notre retour en France, nous a encore rapprochés.

– Des relations extraconjugales dans votre couple ?

Tellier ne put retenir un regard de reproche. La brutalité de Romano, pour ce genre de questions, le faisait frémir. D'après elle, la meilleure façon de procéder. Elle lui assénait toujours son fameux parallèle avec la chirurgie, métier de ses deux parents. À un moment, il faut attraper le scalpel et y aller franco.

– Je suis sûre que non. Avant moi, François-Xavier avait eu pas mal d'aventures, ce qui est normal pour un célibataire. Mais quand on se marie à plus de quarante ans, c'est qu'on a envie de passer à autre chose.

– Et vous ? demanda Romano, agacée que la sainte nitouche ait fait mine de ne pas comprendre que la question la concernait aussi.

– Cela ne m'a jamais effleurée.

Autrement dit, pensa Romano, et si vous dites la vérité, vous ne lui étiez pas plus fidèle qu'infidèle. Car enfin, pour être fidèle à l'autre, encore faut-il avoir l'envie, et l'occasion, de le tromper. Sinon, où est le mérite ?

– Vous ne vouliez pas d'enfant ?

Romano, qui trouvait odieux que les femelles doivent se justifier de ne pas pondre, avait beaucoup pris sur elle pour poser cette question. Mais dans un milieu aussi conformiste, on ne pouvait pas l'éviter.

– Si bien sûr, mais les choses ne se passent pas toujours comme on veut.

– J'ai lu dans la presse que votre mari allait s'implanter à Mumbai pour superviser la joint venture avec le partenaire indien. Vous comptiez donc vous y installer aussi ?

– Bien sûr. Il devait partir le mois prochain, et je devais le rejoindre quelques semaines après. Je m'en réjouissais : j'ai vécu mes deux premières années en Inde, mais je n'en ai bien sûr aucun souvenir.

– À votre connaissance, votre mari était allergique à autre chose qu'à la crevette ?

– Non. Cette allergie remontait à son adolescence et s'était aggravée, mais l'allergologue n'avait rien repéré d'autre.

– Où gardait-il sa trousse de secours ?

– Il l'avait toujours dans sa poche de pantalon ou de veste. Le soir, quand il montait à l'étage, pour travailler à son bureau ou se coucher, il la rangeait dans une commode du salon. Il en avait une autre dans sa table de nuit, qui ne bougeait jamais.

– Qui a accès à votre maison ? J'imagine que vous avez une femme de ménage ?

– J'ai eu pendant six mois une jeune fille au pair colombienne qui faisait une heure de ménage par jour. Un moyen d'entretenir mon espagnol et d'avoir un peu de compagnie. Elle prenait ses repas dans son petit studio mais on buvait le café ensemble et on s'appréciait beaucoup. Malheureusement, son père a eu un AVC et elle a dû repartir brutalement. Depuis, je fais le ménage moi-même, pour la première fois. Moi qui ai consacré la moitié de ma vie à essayer de m'occuper, je découvre que passer la serpillière n'est pas plus ennuyeux que de faire de la dentelle du Puy.

Elle esquissa un sourire timide, comme pour s'excuser de sa remarque. De fait, la phrase dénotait un sens de l'autodérision qui tranchait avec le reste de ses propos et de son comportement. Romano nota mentalement qu'Ariane Tourtier était plus futée et moins étroite d'esprit qu'elle ne le pensait.

– Qui pourrait en vouloir à votre mari ? Vous avez une idée ?

– Son ancien collègue Arnaud Vancel l'a appelé le jour de sa sortie de prison, pour l'accuser de lui avoir volé un an et demi de sa vie. Je crois qu'il le haïssait.

Romano ne fut pas surprise. À l'issue du procès pour le scandale bancaire, le verdict qui innocentait François-Xavier Tourtier et condamnait son jeune collègue avait été qualifié partout de très inattendu. Ce qui donnait au trader un bon mobile de vengeance.

– La libération de Vancel remonte à six mois. Depuis, ils ont été en contact ?

– Arnaud a rappelé mon mari il y a deux semaines.

– Vous avez assisté à la conversation ?

– Non. Mais en voyant François-Xavier, décomposé, se servir du whiskey, j'ai compris qu'il se passait quelque chose : il ne buvait jamais en semaine. Il a fini par avouer qu'Arnaud l'avait menacé, par téléphone et dans des SMS. J'ai dû insister pour qu'il m'en parle. Il voulait toujours me protéger.

– Hum hum, fit Romano, qui en avait sa claque.

Elle n'aimait pas beaucoup plus les maris protecteurs que les protecteurs tout court.

– C'est plutôt lui-même qu'il aurait dû protéger, s'il était menacé. Et sinon, vous aviez un contrat de mariage, un testament, une assurance décès ?

– Les papiers, ça n'a jamais été mon truc. Il faudrait voir avec le banquier et le notaire.

Putain, se dit Romano, complètement infantilisée ! Et conserver un toit au-dessus de la tête, c'était son truc ?

À moins, bien sûr, que cette pseudo-cruche un peu trop cruche ne se fiche d'eux et n'ait prémédité le meurtre pour hériter.

– Ceci dit, ajouta la jeune femme, je me demande si François-Xavier n'avait pas quelques inquiétudes, côté finances. Quand je lui ai offert une lithographie de Paul Klee, pour son anniversaire, j'ai eu l'impression que la dépense l'inquiétait. Il n'avait pas l'habitude d'être mesquin.

De l'inconvénient, pensa Romano, d'offrir des cadeaux payés avec l'argent du destinataire.

– J'imagine qu'Arnaud Vancel n'était pas invité hier soir ?

– À ma grande surprise, il était là. Il a dû s'inviter tout seul, c'est bien son style. Ou alors François-Xavier lui a proposé de venir au dernier moment, pour essayer de calmer les choses. En tout cas, je l'ai vu partir juste à la fin du discours, sans même féliciter François-Xavier. Quel mufle !

– Votre mari fréquentait beaucoup sa famille ?

– Il était enfant unique, comme moi – ma mère a fait plusieurs fausses couches après ma naissance. Son père est mort il y a dix ans et sa mère perdait un peu la tête. Il ne l'avait pas fait venir à la cérémonie de peur qu'elle ne se sente pas très à l'aise.

Romano et Tellier échangèrent un bref regard. Vraisemblablement, c'était plutôt lui qui n'avait pas envie d'exhiber une mère gâteuse.

– Des amis ?

– Pas vraiment, comme beaucoup d'hommes.

– Et vous, vous êtes bien entourée ? demanda Tellier.

La jeune femme hocha la tête.

– J'ai ma voisine Agnès, une femme charmante dont je suis très proche, et aussi mon grand-père, qui compte énormément. Et puis, bien sûr, le père Criaud, merveilleusement ouvert et bienveillant. Je me confie beaucoup à lui, son éclairage m'est précieux.

– Quels sont vos sujets de conversation favoris ?

– Dieu, François-Xavier, la condition humaine.

Sacré tiercé, songea Romano. D'un coup d'œil, elle fit signe à Tellier de raccompagner Ariane Tourtier. La condition humaine, c'était au-dessus de ses forces.

4

Dès qu'Ariane Tourtier eut quitté la salle d'interrogatoire, Romano sortit son portable pour convoquer Arnaud Vancel et tirer au clair les raisons de sa présence la veille. La veuve lui avait donné le numéro de portable du trader – elle disait le tenir de son mari, pour le joindre à tout moment, à l'époque où les deux hommes faisaient des voyages d'affaires ensemble.

Un appel manqué en provenance du Portugal lui donna un petit coup au cœur. João n'avait pas laissé de message, évidemment. Que lui aurait-il dit ? Elle se retint de justesse d'effacer l'appel de l'historique du portable : bien trop mélodramatique.

Vancel décrocha d'un ton mal aimable. Il venait d'atterrir à Los Angeles, se contrefoutait de la mort de Tourtier et n'avait rien à dire à la police – qui l'avait assez emmerdé pour le restant de ses jours. Son ton arrogant sentait l'homme de pouvoir décidé à tout mettre en œuvre pour ne pas coopérer. Romano, qui supportait mal l'intimidation, eut envie de le convoquer officiellement à une audition immédiate, histoire de le faire remonter illico dans l'avion. Mais il ne lui semblait pas très malin de le braquer, d'autant que son séjour californien ne durait que quarante-huit heures. Il accepta de mauvaise grâce de se présenter au commissariat dès son retour, comme si c'était lui, et non pas elle, qui lui faisait une fleur. Un petit con, sans aucun doute.

Romano se tourna vers Tellier, revenu dans le bureau entre-temps.

– En attendant le retour de Vancel, commençons par interroger le père Criaud. On n'a pas tous les jours un ecclésiastique à se mettre sous la dent – surtout aussi beau garçon. Allons chez lui. Il sera plus bavard et j'ai toujours rêvé de pénétrer dans l'intimité d'un religieux.

Romano attrapa Clément au vol. Le trajet vers Roubaix permettrait de le mettre au courant des derniers épisodes.

En route, elle fit arrêter Tellier devant la première pharmacie venue, rue Gambetta.

– J'en ai pour deux minutes.

Elle alla droit vers le présentoir à lunettes, attrapa une paire au hasard, ainsi qu'un shampoing pour tester sa vue sur la liste d'ingrédients. La correction lui convenait parfaitement. Elle prit cinq paires identiques et alla les payer au comptoir, ignorant le sourire surpris de la pharmacienne. Chaque fois qu'elle retournait chez ses parents à Montpellier, elle avait droit à la même scène, dix fois par jour : son père se demandant ce qu'il avait fait de ses lunettes et sa mère lui répondant qu'il n'avait qu'à les poser au même endroit, comme elle. Leur sujet de conversation le plus fréquent, de loin : ça ne faisait pas envie. Si elle mettait une paire dans le sac à dos qui ne la quittait jamais, une dans son bureau et une dans chaque pièce de son appartement, cela devrait faciliter les choses. Plus le nombre de paires en circulation était élevé, plus elle avait de chances d'en trouver une à proximité. Simple question de probabilité.

Quand elle remonta dans la voiture, Clément et Tellier étaient en pleine discussion sur le meilleur itinéraire pour échapper aux bouchons – la pluie rendait la circulation encore plus cauchemardesque que d'habitude. Passé trois minutes dans l'embouteillage de la place de la République, Romano actionna le gyrophare, sous l'œil désapprobateur de son adjoint – comme elle le lui avait expliqué cent fois, la notion d'« urgence de la mission », qui conditionnait le droit d'utiliser l'engin, était tout à fait subjective.

– Vous avez vu, le père Criaud habite l'hypercentre de Roubaix, observa Tellier, histoire de faire la conversation.

En tant que fervent défenseur de la mixité sociale, le capitaine avait emménagé à Roubaix à son arrivée dans le Nord, cinq ans plus tôt : il aurait été dommage de se retrouver si près de la commune la plus pauvre de France et de ne pas en profiter. Il portait régulièrement un T-shirt *I love Roubaix* et tenait des discours enflammés sur la renaissance de la ville. Quand Romano venait sur place, elle avait du mal à partager son enthousiasme. Malgré les efforts de rénovation, réhabilitation, requalification et redynamisation en tout genre, un léger parfum de pauvreté et de fragilité lui montait toujours aux narines.

Sous les trombes de flotte, Romano trouva la Grand-Place de Roubaix plus sinistre que jamais. Un espace aussi pompeux aurait bien convenu aux défilés de la place Rouge ou aux cars de touristes de la Concorde, mais s'accordait mal avec ce fond têtu de morosité. L'hôtel de ville monumental et ses fresques prétentieuses sur la fabrication de la laine ne l'enthousiasmaient pas davantage. De nature sceptique, elle trouvait cette célébration lyrique du travail plutôt suspecte. L'industrie du tissage, c'était l'âge d'or de Roubaix, mais aussi des métiers pourris exercés dans des conditions pourries.

Clément arrêta la Clio devant le numéro 12 de la rue Frédéric-Chopin. Un immeuble de brique identique à ses voisins, qui se distinguait par une enseigne sale : *École Maginot pour la deuxième chance, spécialiste de la reconversion professionnelle, financée par l'Union européenne.* À la place de l'Union européenne, Romano se serait abstenue. Le nom de Maginot n'était pas très porteur pour promouvoir la deuxième chance.

Bien que Romano et Tellier n'aient pas annoncé leur visite, le prêtre leur ouvrit avec un sourire affable. Il s'excusa de l'état de son appartement, qui avait subi un dégât des eaux – l'expert de l'assurance venait de passer.

Le papier peint décollé et la moquette détrempée accentuaient le côté minable du logement, qui aurait pu être celui d'un étudiant bordélique et désargenté. La planche de contreplaqué sur tréteaux, l'unique plaque électrique à l'ancienne, où traînaient quelques coquillettes, et le matelas posé directement au sol traduisaient l'indifférence autant que le peu de ressources. Le père Criaud n'était pas un homme d'intérieur.

– Asseyez-vous, proposa-t-il en indiquant le clic-clac fleuri.

– Ariane Tourtier nous a dit que vous étiez proches. Racontez-nous votre parcours.

Prenant à la lettre l'invitation de la commissaire, le père Criaud entreprit de raconter sa vie. Fils de fonctionnaires grenoblois non-croyants, il avait fait des études de sociologie, par curiosité de l'autre. Sa vocation de prêtre était arrivée de façon soudaine, en fin de master – une expérience inouïe, impossible à expliquer. Après de multiples entretiens, il était rentré au séminaire, à Paris.

Le prêtre avait l'expression facile et ses mains de pianiste ponctuaient ses propos avec naturel. Romano se dit que ses prêches devaient faire fureur auprès des quelques bigotes du dimanche

– Ça n'a pas été trop dur, de côtoyer des fils de familles traditionnalistes nourris aux Scouts d'Europe ?

Le prêtre sourit.

– Beaucoup venaient de ce milieu, en effet. Des garçons pleins de certitude, dont il faut élargir l'horizon, mais qui ne manquent pas de bonne volonté. En parallèle, j'étais bénévole dans une association, histoire de voir autre chose.

– Quelle association ?

– SOS Amitié.

– Après votre ordination, où avez-vous été nommé ?

– J'ai été curé de paroisse près d'Arras. Un mi-temps druide, à marier des gens ignorant leur signe de croix, et un mi-temps patron de PME, à parcourir quarante-deux communes pour manager des équipes bénévoles. Au bout de trois ans, je n'en pouvais plus. J'étais aumônier à la maison d'arrêt, en prime, alors j'ai eu l'idée de créer une association d'insertion pour les sortants de prison. L'évêque de Lille m'a tout de suite soutenu. C'est une personne exceptionnelle, qui m'a toujours fait confiance.

Romano apprécia cette liberté de parole. La plupart des prêtres se seraient bien gardés d'émettre un jugement sur leur chef, fût-il positif. En tout cas, l'évêque avait été assez malin pour comprendre qu'il valait mieux accepter cette proposition plutôt que de voir partir une de ses rares recrues. Même l'armée a fini par comprendre qu'il était dommage de vous faire nettoyer les toilettes si vous parliez anglais.

– Comment avez-vous rencontré le couple Tourtier ?

– Je cherchais de l'argent pour lancer mon association et M. Tourtier avait la réputation d'être riche et généreux. Il a signé un chèque de dix mille euros et c'est comme ça que j'ai fait la connaissance d'Ariane. Elle était en recherche, nous avons vite sympathisé.

– C'est-à-dire ?

Romano s'amusa de la lueur de réprobation à peine perceptible qui passa dans le regard de Tellier – il ne pouvait s'en empêcher, quand il jugeait ses questions trop abruptes.

– Je la voyais souvent, je l'écoutais, je la conseillais parfois. Une sorte de confident, sans jugement.

– Où aviez-vous l'habitude de vous voir ?

– Chez elle, généralement. Si je l'avais reçue chez moi, les voisins auraient jasé.

– Ses voisins à elle ne jasaient pas ?

– Elle vit dans une maison, on se croise moins souvent que dans un immeuble.

– Et Tourtier ? Il en pensait quoi ?

À l'évocation de ce nom, le visage du prêtre se crispa légèrement.

– Il était très pris, il voyageait beaucoup. Quand il était là, je venais peu. Il me semblait naturel de le laisser profiter seul de la compagnie de sa femme. Mais il arrivait quand même qu'Ariane m'invite à dîner avec lui, pour qu'on apprenne à se connaître.

– Le soir de l'assassinat, vous avez remarqué quelque chose de particulier ?

– Non. Je n'aime pas beaucoup les mondanités mais Ariane tenait à ce que je reste à la soirée.

– À quelle heure êtes-vous arrivé sur place ?

– J'étais là dès 17 heures, pour superviser l'installation du buffet.

– Où étaient entreposés les plateaux de canapés ?

– Dans le réfrigérateur qu'on avait installé la veille. J'ai aidé à transporter et à dresser les tables. Ensuite, je suis resté presque tout le temps aux côtés d'Ariane.

Elle m'avait confié avoir de plus en plus de mal avec ce genre de réception et j'avais promis d'être près d'elle.

– Presque tout le temps ?

– Quand tout a été prêt, je me suis recueilli juste avant le discours.

– Où ça ?

– Je cherchais un endroit calme, pour m'isoler et pour prier. J'ai trouvé une petite pièce qui avait servi autrefois de stockage pour les bobines, encore dans son jus.

– Combien de vos salariés ont participé à l'organisation de la soirée ?

– Trois en cuisine, qui étaient aussi là pour le service, un pour la livraison, reparti aussitôt, et quatre de plus pour le service.

– Envoyez-moi leurs noms et coordonnées au plus vite, nous devrons les interroger. On en reste là pour aujourd'hui.

Toujours attentionné, Clément s'était garé à un mètre de l'entrée de l'immeuble, pour leur éviter le déluge. Romano et Tellier s'engouffrèrent dans la voiture et échangèrent leurs impressions.

– Pour un curé, il est plutôt sympa.

Tellier lança à sa cheffe un regard scandalisé.

– Enfin, commissaire, pourquoi les curés ne seraient-ils pas sympas ? J'ai l'impression d'entendre mon arrière-grand-père devant mon correspondant au collège : « Pour un Allemand, il est gentil. »

– N'oubliez pas que j'ai été traumatisée par mon éducation chez les maristes. Sept ans, ce n'est pas rien.

– En tout cas, il a confirmé les propos d'Ariane Tourtier. Il avait une relation privilégiée avec elle, un peu comme un directeur spirituel.

– Comment pouvez-vous gober un truc pareil ? Les directeurs spirituels ont disparu en même temps que les dinosaures, ou à peu près.

– Le mot a disparu, pas forcément la chose.

Romano haussa les épaules.

– Les choses apparaissent avec les mots et disparaissent avec les mots. La moitié des Français font des burn-out, les trois quarts des gosses sont précoces, et pendant ce temps, les hystériques décrits par Charcot ont disparu.

– Les trois quarts des enfants, vous dites ?

Clément, silencieux jusqu'alors, s'était mêlé à la conversation.

– C'est drôle, reprit-il, aucun précoce dans les enfants de mes frères et cousins, et il y en a pourtant un paquet. C'est peut-être qu'ils n'ont pas été diagnostiqués.

Romano adressa un discret haussement de sourcils à Tellier. S'il n'y avait pas de précoces chez les Clément, le concept n'était peut-être pas une supercherie, tout compte fait. Le capitaine, qui avait parfaitement deviné sa pensée, lui adressa un regard réprobateur.

– En tout cas, reprit-il, cet homme met ses convictions en pratique. Bénévole chez SOS Amitié pendant ses études, et maintenant cette association de réinsertion. En plus, il met la main à la pâte. C'est lui qui a supervisé l'installation du buffet.

– C'est pas un vrai prêtre qui dit la messe ? intervint Clément.

– C'est un vrai prêtre qui ne dit pas la messe, soupira Tellier. Une fois qu'on est ordonné prêtre, on peut exercer comme curé de paroisse, comme aumônier, ou encore comme prof, médecin ou ouvrier, même si c'est passé de mode. Lui, il a créé une association d'insertion et il a vingt-cinq salariés sortant de prison.

– Bref, c'est un type bien, admettons. Reste à savoir s'il couche avec Ariane Tourtier.

Tellier regarda Romano d'un air surpris.

– Qu'est-ce qui vous fait penser ça ?

– J'ai du mal à le situer. Si notre couple de tourtereaux roucoulait autant qu'Ariane le prétend, je ne vois pas pourquoi elle avait autant besoin de compagnie. Et le départ prochain du couple en Inde donne à notre prêtre un mobile crédible : retenir sa belle près de lui. Sans oublier un autre truc, difficile à expliquer. Quelque chose, dans sa façon d'être, que je n'arrive pas à associer à la chasteté. Il paraît trop bien dans ses baskets, trop à l'aise avec les femmes.

Tellier se contenta de hocher la tête. Difficile pour lui d'avoir un point de vue sur le sujet.

– Il peut ne pas être chaste sans pour autant avoir Ariane Tourtier pour maîtresse.

– Exact. Ce qui me chiffonne, dans l'idée d'une relation entre le prêtre et la veuve, c'est qu'il n'a pas du tout une allure de séminariste. Si j'étais mariée à un mondain bronzé, je préférerais coucher avec un curé qui ait une allure du curé. Enfin, tout ça est personnel.

– J'ai bien aimé ce qu'il nous a dit sur sa vocation religieuse : « Le coup de foudre, ça ne s'explique pas, c'est à ça qu'on le reconnaît. »

– Reste à savoir s'il parlait de sa rencontre avec Dieu, ou avec Ariane Tourtier.

5

Existe-t-il des pigeons qui miaulent ? se demanda une nouvelle fois Romano en entendant Ruru roucouler. Son chat manifestait ainsi son mécontentement d'être éjecté du tapis de course en plein sommeil – réaction modérée par rapport à celle de sa maîtresse si on l'avait réveillée ainsi. Jamais Ruru ne miaulait, une de ses nombreuses qualités. Romano souleva délicatement les sept kilos du chat (s'il y en avait eu un deuxième, elle aurait pu s'en servir d'haltères) et les déposa sur le canapé.

Ruru avait fait son apparition dans la vie de Romano quelques mois plus tôt, quand Clément l'avait amené lors de sa visite à l'hôpital, où elle se remettait d'une balle dans la jambe. L'adjudant avait recueilli la bestiole dans un bar à chats dont le patron venait d'être assassiné. Il comptait, en principe, le confier à la SPA après sa visite à Romano. Mais le chat s'était allongé sur le lit avec un ronronnement tellement ostentatoire qu'elle n'avait pas eu le courage de le virer. Tellier avait alors fait remarquer, l'air de rien, que les chats noirs étaient quasiment inadoptables – superstition oblige. Il l'aurait volontiers pris chez lui mais sa fille Rose, comme la femme de Clément, était allergique.

Et voilà comment Romano, qui n'avait jamais eu ni mari ni enfants ni aucun autre boulet, s'était trouvée propriétaire de Ruru. En réalité, personne ne connaissait le vrai patronyme de l'animal. Elle avait repris ce nom, qui était à l'origine celui d'un autre habitant du bar à chats, trouvant que ça lui allait bien. Une décision désapprouvée en silence par Tellier et Clément, visiblement outrés qu'elle l'ait baptisé du premier nom venu, sans chercher plus loin. Depuis, elle sentait que ses deux collègues scrutaient en permanence ses capacités éducatives et son engagement affectif. Comme une vache à qui on colle le petit veau de sa voisine en espérant qu'elle le traitera comme le sien. Comment avait-elle pu se mettre dans cette galère ? La blessure à la jambe avait dû lui attendrir le cœur. Maintenant, elle était guérie.

Dès son arrivée dans l'appartement, Ruru avait jeté son dévolu sur le tapis de course. Il passait le plus clair de ses journées allongé comme une crêpe sur cette bande de caoutchouc – un choix curieux vu le nombre de tapis, coussins, divans et autres futons en tout genre. Sans même parler du panier en osier délicieusement molletonné de bleu pâle, qui semblait sorti tout droit d'une photo de calendrier. Un cadeau de Clément dans lequel le chat n'avait jamais mis les pattes.

Elle sélectionna son programme dix kilomètres avec dénivelé et s'attaqua à la revue de presse sur le scandale financier de la Banque du Nord, préparée par Clément à partir d'une base de données de la presse. Il avait fallu à l'adjudant une formation conséquente pour maîtriser cet outil mais Romano ne regrettait pas l'investissement. Au moins une tâche qu'on pouvait lui confier en toute sérénité.

À la seconde où elle commençait sa lecture, l'indicatif du Portugal s'afficha de nouveau sur son portable. Cette fois encore, elle attendit que l'appareil cesse de vibrer – les cinq sonneries lui semblèrent plus longues que d'habitude. Deux appels hier, un seul aujourd'hui, zéro demain. En bonne logique, João en resterait là. Affaire réglée, parfait.

Avec les mecs, Romano traçait sa route de façon pragmatique, sans place pour les états d'âme. Même si son histoire portugaise avait duré deux ans, un record, elle avait pris une part limitée dans sa vie. La qualité numéro 1 de son architecte était d'être, comme elle, bien plus passionné par son métier que par sa vie privée.

Au départ, il s'agissait d'une banale coucherie. Rencontre au bar du Hilton, son terrain de chasse favori, suivie d'une agréable partie de jambes en l'air. Puis, d'un week-end à Porto à un autre, l'affaire s'était prolongée. Elle s'était attachée à la vue sur le Douro, aux *pastéis de nata*, à l'architecte et au vieux porto – comme à un tout dans lequel elle n'aurait pas su dire ce qui comptait le plus.

Quand João lui avait annoncé, dans son anglais chantant, que c'était fini entre eux, elle avait bien pris la chose. Et elle avait souri en l'entendant prononcer, en version anglaise, la réplique qu'elle avait si souvent utilisée : « Je crois que c'est mieux comme ça. » Ensuite, pourtant, elle s'était sentie un peu mortifiée. João ne la quittait pas pour une étudiante de vingt ans béate d'admiration devant le maître, mais pour une architecte australienne de son âge, liftée et maigre comme un clou d'après Google Images. En plus, il l'épousait. À son grand agacement, João lui avait trotté dans la tête pendant pas mal de semaines, allant parfois jusqu'à entraver ses capacités de concentration. Lamentable. Et voilà que huit mois après, il reprenait contact, Dieu sait pourquoi.

Tout en continuant de courir, elle ouvrit le premier article sur Tourtier et commença la lecture. Le scandale de la Banque du Nord avait creusé un trou d'un milliard deux cent cinquante millions. Elle vérifia en deux clics : un quart de la performance de Jérôme Kerviel, dix ans plus tôt, qui représentait elle-même un quart du scandale du Crédit lyonnais, encore dix ans plus tôt. Peu de chose en somme. Mais tout de même de quoi mettre en faillite l'établissement – s'il n'avait pas été renfloué, comme les autres.

Elle passa à l'article suivant. Et dut se rendre à l'évidence en relisant le début pour la troisième fois : le coup de fil de João l'empêchait de se concentrer. La vérité, c'est qu'elle hésitait à le rappeler, et s'en voulait furieusement. S'il y avait bien un domaine dans lequel elle hésitait encore moins que les autres, c'étaient les hommes. Un processus de décision simple, en deux temps. Attirée : oui ou non ? Temps disponible : oui ou non ? Avec deux interdits, en tout et pour tout : ses collaborateurs directs et les personnes impliquées dans des enquêtes – sa seule entorse à cette règle n'avait pas été une réussite, puisqu'elle avait failli craquer pour le suspect principal, perdant temporairement sa capacité de jugement. Les ex et les réguliers étaient soumis aux mêmes critères que les nouveaux venus, sauf s'ils étaient blacklistés pour manque de performance.

En théorie, si elle s'en tenait à la procédure, il n'y avait donc aucune raison de ne pas appeler João, pour s'offrir une soirée sympa avec lui. Le hic, c'est qu'il était un peu tard. Il s'imaginerait peut-être qu'elle avait voulu se faire désirer, ou, pire, lui faire payer. Affligeant : depuis quand se préoccupait-elle de ce que les autres allaient penser ? Elle régla le tapis de course sur un parcours moins accidenté et composa le numéro.

Il décrocha à la première sonnerie.

– Heureux que tu m'appelles, annonça-t-il d'emblée dans son anglais coloré.

– Alors ? Les nouvelles ?

– J'en ai fini avec l'hémisphère sud.

– Ton Australienne t'a largué ? traduisit Romano, non sans une certaine jubilation.

Il y eut un long soupir, assez théâtral. Son architecte était volontiers théâtral, surtout quand il se moquait de lui-même.

– C'est moi qui suis rentré à Porto. Je ne comprenais pas un mot de ce qu'ils disaient. Et puis, Sydney, c'est loin.

Romano se mit à rire.

– Bien vu.

– *Esta mulher foi uma falha !* s'exclama-t-il avec emphase.

Depuis que Romano lui avait dit apprécier la musique de la langue portugaise, il disait parfois quelques mots dans sa langue maternelle. En général, avec sa connaissance de l'espagnol, de l'italien et du français, elle comprenait. À vrai dire, elle goûtait aussi bien les intonations du portugais quand il parlait anglais – mais elle ne le lui avait pas précisé, de peur de le vexer.

– Tu es libre, ce week-end ? reprit-il. C'est la Saint-Isidore, il y a sûrement une procession quelque part.

– Ça aussi, c'est un sacré argument. Je regarde les avions et je t'envoie un texto.

En réalité, Romano avait sa petite idée personnelle sur ce qui avait conduit João à larguer sa femme, quelques mois après les épousailles. Peu avant, elle avait appris sur le site du *Monde* que l'Australienne avait reçu le prestigieux prix Pritzker pour la nouvelle bibliothèque d'Adélaïde. João avait beau afficher un féminisme de bon aloi, pas sûr qu'il ait apprécié que son épouse lui passe devant aussi ostensiblement.

En trois clics guillerets, le billet était acheté. Les vols directs depuis Lille venaient de reprendre : excellent timing. Il y avait un aller en début de matinée et un retour le soir. Elle décida de faire le voyage dans la journée du samedi : pour une reprise, c'était bien suffisant.

De nouveau concentrée, elle reprit sa lecture et relança le programme de trail.

Le jeune trader Arnaud Vancel avait été mis en examen rapidement pour abus de confiance, faux et usage de faux. On lui reprochait des prises de risque inconsidérées, accompagnées d'introduction de données frauduleuses dans le système informatique – en l'occurrence des opérations fictives censées équilibrer les positions. Tous les journaux mettaient l'accent sur la similitude avec le mécanisme mis en place par Jérôme Kerviel. Et ne manquaient pas de souligner que ce remake était encore plus stupéfiant que la version originale. Comment avait-on pu ne pas prendre les mesures de contrôle nécessaires ? Comme son illustre aîné à la Société générale, Arnaud Vancel avait fait rejaillir la responsabilité sur les autres, et en premier lieu son supérieur, François-Xavier Tourtier, qu'il qualifiait d'« incompétent faux cul » – Romano se demanda si « faux cul incompétent » n'aurait pas sonné mieux. Sa défense était axée sur le fait que tout le monde savait. Ce qui, jugea Romano, ne le disculpait pas entièrement.

Sûrement admirative de son brillant prédécesseur, la malheureuse victime du système avait elle aussi décidé de poursuivre son employeur aux prud'hommes. Ben voyons. Malheureusement, le pauvre gars était tombé sur un juge qui n'avait pas autant le sens de l'humour.

Alors que la Société générale avait dû verser quatre cent cinquante mille euros à Jérôme Kerviel pour l'avoir licencié « sans cause réelle ni sérieuse », dans des conditions « vexatoires », le pauvre Arnaud n'avait pas récupéré un radis. Forcément, un truc aussi sublime, ça n'arrive qu'une fois par siècle.

En parallèle, le procès principal avait lieu à la cour de Paris. Le nom de François-Xavier Tourtier avait été cité à de multiples reprises. Le « tout le monde », censément au courant des pratiques frauduleuses de Vancel, c'était principalement trois personnes : son supérieur hiérarchique, c'est-à-dire Tourtier, le directeur de la salle des marchés et la responsable du contrôle interne. Les trois avaient eu chaud aux fesses mais, après deux mois de débats animés, seul Vancel avait été condamné. Quatre ans de tôle dont deux et demi avec sursis.

Six mois plus tard, la sentence était confirmée en appel, au grand dam de son avocat maître Ferron, qui, dans un extrait du journal diffusé sur YouTube, en faisait des tonnes.

Filmé sur les marches du Palais de justice, sur fond de Sainte-Chapelle, le magistrat avait un faux air de Danton. Romano admira sa tignasse léonine toujours aussi abondante, qui virait au poivre et sel. Cela le rendait encore plus majestueux qu'à l'époque où ils étudiaient ensemble.

« Cette sentence est une atteinte à l'honneur de la justice. Mon client est victime d'un monde financier gravement malade mais jamais soigné. Une fois de plus, les vrais coupables s'en tirent sans dommage. » Phrases ciselées, silences éloquents, modulations maîtrisées, il était doué, pas de doute. Et elle avait du bol de tomber sur lui.

Romano et Ferron avaient fait connaissance à Assas, lors d'une bagarre avec un petit con d'extrême droite où Ferron avait perdu une dent – Romano avait mis l'attaquant à terre, d'une bonne prise de judo. Depuis vingt-cinq ans qu'ils avaient quitté la fac, ils étaient restés en contact. Un ou deux déjeuners par an, pour le plaisir et pour prendre la température de leurs univers de travail respectifs. De temps à autre, ils échangeaient aussi quelques impressions, voire quelques tuyaux. La règle entre eux était claire : ils pouvaient refuser de donner des infos mais ne s'envoyaient jamais de baratin. Sincérité totale, sans langue de bois ni fausses pistes. Il serait intéressant de savoir ce que Ferron pensait de Vancel, son client, mais aussi de Tourtier, qu'il avait entendu à la barre des témoins.

À la seconde où Romano allait l'appeler, le nom de Clément s'afficha sur son téléphone. Autant le prendre en direct que d'avoir la corvée de le rappeler.

– Bonjour commissaire, vous avez vu ma revue de presse ? Arnaud Vancel détestait François-Xavier Tourtier. Il n'avait aucune raison de venir à sa Légion d'honneur, à part se venger.

Romano éloigna le téléphone de sa bouche pour soupirer à son aise. Elle avait l'habitude d'expliquer le monde à Clément comme à un enfant. Mais à la longue, les enfants sont fatigants.

– On ne va pas toujours à une Légion d'honneur par amitié, et même, c'est assez rare. On vient pour se montrer, pour les petits fours, pour œuvrer à sa propre Légion d'honneur, que sais-je !

– Sa propre Légion d'honneur ? Vous croyez qu'ils la donneraient à un type qui a coûté plus d'un milliard à sa banque ?

La question n'était pas si mauvaise, songea Romano. Ce ne serait pas tellement plus bizarre que de lui filer des dommages et intérêts pour licenciement abusif.

– C'était juste un exemple. En l'occurrence, je pense que Vancel venait plutôt pour se montrer. Pour un banni comme lui, serrer publiquement la pogne à tous ces puissants, c'était l'opération de réhabilitation idéale. Ce qui m'étonne plus, c'est que François-Xavier l'ait invité. J'imagine qu'il voulait se montrer grand seigneur : du passé faisons table rase. Je connais un peu Ferron, l'avocat de Vancel. Je l'appelle et je vous tiens au courant. Et bravo pour votre revue de presse.

Elle jeta un coup d'œil à l'écran de son tapis de course et fut agréablement surprise de sa vitesse moyenne. Quand elle avait Clément en ligne, elle accélérait toujours inconsciemment, sûrement pour passer ses nerfs.

Elle composa le numéro de Ferron, qui répondit à la deuxième sonnerie.

– Tu peux me dire pourquoi les flics sont aussi prévisibles ?

– Merci de ton accueil, et bonjour quand même.

Tout en mastiquant son sandwich – désolé, j'ai une audience dans dix minutes –, l'avocat lui conseilla de ne pas perdre de temps avec la piste Vancel.

– Je ne perds pas mon temps, j'enquête. Un truc assez courant dans mon métier.

– OK, reprit l'avocat en terminant sa bouchée. Tu veux mon avis, je te le donne. Vancel est un petit con, mais pas du genre sentimental. S'il se mettait en tête de descendre tous ceux qui auraient pu trinquer à sa place, ce serait l'œuvre d'une vie. Il a d'autres projets, plus lucratifs et moins risqués.

– Comme ?

– Il vient de finir son livre commencé en prison, et Hollywood a mis une option sur les droits. Il est là-bas depuis hier. Tu te rends compte, le bouquin n'est pas encore sorti et il y a déjà un projet d'adaptation ! On aurait dû faire finance. Et parmi les ex-conquêtes de Tourtier, tu as regardé ? Le gaillard avait une sacrée réputation.

– C'est-à-dire ?

– J'ai dit conquêtes mais le terme est inexact. Il semble qu'il ne s'emmerdait pas trop à les conquérir. Un tenant de la tradition, genre droit de cuissage. Apparemment, il sévissait surtout auprès de ses collaboratrices – pourquoi s'emmerder à chercher plus loin ? Un sacré coco, semble-t-il.

– D'où tu tiens ça ? Pourquoi ce n'est pas sorti pendant le procès ?

– Un petit *gentleman agreement* entre Vancel et Tourtier – tu as remarqué que cette expression était exclusivement utilisée pour les fripouilles sans foi ni loi ? Au début, mon client voulait tout déballer mais je lui ai conseillé de s'abstenir. En échange, François-Xavier restait discret sur certains aspects de la vie privée de mon client. Je ne rentrerai pas dans les détails.

– Merci pour le tuyau.

Romano s'épongea le front. Pour en savoir plus sur le harcèlement sexuel pratiqué par Tourtier, il faudrait enquêter auprès de la Banque du Nord. S'il avait vraiment sévi pendant des années, il se trouverait bien des victimes ou de bons camarades pour cracher le morceau.

Elle raccourcit légèrement sa foulée et se prépara à passer son coup de fil suivant, à son beau-frère Jean-Gonzague. Quitte à avoir importé des cathos acharnés dans la famille, autant que ça ne serve pas seulement à se taper des baptêmes et des communions. Peut-être pourrait-il lui dire s'il y avait quelque chose à tirer de l'évêque local. En théorie, ce pouvait être un interlocuteur intéressant pour parler du père Criaud, mais s'il ne pratiquait que la langue de bois, autant le savoir à l'avance et s'épargner la perte de temps.

Elle avait l'habitude de passer des coups de fil en courant – selon la théorie du *talking test*, le bon rythme de course est celui qui permet de parler sans s'essouffler. Mais elle attendit d'avoir franchi le petit raidillon à onze pour cent pour composer le numéro.

– Salut beau-frère, je voudrais un petit conseil d'expert. Tu connais l'évêque de Lille ?

– Tu me surestimes. Je n'ai rencontré qu'un évêque, le nôtre, à Montpellier.

– Si tu le connais de réputation, ça me suffit. Il est bien ou il est pas bien ?

– Je ne comprends pas ta question.

Elle soupira ostensiblement.

– Les garagistes, il y en a des bien et des pas bien, idem pour les flics, j'imagine que ça marche aussi pour les évêques.

Jean-Gonzague émit un grognement. Il faisait mine d'être choqué par son franc-parler mais elle le soupçonnait de trouver leurs conversations rafraîchissantes – au milieu de ses semblables, notamment ses cinq frères et leurs tribus, il devait finir par s'ennuyer.

– Comment une femme intelligente comme toi peut-elle avoir une vision des choses aussi binaire ?

– Putain, Jean-Gonzague (la juxtaposition des deux mots la ravissait toujours), je ne te demande pas de me dire quel est le sexe des anges ou de me résumer Vatican II. Sois sympa, réponds par oui ou par non.

– Si « bien » signifie être prêt à discuter avec des barbares qui ponctuent toutes leurs phrases de jurons et comparent l'Église à une entreprise de carrosserie, j'imagine que oui, il a la réputation d'être bien.

– Tu vois, quand tu veux !

Elle appela l'évêché dans la foulée mais le patron était en pleine préparation de confirmation. Agacée par le ton geignard de l'assistante, qui ne pouvait pas lui garantir de le joindre dans la journée même si elle faisait de son mieux car enfin ce n'était pas sa faute si son éminence éteignait son portable, elle ajouta que c'était au sujet d'un meurtre.

– C'est noté, madame le commissaire, répondit l'autre d'une voix tremblante.

Romano raccrocha sans saluer et fonça à sa douche. Il était temps d'aller au commissariat voir comment Tellier se tirait de sa première séance de hacking.

6

De son pas sportif, Romano rejoignit le commissariat en dix minutes à peine. Elle travaillait pas loin de chez elle, mais dans un quartier très différent. Alors qu'elle habitait dans une partie bourgeoise du Vieux-Lille, Wazemmes était plus mélangé. Dès qu'elle arrivait rue Gambetta, il régnait une autre ambiance. Avec ses modestes immeubles de deux étages, ses boutiques en rez-de-chaussée et son tracé parfaitement rectiligne, l'artère évoquait à Romano une petite ville du Far-West – la brique en plus. Les commerces alternaient tradition, branchitude et exotisme, dans des proportions à peu près équilibrées : fromager depuis quatre générations, salle de sport, magasin vegan, réparation de machines à coudre, restaurants libanais, mexicain, italien. Sans oublier le clou de la rue : un petit immeuble décrépit mis en vente depuis plusieurs mois par une agence immobilière « spécialiste des immeubles de rapport ». Beau comme du Balzac.

En voyant sa cheffe entrer dans le bureau, le capitaine se leva, trop heureux de lui rendre son ordinateur, où elle l'avait installé après l'avoir connecté à celui d'Ariane Tourtier. À en croire son visage crispé, Tellier n'appréciait pas sa première expérience de hacking. Mais Romano lui fit signe de se rasseoir.

– Restez où vous êtes, je m'installe à côté de vous. Alors, pas trop dur cette exploration ?

– Trop facile, au contraire. J'ai pu remonter ses recherches Internet sur six mois, il ne reste plus que la semaine dernière. Drôle de truc, de se promener sur l'ordinateur de quelqu'un d'autre à partir du sien. Une sensation de dédoublement spatial, et, en même temps, l'impression d'être horriblement intrusif.

Romano retint un sourire devant cette remarque typique de son adjoint. Les flics de brigade criminelle ne devaient pas être nombreux à s'inquiéter d'être intrusifs.

– Facile, oui, une fois qu'on a cassé les mots de passe et pondu le bon programme. J'ai quand même fait un peu de boulot avant de vous passer la main.

Romano était une surdouée de l'informatique, que la cellule Nouvelles Technologies tentait régulièrement de recruter. L'avantage aurait été double : enrichir l'équipe d'un élément brillant et se débarrasser d'une commissaire qui avait la manie désagréable de les court-circuiter. Mais Romano refusait toujours, n'ayant aucune envie de passer sa vie derrière un écran.

Par souci d'efficacité, elle se réservait généralement cette partie de l'enquête, d'autant que Tellier n'était pas un as dans ce domaine. Mais cette fois, elle lui avait confié une petite promenade sur l'ordinateur d'Ariane Tourtier, dans l'espoir de l'assouplir un peu – sait-on jamais, il prendrait peut-être goût à l'illégalité.

– Je trouve ça limite, conclut-il d'un ton pincé.

L'expérience avait raté, rien d'étonnant. Il était dans la nature des expériences de pouvoir échouer.

– Vous avez trouvé quelque chose ?

– Tous les matins vers 10 heures (au réveil, traduisit Romano), Ariane Tourtier passe une bonne demi-heure sur un site de marques dégriffées, toujours le même.

Romano eut un sifflement admiratif. Elle-même consacrait deux heures par an au renouvellement de ses jeans, T-shirts et pulls. Avec trois critères : la qualité devait tenir un an, tout devait aller avec tout, rien ne devait se repasser.

– Ensuite, reprit Tellier, elle regarde quelques chaînes YouTube regroupées sous une rubrique « conseils beauté ». Maquillage, soins de la peau et des cheveux, ce genre de choses.

Sans aucun doute, le concept de « conseils beauté » était totalement étranger au capitaine.

– D'autres sites ?

– Elle va régulièrement sur des comparateurs de vols et des sites de réservation d'hôtels, pour organiser des week-ends avec son mari dans des capitales européennes. Le mois dernier, elle est aussi allée sur le site d'une association de jeunes filles au pair, sans doute pour remplacer celle qui est partie. Enfin, le plus intéressant, elle consulte deux ou trois fois par mois les Pages jaunes pour la même recherche : « avocat, Lille ». Bizarrement, elle ne va jamais au-delà de la première page de résultats. Comme le site est paramétré pour changer l'ordre des noms à chaque fois, elle obtient toujours une liste différente.

– Ce qui laisse supposer qu'elle ne se décide jamais à contacter personne.

Tellier approuva de la tête.

– Si vous voulez, j'ai fait des copies d'écran.

En voyant la première page, Romano éclata de rire. La plupart des professionnels du barreau avaient eu l'idée désastreuse d'ajouter leur photo à côté de leur nom.

– Vous prenez qui ? Le rocker sur le retour, la pimbêche à double rang de perles ou celui qui paraît sorti d'une affiche *Wanted* ? Ou alors le dernier, on dirait un mélange d'Einstein et de Bozo le clown.

Tellier s'éclaircit la voix. L'avocat en question s'était occupé de son divorce. Romano fit un geste d'excuse. Même si les relations de son adjoint et de son ex-femme étaient meilleures que celles de la plupart des couples mariés, la séparation restait un thème douloureux. Depuis quelques jours, Tellier lui semblait particulièrement à fleur de peau sur le sujet.

– En même temps, remarqua-t-elle, ce truc est pernicieux. À partir du moment où certains avocats exhibent leur trombine sur le site, les clients potentiels risquent de s'imaginer que les autres ont des gueules de serial killer. Et les trois mousquetaires à moustache, vous avez vu ? Leur cabinet s'appelle « Vaincre » ? On n'aurait jamais dû autoriser les avocats à faire de la pub, pour leur propre bien.

– Reste à savoir pourquoi Ariane Tourtier envisageait de contacter un avocat. Statistiquement, un projet de divorce est le plus probable.

Le défilé des copies d'écran était terminé.

– Vous permettez que je jette un œil ?

Tellier laissa Romano s'installer face à l'ordinateur de son bureau – en général, elle lui préférait un portable dernier cri acheté sur ses propres deniers.

Avec une dextérité que le capitaine enviait toujours, elle entreprit de naviguer sur l'historique de la semaine précédente, qu'il n'avait pas eu le temps d'examiner.

– Bingo ! s'exclama-t-elle en arrivant sur le site des Pages jaunes.

Cette fois, la recherche était plus explicite : « avocat divorce, Lille ». Le mot-clé levait toute ambiguïté et laissait entendre que le projet se précisait.

– En somme, résuma Romano, la veuve éplorée s'est bien foutue de nous. En fait de parfait amour, elle envisageait depuis deux ans de plaquer son mari adoré.

Tellier observa qu'elle cherchait peut-être un avocat pour quelqu'un d'autre mais Romano n'y croyait pas. Si tel avait été le cas, elle serait allée une seule fois sur le site, aurait imprimé la liste complète des avocats et basta.

– Non, répondit Romano, Ariane Tourtier ne supportait plus son bonhomme mais n'avait pas le courage de se retrouver seule, avec moins de pognon : aussi simple que ça. Sa seule originalité est son indécision quasi pathologique.

Tellier hocha la tête. Il éprouvait une certaine sympathie pour ce côté torturé – la plupart des gens divorcent sans se poser autant de questions.

– Même malheureuse en couple, je vois mal Ariane Tourtier dans le rôle d'une meurtrière. Si elle n'avait pas le courage de contacter un avocat, peu de chances qu'elle ait eu le cran de préméditer un assassinat.

– Si l'être humain était cohérent, ça se saurait, rétorqua Romano. D'ailleurs, Ariane Tourtier hésitait peut-être à divorcer par orgueil autant que par lâcheté. Le mariage était sans doute la seule décision qu'elle ait jamais prise dans sa vie d'adulte. Pas facile de reconnaître, vis-à-vis de soi-même et des autres, qu'on s'est trompé. Le mieux est encore de poser la question à l'intéressée. On la convoque illico.

Joignant le geste à la parole, Romano avait déjà composé le numéro.

– C'est urgent, dites au coiffeur que vous ferez le brushing plus tard.

7

– Comment vous disiez, déjà, amoureux comme au premier jour ? Il ne devait pas être beau à voir, votre premier jour !

Ariane Tourtier se tourna vers Tellier, d'un air de détresse. Romano ne put s'empêcher de remarquer que ses cheveux mouillés l'embellissaient encore.

– Ne vous fatiguez pas, reprit-elle d'un ton abrupt, j'ai sondé moi-même votre ordinateur. Quand on baigne dans l'idylle, on cherche rarement à divorcer.

Les grands yeux maquillés de la veuve faisaient des allers et retours entre ses deux interlocuteurs, au bord de la panique. Quand elle ouvrit enfin la bouche, une note de soulagement perçait pourtant dans sa voix.

– L'amour a duré trois ans, comme dans le livre de Beigbeder. Pas si mal.

– Êtes-vous, ou avez-vous été, la maîtresse du père Criaud ?

La jeune femme fusilla la commissaire du regard.

– Pourquoi tout salir ? Notre relation vaut bien plus que ça. Le père Criaud n'a rien à voir avec mes problèmes conjugaux.

– L'usure du temps ? aventura Tellier.

Il détestait les formules stéréotypées mais le thème de la vie conjugale le mettait toujours mal à l'aise. La jeune femme but d'un trait le verre d'eau posé devant elle, puis réfléchit quelques secondes. Elle semblait chercher par où commencer.

– Plutôt un basculement, au contraire. Tout a commencé avec le four solaire.

– Quand votre mari a décidé d'investir dans ce secteur ?

– Les journaux ne le disent pas mais c'est moi qui me suis intéressée la première au four solaire, et non François-Xavier.

Sa voix s'était raffermie. Elle donnait maintenant l'impression de savoir exactement où elle allait.

Elle raconta d'abord leurs hésitations à partir ensemble à Abou Dhabi, après la mutation qui avait suivi le scandale financier. « Le temps de vous mettre un peu à l'ombre », avait expliqué le directeur général de la banque, ravi de sa blague. Au final, François-Xavier avait préféré qu'elle ne l'accompagne pas : trop de chaleur, trop de contraintes. Mieux valait qu'elle reste à Lille s'occuper de la décoration de leur nouvelle maison, d'autant que la banque payait un aller-retour à François-Xavier toutes les trois semaines. Son grand-père aussi l'avait dissuadée d'aller dépérir dans cette prison dorée. Elle avait suivi l'avis des autres – comme toujours, ajouta-t-elle avec un bref ricanement, bien différent de sa manière un peu mièvre du premier entretien. Après les adieux à Roissy, elle s'était arrêtée faire du shopping à Marly 2, sa façon de lutter contre le sentiment de vide.

– Au centre commercial, poursuivit-elle, c'était la semaine du développement durable. Les gens passaient devant les stands sans s'arrêter. Moi pareil, j'allais voir les soldes chez Lancel. Et puis, je suis tombée sur le stand de fours solaires. Planté derrière sa table, un malheureux vendeur attendait le chaland, le regard perdu. Sandales à l'allemande avec chaussettes, barbiche mal taillée, gilet en peau de mouton retournée, une caricature de baba cool. Je me suis demandé si le centre avait recruté un comédien : il avait un air de famille avec le type nu qui poussait une roue en bramant, à la dernière exposition d'art contemporain sponsorisée par la banque de François-Xavier.

Tellier approuva de la tête. Toujours désireux d'ouvrir ses filles à la culture, il les avait emmenées là-bas et l'œuvre en question les avait fascinées.

– Certains passants ricanaient qu'on n'avait pas vu le soleil depuis six semaines. Moi, bizarrement, cet homme m'a émue.

– Vous lui avez parlé ? demanda Romano.

– Vous comprenez, insista Ariane Tourtier, normalement, je me fiche du malheur des inconnus. Jamais je n'aurais l'idée de donner la pièce à un mendiant.

Romano et Tellier hochèrent la tête. Au moins, elle était franche.

– Et là, en réalisant que c'était la nocturne du vendredi, j'ai eu peur qu'il ne tienne pas jusqu'à 22 heures. Je me suis approchée pour échanger quelques mots. Un quart d'heure après, je signais un chèque de deux cent quarante-neuf euros, comme si j'avais été hypnotisée. Une fois sur le parking, j'ai balancé l'engin dans un chariot déglingué, à côté d'une pelure d'orange. Ma B.A. était faite. Mais une fois à ma voiture, presque malgré moi, j'ai fait demi-tour pour le récupérer dans le caddie, et je suis rentrée à la maison en oubliant les soldes. Il se passait quelque chose d'étrange avec cet objet.

– Hum hum, fit Tellier, pour empêcher la commissaire de lui couper la parole.

Le récit prenait une pente plus ou moins ésotérique que Romano n'allait pas supporter longtemps. Déjà, elle tapait nerveusement du pied.

– Malheureusement, le four était en kit. J'ai eu beau lire vingt fois la notice, impossible de monter l'engin – je suis incapable de changer une ampoule. J'ai un tempérament artiste, ma grand-mère anglaise le disait déjà quand j'étais petite.

Romano leva les sourcils, de plus en plus agacée. Elle voyait très bien comment Ariane Tourtier avait utilisé ce « tempérament artiste » comme parfait alibi pour être nulle dans ce qui l'ennuyait. Au fil des années, elle avait dû en faire une sorte de carte d'invalidité, qu'elle brandissait partout avec son sourire de madone. Maintenant qu'elle était veuve, elle aurait tout intérêt à passer à l'âge adulte.

– J'ai fini par appeler mon gentil vendeur de Marly 2, loin d'imaginer qu'il deviendrait l'associé de François-Xavier.

– Benjamin Locatelli, c'est bien ça ?

– Tout à fait. Quand je l'ai appelé, il est venu monter le four le soir même : un garçon adorable.

La phrase avait été prononcée sans le moindre mépris. Romano repensa à l'air énamouré du garçon adorable en question, lorsqu'il effleurait l'épaule d'Ariane Tourtier, au Non-Lieu. Sans doute était-ce grâce à ces circonstances tragiques qu'il s'était permis un geste aussi familier – à quelque chose, malheur est bon. La jeune femme avait-elle remarqué que l'associé de son mari était fou d'elle ? De l'extérieur, c'était évident, mais elle avait si souvent été entourée de mâles en extase qu'elle n'y faisait peut-être pas attention.

– Entre-temps, reprit la jeune femme, la pluie avait fait place à un soleil de plomb, qui semblait avoir été livré avec le four. Moi qui n'ai jamais aimé cuisiner, je me suis lancée. Des brochettes, des blancs de poulet, des cookies, des quiches.

– Un genre de barbecue où on cuit de tout, résuma Romano.

Ariane Tourtier lui jeta un regard offusqué.

– Le four solaire n'a rien à voir avec le barbecue, où l'on a toujours peur de quelque chose – qu'il pleuve, que ça brûle. Avec le four solaire, on ne redoute pas, on espère : le soleil, la chaleur.

– Et votre mari, vous lui en parliez au téléphone ?

– Je voulais lui faire la surprise. Et pour être honnête, il me manquait moins depuis que j'avais le four. Grâce à mon achat, j'ai fait la connaissance d'Agnès, qui m'a vue enfourner un plat, à travers la haie : on ne s'était jamais parlé avant. Elle m'a présenté d'autres voisins. Une fois que le four est chaud, c'est dommage de ne pas l'utiliser, alors je leur ai proposé d'apporter des choses à cuire. Ils venaient avec leurs enfants, on goûtait les plats, on trinquait, on échangeait des recettes, bref, c'était devenu le point d'attraction de la rue, un peu comme la fontaine dans un village d'autrefois.

Tellier hocha la tête, séduit par le tableau.

– Ça marche vraiment ?

– Le temps de cuisson est assez imprévisible mais ça fait partie du plaisir. On discute, on fait des paris, on redécouvre qu'on n'est qu'une partie du Grand Tout. Très bon pour l'humilité.

La condition humaine, l'humilité : la veuve les emmenait décidément dans des sphères trop élevées pour Romano. Son portable eut le bon goût de sonner à ce moment-là. Martel, le légiste, avait eu un désistement. Il pouvait ouvrir son bonhomme tout de suite, à condition qu'elle rapplique dans les cinq minutes. Il avait un avion pour Biarritz et ne comptait pas planter son week-end prolongé pour un macchabée. Romano se pencha à l'oreille de Tellier.

– L'autopsie commence. Venez, ça va nous aérer l'esprit. On va laisser notre amie Ariane mariner un peu.

Elle se tourna vers la jeune femme.

– Désolée, nous avons une urgence. On fait au plus vite, attendez-nous ici.

Ariane hocha la tête, manifestement déçue d'avoir été coupée dans son élan.

Tellier respira, soulagé. Connaissant la commissaire, il avait craint qu'elle annonce tout de go à la veuve qu'on allait charcuter le corps de son mari.

Romano prit le volant et parcourut les deux kilomètres qui séparaient le commissariat de l'hôpital en un temps record. Objectivement, louper les premières secondes d'une autopsie n'était pas très grave, le suspense étant limité. Mais elle considérait l'exercice comme un régal intellectuel et ne voulait pas en perdre une miette. Ses parents chirurgiens orthopédiques l'avaient exposée très tôt aux récits d'opération, accompagnés parfois du visionnage des meilleurs moments – sa mère, professeure à la fac de médecine de Montpellier, faisait souvent filmer les interventions pour ses étudiants. Résultat, elle voyait les cadavres, entiers ou en pièces détachées, comme de simples planches d'anatomie.

Au poste de sécurité le gardien la reconnut et leva la barrière. Elle s'engagea sur la voie périphérique qui desservait les différents bâtiments de l'hôpital, véritable ville dans la ville. L'institut médico-légal se situait au sous-sol d'un vieux bâtiment de brique, consacré pour le reste à des bureaux. L'administration avait sans doute jugé que ranger des malades juste au-dessus de la morgue aurait manqué de tact.

Après un bref bonjour à l'employée de l'accueil, Romano et Tellier descendirent vers le sous-sol. Comme d'habitude,

Tellier se demanda pourquoi les morgues étaient toujours souterraines. Volonté de préfigurer la mise en terre ? De séparer le monde des morts de celui des vivants, comme dans la mythologie ? Ou, plus modestement, de protéger les défunts des conversations téléphoniques incessantes ? Au grand agacement de Romano, les appels ne passaient pas dans les étages souterrains du bâtiment.

La commissaire tendit à son adjoint un masque et des chausses en plastique bleu. Le capitaine avait porté le même modèle pour le deuxième accouchement de sa femme, dans un bâtiment identique, à cent mètres de là. Chaque visite à la morgue lui rappelait la naissance de sa deuxième fille, une association d'idées désagréable. D'autant que, maintenant, une autre idée désagréable pointait le nez, juste derrière. Il décida de lâcher le morceau – tant pis si le vestiaire d'un institut médico-légal était un drôle d'endroit pour des confidences.

– Louise m'a annoncé hier qu'elle était enceinte : elle est ravie, et son nouveau compagnon aussi. Les filles espèrent que ce sera un petit frère, elles ont l'air de bien le prendre.

Romano remarqua qu'il n'avait pas jugé utile de parler de sa propre réaction. Pour ne pas ternir leur image de couple divorcé modèle, il avait sûrement fait bonne figure, mais encaissé douloureusement. Il avait accepté avec chevalerie le coup de foudre de sa femme pour un autre et, depuis, morflait en silence.

– Je suis sûre que tout ira bien pour tout le monde, vous compris. Peu de couples mariés s'entendent aussi bien que votre ex et vous : vos filles ont beaucoup de chance. Vous êtes prêt ?

Tellier hocha la tête. De s'être confié, c'était déjà un poids en moins.

– Martel m'a parlé d'un désistement, reprit-elle en lui tenant la porte. Pour une autopsie, c'est curieux. Je vois mal le patient reporter son rendez-vous.

Le légiste, qui avait dû entendre du bruit, sortit d'une des salles et enleva son masque.

– Bonjour ma belle !

Son visage se rembrunit en voyant Tellier. Romano, amusée, regarda les deux hommes échanger un bonjour plutôt frais. Vu leurs caractères respectifs – l'un écorché vif, l'autre fat et volontiers lourd –, ils n'avaient aucune raison de s'apprécier. En théorie, ils étaient assez intelligents pour entretenir des relations professionnelles courtoises, mais ils avaient tendance, au contact l'un de l'autre, à devenir des caricatures d'eux-mêmes. Tellier, exaspéré par les plaisanteries lourdingues et parfois graveleuses de Martel, devenait encore plus raide. Martel, qui supportait mal la froideur ostensible de Tellier, en rajoutait dans la vulgarité.

La commissaire, justement, avait un faible pour l'humour lourd, un bon remède contre le stress de leur métier. Les soirées entre chirurgiens, épiées derrière la porte du salon, l'avaient mise à bonne école. Prise dans l'ambiance, elle avait même couché deux ou trois fois avec Martel à la sortie d'une autopsie, mais elle s'était juré de ne pas renouveler l'expérience, peu concluante. N'empêche, elle l'aimait bien et veillait à entretenir de bonnes relations avec lui. Malgré son physique de footballeur américain, sa voix de stentor et ses paluches d'étrangleur, c'était un professionnel méthodique, presque maniaque à force d'être méticuleux, et toujours à la pointe. Un mur entier de son salon était consacré à des ouvrages de médecine légale – rappelant à Romano son immense bibliothèque de livres professionnels en tout genre.

– C'est parti ! lança le légiste en s'emparant de son scalpel d'un geste théâtral. Romano se demanda s'il allait, en l'honneur de Tellier, expliquer pour la nième fois qu'il était devenu légiste parce qu'il était trop sensible et que c'était la seule spécialité où l'on ne voit pas souffrir ses patients. Mais non. La peur, sans doute, de passer pour un radoteur – l'âge de la retraite n'était pas si loin.

En quelques mots, Romano le mit au parfum : l'allergie à la crevette, le choc anaphylactique alors qu'il n'y avait, a priori, pas de fruits de mer à ce cocktail.

– Ce qui est rare, observa Martel. En principe, le cocktail attire le crustacé comme le bas clergé attire la vérole.

Romano sourit sans se forcer, retrouvant avec plaisir l'humour carabin de son enfance. Pas un membre de son équipe ne possédait ce patrimoine culturel.

Elle exposa les deux hypothèses envisagées. D'abord, la plus probable : une crevette sournoise avait tracé sa route de son bassin d'élevage jusqu'à la bouche du défunt, transportée ou non par une main malveillante. Impossible encore d'en avoir le cœur net. Malgré ses relances de plus en plus furibardes, le labo sous-traitant n'avait pas terminé l'analyse des petits fours. Restait une autre option, à ne pas exclure : le défunt avait déclenché, pour la première fois, une allergie à un autre aliment – il y a un début à tout.

– En tout cas, tout confirme un décès par anaphylaxie.

Martel avait commencé à dégager les organes, avec sa précision habituelle.

– Miam miam, un foie bon à mettre en conserve pour Noël prochain ! Si cet abruti avait bougé son cul, il n'en serait pas arrivé là.

Entre deux respirations profondes, Tellier observa que le sport n'avait jamais protégé personne de l'anaphylaxie.

– N'empêche, quand on porte des costumes à deux mille balles, on entretient la machine un minimum.

Le légiste incisa l'estomac et entreprit d'en verser délicatement le contenu dans un récipient en verre, à destination du labo.

– Il y a du monde, là-dedans !

Romano comprit que c'était une invitation à se rapprocher et se fendit d'un sifflement appréciatif. Ravi de se trouver face à un public connaisseur, le légiste poursuivit ses explications. À raison de cinq ou six ingrédients par canapé et de dizaines de canapés différents, le nombre de substances présentes dans l'estomac de François-Xavier Tourtier devait être vertigineux. Un vrai cauchemar pour les mecs du labo, qui préféraient de loin les macchabées nourris aux fricadelles frites.

– Entre nous, mes amis, le cocktail dînatoire est l'ennemi de la police scientifique.

8

Deux marches avant le monde des vivants, le portable de Romano bipa. Ce n'était pas l'évêque, comme elle l'espérait, mais simplement Clément, qui voulait savoir s'ils revenaient bientôt au commissariat : Ariane Tourtier lui avait signalé que l'heure de son rendez-vous chez le médecin approchait.

Cinq minutes plus tard, Tellier et Romano entraient dans la salle d'interrogatoire, où la jeune femme dégustait à petites gorgées un thé sûrement apporté par l'adjudant. Le physique scotchant de la veuve devait l'émouvoir, lui aussi. Il lui avait même apporté une part du cake au citron de Martine, la nouvelle recrue qui inondait le commissariat de pâtisseries maison. Une habitude pas terrible pour la condition physique de l'équipe mais, se consolait Romano, excellente pour l'ambiance. La gentille mamie à la mise en plis parfaite et aux rondeurs rassurantes avait été parachutée dans le commissariat de Wazemmes après la mort de son mari, parce qu'il lui manquait cinq trimestres et qu'elle voulait se rapprocher de ses petits-enfants. Martine semblait ravie de cette nomination et Romano se réjouissait de la voir endosser avec brio la mission de maternage, qui, jusque-là, lui incombait malgré elle. Au fil des ans, Romano s'était accommodée de ce rôle, malgré ses convictions féministes et son manque d'appétence pour le pouponnage. En tant que cheffe d'autant plus encline à protéger ses troupes qu'un adjudant de son service s'était fichu une balle dans la tête dix jours après sa première prise de fonction, elle voyait mal comment y échapper. N'empêche : elle était très heureuse de partager désormais la fonction avec Martine.

– Où en étions-nous ? reprit Romano en s'asseyant en face d'Ariane Tourtier. Ah oui, depuis que l'homme de votre vie était à sept mille kilomètres, vous nagiez dans le bonheur.

– Disons plutôt que je prenais conscience d'avoir toujours été au deuxième plan. J'avais été *fille de*, j'étais devenue *femme de*.

– Hum, fit Romano d'un ton plus aimable. Il vous a fallu un four solaire pour en arriver là ?

– Dans le milieu diplomatique comme dans celui de la banque, les femmes sont rarement au centre.

– Sois belle et tais-toi ? proposa Tellier.

– Je dirais plutôt « sois belle et parle anglais ». Ma mère était anglaise, ça tombe bien. J'ai été dressée très tôt à exceller dans le *small talk*.

Comprenant que sa mère était morte, Romano se radoucit encore.

– Quand votre mari est rentré d'Abou Dhabi, vous lui avez montré votre trouvaille ?

– Pendant son premier séjour, il a plu sans interruption – le soleil est réapparu pendant que son avion décollait. À son second passage en France, trois semaines plus tard, je lui ai préparé du poulet au curry et lui ai tout expliqué. En avalant sa première bouchée, il m'a demandé le prix du four. Puis il a sorti sa calculette et annoncé qu'il faudrait trois cent vingt-six ans et huit mois pour amortir le coût d'achat. J'ai eu du mal à finir mon assiette.

Mais vous l'avez tout de même finie, se dit Romano, toujours impressionnée par le poids de l'éducation – elle-même s'imposait des efforts permanents pour se débarrasser de sa culture familiale bourgeoise.

– C'est là que les choses se sont gâtées entre vous ? demanda Tellier.

– Une première étape. La déception passée, j'ai décidé de ne pas prendre les choses au tragique. Le four serait mon jardin secret – de toute façon, l'automne arrivait. Le vrai choc, c'est quand François-Xavier a ramené Benjamin à la maison, peu après son retour définitif à Lille. Mon achat, dont il s'était tant moqué, lui avait donné l'idée d'étudier le marché du four solaire à l'export. Il était convaincu du potentiel et comptait créer une start-up. Avec son business plan et son réseau, ça ne pouvait que marcher. Il a répété ces deux mots-là toute la soirée, pendant que mon gentil berger buvait ses paroles, extatique. Voir ma part de rêve convertie en tableaux Excel, je n'ai pas supporté.

– Pourquoi ne pas avoir demandé le divorce ?

– La peur du vide, j'imagine.

– Et pourquoi ces bobards sur votre couple parfait ?

La jeune femme hésita une seconde avant de répondre, d'une voix moins assurée.

– J'ai entendu un psychologue expliquer à la radio qu'on se remettait mieux de la perte de son conjoint si on avait été heureux avec lui. Vous ne trouvez pas ça horrible ? Soit vous réussissez votre mariage et votre veuvage, soit vous ratez les deux : comme si on devait payer toute sa vie pour ses erreurs. Je me suis dit que si je racontais partout qu'on était un couple uni, ça rendrait les choses plus faciles. Une façon de conjurer le sort.

Romano leva les yeux au ciel et se retint de signaler que le divorce était quand même autorisé depuis 1884. Une fois le baratin élagué, la situation tenait en une phrase. Ariane Tourtier était passée de l'amour à la haine par l'intermédiation d'un four solaire : inhabituel mais elle en avait vu d'autres. Ce qui donnait à la veuve un mobile banal mais crédible pour se débarrasser de son mari. Surtout s'il y avait un amant dans le tableau, par exemple le père Criaud.

– Cette pseudo-idylle n'était pas plutôt un moyen d'éloigner les soupçons sur vous ?

– Vous m'en croyez capable ? Vraiment ?

Romano revit le médecin des pompiers, qui avait attesté de son état de choc. Mais après tout, commettre un assassinat pouvait aussi être mauvais pour les nerfs. La veuve ne disait pas tout, elle l'aurait juré.

– Pourquoi ce désespoir à la mort de votre mari ? Si vous le détestiez à ce point, c'était un sacré coup de bol.

Ariane Tourtier prit son verre d'une main tremblante, avant de se rendre compte qu'il était vide. Son assurance avait disparu, elle était redevenue la femme fragile de la première fois.

– Le matin de la cérémonie, il s'est passé une chose horrible que je n'ai racontée à personne, pas même au père Criaud. Alors que j'étais au téléphone avec le secrétariat du médecin, pour fixer la dernière injection du vaccin pour l'Inde, j'ai entendu François-Xavier qui répétait son discours devant la glace, avec ses fausses hésitations toujours au même endroit. Soudain, j'ai réalisé que je n'avais aucune envie de partir avec lui à Mumbai. J'ai passé toute ma vie à déménager sans me poser de questions, et là, j'en avais assez. Laisser mon grand-père tout seul, laisser ma maison et mes rares amis, pour suivre mon mari, une nouvelle fois ? J'ai raccroché sans prendre mon rendez-vous et je me suis dit que s'il pouvait disparaître, cela réglerait tout.

Autrement dit, j'ai souhaité sa mort. Six heures après, il s'effondrait. Vous comprenez, maintenant ?

– Pas bien, non.

– Quand il a eu son malaise, j'ai tout de suite compris que c'était de ma faute. J'avais voulu sa mort, et maintenant, mon vœu se réalisait.

Romano retint le juron qui lui brûlait les lèvres.

– Vous avez quand même fait les piqûres, non ?

– J'ai fait tous les gestes parfaitement, comme dans un rêve. Mais au fond de moi, j'étais sûre qu'il ne reviendrait pas à lui. J'avais voulu sa mort, et maintenant, mon vœu se réalisait.

Ariane Tourtier avait répété sa formule d'une voix butée. Putain, se dit Romano, ça ne va pas être simple de la sortir de son délire – qu'il soit authentique ou parfaitement étudié. Les emmerdeurs de tout poil, elle s'en accommodait, mais les frappadingues superstitieux, elle avait du mal.

Elle interrogea Tellier du regard, pour savoir s'il espérait en tirer quelque chose de plus. Aussitôt, il raccompagna la jeune femme.

– Bon débarras, cet entretien m'a épuisée autant qu'un marathon !

Les pieds sur son bureau, Romano s'étira avec volupté.

– Son mari est mort avant-hier : il y a de quoi être un peu perturbée, remarqua Tellier.

– Croire qu'il suffit de penser une chose pour qu'elle se réalise, ça s'appelle la pensée magique et ça disparaît vers l'âge de huit ans – dix selon certains auteurs. Après, ça devient de la névrose obsessionnelle.

– Mouais, grommela Tellier avec une concision inhabituelle.

Romano compensait son aversion pour le côté psychologique de leur métier par une expertise théorique dans le domaine. Une façon de plaquer de la rigueur scientifique sur une matière désagréablement insaisissable – et, pensait Tellier, de se donner une illusion de maîtrise. Lui était convaincu qu'aucun être humain ne se réduisait à des cases ou des grilles d'analyse. Il avait tenté cent fois de la convaincre et était tout prêt à recommencer. Mais mieux valait pour cela attendre une longue nuit de planque.

Il se contenta de remarquer qu'Ariane Tourtier avait des circonstances atténuantes. Assister à la mort d'un proche le jour même où on l'a souhaitée : la coïncidence était pénible. Il faillit ajouter « Mettez-vous à sa place », mais ce conseil avait un effet désastreux sur la commissaire. Elle projetait toujours ses propres réactions, ce qui ne la rendait pas plus indulgente, au contraire.

– J'espère que Clément aura vite des infos du notaire. Si elle récupère le gros lot, l'équation est toute simple : haine plus héritage, la formule a fait ses preuves.

– Je ne sais pas si elle haïssait son mari, ou sa propre soumission.

– Dans les deux cas, le problème est réglé.

9

L'avion effectua un joli virage au-dessus de l'océan, puis se posa à l'aéroport Francisco Sá-Carneiro. Romano n'avait pas souvenir d'avoir jamais survolé la mer avant d'atterrir à Porto : le pilote était en veine de paysage – ou alors l'aéroport, en ce début de week-end de printemps, était encombré.

João l'attendait à l'endroit habituel, derrière la porte coulissante, au milieu de types cravatés qui brandissaient leur pancarte avec un nom en majuscules. Depuis quand les chauffeurs et les videurs étaient-ils les seuls à porter la cravate ?

Son architecte se précipita vers elle et l'embrassa avec enthousiasme, réglant ainsi le problème de la conversation. Heureuse de le revoir, elle se félicita de s'être accordé une petite pause loin de Tourtier et de sa clique : la veuve et son directeur de conscience, l'ancien collègue et le nouveau. João la prit par le bras et l'emmena vers sa nouvelle voiture, une hybride bleu ciel plus cohérente avec ses projets de baraques autosuffisantes en énergie que le vieux 4 × 4 Toyota d'avant. Elle profita du trajet en voiture pour le regarder à son aise. Depuis leur dernière rencontre, presque un an plus tôt, il avait perdu le début de ventre qui pointait et, lui semblait-il, pris des épaules.

– Tu as l'air en pleine forme, le félicita-t-elle.

– Ne m'en parle pas ! La forme : je n'ai entendu que ce mot pendant des mois, je n'en peux plus !

Romano se souvint de la silhouette décharnée de l'ex-épouse, qui avait dû mettre João au régime sec, avec fitness quotidien obligatoire. Une sacrée épreuve pour un bon vivant comme lui. Mais pour elle, c'était tout bénef de passer juste après : le séjour en camp de redressement australien l'avait rajeuni de dix ans.

– Et toi, reprit-il, *business as usual* ?

Romano apprécia la formule. La réponse était dans la question, que rêver de mieux ?

L'ébauche de conversation laissa place à un silence confortable. Quand on commence à se connaître, on n'a plus besoin de remplir les vides. Le défaut numéro 1 des types qu'elle voyait une seule fois était de se sentir obligés de lui tenir le crachoir. Elle passait déjà tellement de temps à écouter des boniments dans le cadre de son travail qu'elle n'avait aucune envie de s'en infliger davantage pendant son temps libre – a fortiori quand elle venait d'enchaîner les interrogatoires. Elle s'étira voluptueusement et bâilla un grand coup, sans mettre la main devant sa bouche. Un autre avantage des relations anciennes : on prenait de la liberté avec les bonnes manières. Comme toujours, la fatigue lui tombait dessus au moment où la tension se relâchait. D'ailleurs, pourquoi ne pas s'offrir un petit roupillon ?

Arrivée à la maison, Romano voulut d'abord retrouver la vue sur l'embouchure du Douro, depuis la terrasse. Après ces journées de pluie ininterrompue, elle se régala du fleuve scintillant au soleil.

– *Welcome back to Portugal !* sourit João en lui tendant un verre de porto.

Elle remarqua alors l'alignement spectaculaire de bouteilles, sur la table en osier. Après l'ascèse forcée, il était en phase de rattrapage.

– Que des vintages d'exception, souligna-t-il. Prépare-toi à du grandiose.

Il aurait été rabat-joie de faire remarquer qu'à 9 heures à peine, il était un peu tôt pour le porto, et qu'elle aurait préféré un café. Elle fit mine de déguster la première gorgée puis avala le tout d'une traite, sous le regard choqué de João.

– Tu me connais, se justifia-t-elle en l'emmenant vers la chambre, je n'aime pas les chichis.

Quand Romano s'éveilla de sa micro-sieste post-coïtale, João s'était levé. Elle le trouva en peignoir, attablé à sa planche de dessin, ultraconcentré. Après un petit signe de la main, elle se prépara un double expresso et installa son ordinateur sur la grande table design en laqué blanc, à deux mètres de lui. C'était bien le seul mec dont elle supportait la proximité en travaillant.

Elle ouvrit son logiciel de carte mentale et créa un nouveau fichier au nom de Tourtier. Pour chaque meurtre, elle élaborait un schéma global qui lui permettait d'embrasser tout le déroulement de l'enquête, d'un seul regard. Elle ne le faisait jamais au tout début mais attendait d'avoir assez de matière – pour le plaisir, surtout, de retarder cet instant jouissif.

Comme toujours, elle commença par dessiner, au centre, un encadré avec le nom de la victime. Pour le reste, la structure du schéma n'obéissait à aucune règle précise, c'était la beauté de la chose. Au fil des avancées, le dessin se modifiait, comme un organisme vivant. Nouvelles questions, nouvelles réponses, nouvelles hypothèses : des branches disparaissaient, se scindaient, s'ornaient de nouveaux rameaux, changeaient de couleur. D'où un aspect inextricable, qui rendait l'outil utilisable par elle seule. Les autres ne comprenaient rien à ce bazar.

À ce stade, elle voulait surtout noter les questions pratiques liées au meurtre : quand les seringues avaient-elles été remplies d'eau, et, surtout, quand les toasts avaient-ils été couverts de la substance qui devait tuer Tourtier ? L'autre jour, ils étaient partis sur l'hypothèse que le criminel ne pouvait savoir qui allait manger quoi, et avait dû arroser de crevette l'ensemble du buffet. Mais il y avait un autre scénario : et si le coupable avait tendu lui-même à Tourtier un toast mortel qu'il lui avait préparé ?

– On se fait une pause-déjeuner ? l'interrompit João. Il y a un super resto mauricien qui vient d'ouvrir à côté. Leurs crevettes sont inoubliables.

– Très bonne idée, approuva Romano, ça me changera les idées.

Dans le petit boui-boui où João avait visiblement ses habitudes, elle avala son délicieux plat de rougaille avec une petite pensée pour François-Xavier Tourtier. Pauvre gars. Quitte à avoir une allergie alimentaire, elle aurait préféré se priver de pamplemousse ou de cacahuètes.

Après le repas, ils empruntèrent les ruelles tortueuses du vieux Porto. Visiblement décidé à jouer les guides touristiques, João la fit entrer dans l'église San Francisco.

– Tu vas pouvoir admirer le bon goût portugais, promit-il en lui tenant la lourde porte.

À l'intérieur, l'église était entièrement couverte d'or. Murs, colonnes, plafond, chapelles latérales, boiseries :

rien n'avait échappé à cette monstrueuse coulée de lave jaune.

– Impressionnant, non ? demanda João avec un grand geste de la main.

Il lui expliqua que les maîtres d'ouvrage, une fois la déco achevée, avaient trouvé qu'ils avaient eu la main lourde. En plein XVIIIe siècle, alors que la moitié des habitants de Porto crevaient de faim, cette débauche de luxe ne manquait-elle pas de tact ? Et était-elle bien compatible avec l'idéal de pauvreté de l'ordre franciscain ?

– Et alors, ils en ont poncé une partie ?

– Ils ont préféré fermer l'église au culte, en toute simplicité. S'ils s'étaient fait conseiller par un bon architecte, tout ça ne serait pas arrivé.

– L'église est restée fermée longtemps ?

– Rassure-toi, leurs scrupules se sont vite calmés – comme il est de rigueur pour les scrupules en général, et ceux de l'Église en particulier. Après quelques années, les religieux se sont décidés à ouvrir, et le peuple s'est extasié sur la grandeur du Très-Haut et de ses représentants.

Romano fit le tour de l'église en imaginant les affres des malheureux prélats qui avaient commandé cette monstruosité. Après avoir claqué tout ce fric, les pauvres avaient dû passer des journées à s'engueuler et des nuits à ne pas fermer l'œil. L'argent ne rendait pas toujours fou, mais souvent bête. Elle repensa à Ariane Tourtier : tuer son mari pour ramasser un pognon dont elle jouissait déjà en toute liberté, c'était idiot mais plausible.

Deux heures plus tard, João la raccompagnait à l'aéroport, avec, lui sembla-t-il, un rien de blues de la voir repartir. Après avoir passé sa carte d'embarquement au scan du portail de sécurité, elle lui fit un petit geste de la main.

– Je reviens bientôt, promit-elle.

Elle se faisait la promesse à elle-même autant qu'à lui. Le porto avait été d'exception et les séances en chambre presque à la hauteur.

10

Quand Romano arriva au commissariat le lundi matin, le jeune flic de l'accueil lui tomba dessus sans même lui laisser prendre son café. Il lui annonça à mi-voix qu'un certain Locatelli, qui s'était présenté comme l'associé de François-Xavier Tourtier chez Soleil et Terre, voulait la voir d'urgence. Il avait proposé qu'elle le rappelle mais le visiteur avait préféré l'attendre là.

Romano tourna la tête et reconnut le type à l'air énamouré qu'elle avait vu au Non-Lieu, aux côtés d'Ariane Tourtier. Locatelli avait quitté le costume trop grand loué ou emprunté pour la Légion d'honneur de son patron. À part les sandales allemandes sur chaussettes, remplacées par d'étonnants godillots verts qui auraient fait fureur sur le podium d'un défilé, l'associé du mort était en tout point conforme à la description d'Ariane. Il avait retrouvé son gilet à franges et, surtout, son regard effaré rendu plus effaré encore par des lunettes rondes. Il semblait tout aussi décalé dans un commissariat que dans un centre commercial ou une soirée officielle, avec ou sans cadavre. À vrai dire, il semblait décalé tout court.

En voyant la commissaire se tourner vers lui, il murmura un bonjour à peine audible, sans se lever de sa chaise. D'ailleurs, ses jambes étaient tellement entortillées qu'on se demandait s'il réussirait à les dénouer. Déterminé mais timide, et même, mort de trouille.

– Vous voulez que je vous apporte votre café dans la salle ? proposa gentiment le jeune flic à Romano.

Pas une flèche mais doux comme un agneau. À l'accueil, il faisait merveille, surtout pour recevoir les victimes.

– Merci, je le prendrai après. Allez plutôt chercher le capitaine.

Romano guida le jeune homme jusqu'à une des deux salles d'interrogatoire et lui fit signe de s'asseoir. Tellier les rejoignit aussitôt.

– Vous vouliez me voir ? demanda Romano, d'un ton rogue.

Le type parut décontenancé.

– C'est-à-dire, bafouilla-t-il, c'est au sujet de la mort de François-Xavier Tourtier.

– On s'en doutait un peu, répondit Romano, pas plus aimable, histoire de voir si le gars n'allait pas s'effondrer pour de bon.

Il tripotait nerveusement le cordon en cuir de sa cravate indienne et dégoulinait du visage. Même s'il s'était rendu au commissariat de sa propre initiative, on aurait dit un type en garde à vue. À se demander s'il était venu pour des aveux.

– Comme vous le savez peut-être, nous étions associés.

– Nous sommes au courant.

Le pauvre type déglutit avec difficulté et se tortilla de nouveau. Il avait maintenant une fesse dans le vide, ce qui, songea Romano, était assez risqué vu la qualité des chaises.

– C'est à propos d'Arnaud Vancel, son ancien collègue à la banque, celui qui a fait de la prison.

– Nous savons qui est Arnaud Vancel, coupa Romano.

– Il estimait que François-Xavier était responsable du scandale financier et qu'il aurait dû être incarcéré à sa place. Depuis sa sortie, il voulait se venger.

– Comment êtes-vous au courant ? demanda doucement Tellier.

– François-Xavier m'en a parlé dans la voiture, pendant qu'on allait ensemble à un rendez-vous.

Il y eut un silence de quelques secondes, que les deux flics se gardèrent de combler. La plupart des gens ont horreur du silence et racontent parfois des choses étonnantes pour y échapper. Mais Locatellli, au contraire, semblait soulagé d'avoir craché son morceau. Il était maintenant assis de façon à peu près stable, et son pied avait cessé de tapoter le sol.

– Ça s'est passé quand ?

– Il y a un mois ou deux, peut-être vers la fin janvier.

– Il était avec qui, votre rendez-vous ?

– Le ministère de la Coopération, c'était pour demander une subvention.

– Vous avez votre agenda, qu'on retrouve la date exacte ?

De nouveau, Locatelli bougea sur sa chaise et sa fesse gauche s'avança dangereusement dans le vide. Putain, se dit Romano, ce guignol va se retrouver les quatre fers en l'air et se fracasser le crâne contre le radiateur. Deux mois de paperasse, au moins.

– Les rendez-vous, je ne les note pas toujours. François-Xavier me prévenait la veille qu'il passait me prendre, c'est tout. Le côté business, ce n'est pas mon truc.

– De quel aspect de l'entreprise étiez-vous en charge ? demanda Tellier avec un admirable mélange de douceur et de sérieux.

Dans la bouche de n'importe qui d'autre, la question aurait semblé une mauvaise blague, mais, posée par lui, elle sonnait très bien.

– Je m'occupe de la communication *Corporate*. François-Xavier m'avait demandé de continuer le forum « Les amis du four solaire », que j'ai lancé il y a cinq ans. Un moyen de promouvoir la cuisson solaire et d'échanger les expertises – François-Xavier appelait ça des retours d'expérience. Et bien sûr, la technique. Quand je travaillais seul, je fabriquais les fours moi-même, en général des pièces uniques. Mais comme on a changé d'échelle, il fallait trouver d'autres fabricants. Je commandais des produits un peu partout, je regardais les pièces, les mécanismes, tout. Solidité, facilité de montage, je mettais des notes sur une grille préparée par François-Xavier. J'avais fini par trouver un fabricant ardéchois très doué mais apparemment trop cher. Vu qu'on voulait mettre le paquet sur l'Inde, il valait mieux fabriquer là-bas.

– Moins de frais de transport, approuva Tellier avec le plus grand sérieux.

En effet, songea Romano, on imaginait mal un artisan ardéchois inonder le marché indien de fours solaires. Au moins, elle savait pourquoi Tourtier avait recruté Locatelli. Son look de ravi de la crèche, parfait pour lui redonner une virginité, et son expertise technique.

– À propos de transport, vous alliez à Paris en voiture ? Pour une entreprise ciblée environnement, c'est surprenant.

– François-Xavier aimait beaucoup conduire. Avec son kit mains libres, il passait des coups de fil pendant le trajet. Mais il m'avait bien dit de ne jamais en parler en rendez-vous – au cas où on nous demanderait si on avait fait bon voyage.

Romano hocha la tête. Ce pauvre gars était vraiment le pantin de Tourtier.

– Pour la date de votre réunion au ministère de la Coopération, pas de problème, on la trouvera sur l'agenda de Tourtier. Dites-nous plutôt ce qu'il vous a raconté dans la voiture, à propos d'Arnaud Vancel.

De nouveau, Locatelli tripotait sa cravate indienne.

– François-Xavier m'a juste dit qu'Arnaud Vancel l'avait appelé pour le menacer de se venger. Sur le coup, je me suis dit que c'était des paroles en l'air. Ce n'est qu'après la tragédie que j'ai fait le rapprochement.

Sur la dernière phrase, sa voix avait pris une certaine assurance. Il ne devait pas lui arriver souvent de faire des rapprochements.

– Ariane Tourtier ne vous a jamais parlé de ces menaces ?

En entendant ce nom, Locatelli changea de couleur : l'amoureux transi était devenu l'amoureux cramoisi.

– Non, bafouilla-t-il.

– Apparemment, Tourtier lui avait également fait part de menaces de la part d'Arnaud Vancel.

– Vous voyez, s'écria-t-il, ça se recoupe ! Je n'ai rien inventé.

– Ou alors elle vous a bien fait répéter votre leçon.

– Elle est innocente, j'en suis certain ! Je ferais n'importe quoi pour vous le prouver.

Romano ne put s'empêcher de lever les yeux au ciel. Si le type avait voulu leur laisser entendre qu'il avait tout inventé, il ne s'y serait pas pris autrement. À force de maladresses, il en devenait déroutant. N'importe quoi, songea-t-elle, c'est le mot.

11

– Enfin Tellier, même vous, vous vous rendez bien compte que ces gens ne sont pas normaux !

Romano avala une lampée de chablis pour essayer de se calmer et reposa son verre sur la table de salon, d'un geste plus brusque qu'elle ne l'aurait voulu. Le capitaine leva le nez de son ordinateur où lui aussi, de son côté, explorait le forum des « amis du four solaire ». Il avait les joues écarlates à cause du feu de bois que Romano avait allumé en arrivant dans son appartement, comme toujours. Le feu était son péché mignon : c'était la cheminée de maître qui l'avait fait craquer pour ce vaste appartement bourgeois à moulures, en plein quartier royal, malgré sa détestation pour tout ce qui lui rappelait ses origines sociales privilégiées. On lui demandait parfois si elle avait appris à allumer le feu chez les scouts, mais non. Ses parents l'avaient envoyée chez les maristes mais pas chez les scouts – le seul truc catho qui avait une chance de lui plaire.

Accessoirement, elle appréciait aussi d'habiter à dix minutes à pied du boulot, la distance idéale.

– La normalité est une notion dépassée depuis Foucault, au moins, rétorqua le capitaine d'un ton sans appel.

– N'empêche : certains dingues sont plus dingues que les autres.

– En l'occurrence, on peut se demander qui sont les dingues : ceux qui se préoccupent de notre planète ou ceux qui s'en foutent.

La commissaire fit rouler son fauteuil jusqu'à son adjoint. Ruru, réveillé brutalement, sauta de ses cuisses pour se diriger vers sa gamelle de croquettes. Elle brandit son écran sous le nez de son adjoint.

– Vous avez vu le témoignage de Gérard B. ? Cinq heures et demie pour cuire des lentilles ! Ce n'est plus du slow food, c'est de la maladie mentale. Regardez ça. *Dimanche, j'ai profité d'une journée ensoleillée pour cuire des lentilles. À chaque aliment correspond une température optimum de cuisson qui varie en fonction de sa catégorie (viandes, légumes, etc.), de sa masse et de l'efficacité du cuiseur. Il faut souligner que les légumes demandent un temps de cuisson important avec un minimum de température proche des 82 °C. Ainsi, la cuisson de 250 g de lentilles + 500 gr d'eau dans le PSV – M à une température moyenne de 77 °C a duré plus de 5 heures 30.*

– Je ne vois pas le problème, il suffit d'anticiper.

– Et le clafoutis de Monique, vous avez vu ? *Le clafoutis aux cerises a été cuit avec le cuiseur Mouchot G II. Les bourrasques de vent fort ont mis à plat le panneau vertical plusieurs fois ; néanmoins, des températures de 120 à 148 °C ont été observées. Les premières montées en température ont donné environ une progression de 50 °C pour 20 minutes de temps : cela montre que la surface du cuiseur est bien plus représentative que la matière réfléchissante qu'on utilise.* On dirait le journal de laboratoire d'un thésard malchanceux, ou un épisode de Gaston Lagaffe. À sa place, j'aurais zappé la photo, ou au moins la légende. *Le dessus du gâteau brunira, ou pas, en fonction du rayonnement solaire.* En l'occurrence, il est plutôt blond platine, le clafoutis de Monique. Et Jean-Pierre, qui est ravi d'avoir réutilisé les chutes du plancher de sa yourte ? Vous en avez fait quoi, vous, des chutes du plancher de votre yourte ?

– Les visionnaires sont toujours incompris. Tout le monde ricanait des ailes volantes dessinées par Léonard de Vinci. Vous avez vu le schéma ? Une double boîte en contreplaqué à fond noir, isolée avec du liège, une vitre pour réfléchir les rayons, et le tour est joué ! Simple, ingénieux et efficace.

– Et notre ami Locatelli, qui y va de ses félicitations. On dirait une mère aimante devant les premiers pas de son enfant. *Bravo Monique ! Ton clafoutis me met l'eau à la bouche !* Il n'est pas mignon, notre modérateur, avec ses points d'exclamation ? Et dire que ce type est peut-être notre meurtrier.

– Je le vois mal dans le rôle, observa Tellier avec une moue.

– Je vous rappelle que certains dignitaires nazis étaient de grands adorateurs de la nature.

Tellier baissa la tête comme un gamin pris en faute et Romano ne put s'empêcher de sourire.

Certains jours où il était trop horrifié de la marche du monde, elle avait entendu son adjoint évoquer la création d'une communauté autarcique – où un four solaire n'aurait pas déparé. Le problème, quand Tellier disait ce genre de choses, c'est qu'on n'était jamais sûr que ce soit une boutade. Au début de leur collaboration, elle s'était inquiétée de ses emportements spectaculaires qui l'amenaient, selon le cas, à vouloir changer le monde ou le fuir. Mais elle en avait vite pris son parti. Ces lubies avaient l'inconvénient de lui pomper une partie de son énergie mais, se consolait-elle, faisaient de lui un flic exceptionnel. Exalté, certes, mais aussi d'une sincérité irrésistible, qui faisait merveille en interrogatoire.

– Avec son allure de jeune femme modèle, je me demande ce qu'Ariane Tourtier est venue faire dans cette tribu de doux dingues.

– Elle avait peut-être besoin de changer d'horizon, de s'ouvrir à d'autres préoccupations. Le modèle à parabole est plus encombrant, mais il a l'air très bien aussi.

– Ou alors, quand elle a vu le berger à sandales sous les néons de Marly 2, elle en est tombée folle amoureuse. Improbable a priori, c'est vrai, mais l'amour est enfant de Bohème, comme chacun sait. Cela nous ferait deux suspects pour le prix d'un. Je vais chercher une autre bouteille à la cuisine.

Aux soirées de travail chez Romano, le vin contribuait à l'ambiance détendue – Tellier était le seul collaborateur à connaître l'antre de sa cheffe et appréciait cette preuve d'amitié. Mais elle avait tendance à y aller fort sur les quantités. Il hésita à lui dire qu'il avait assez bu. Trop tard, elle s'était déjà levée.

Romano enjamba une pile de bouquins et profita du trajet pour débarrasser deux tasses vides et une boîte de pizza qui traînaient dans différents coins de la pièce. Son appartement était toujours à la limite du bordel, sans jamais franchir la ligne rouge définie par elle seule, un des nombreux avantages du célibat. Pour cela, elle s'astreignait à une politique de *containment*, réactivée dès que la limite approchait. Le fait de disposer d'un duplex de cent cinquante mètres carrés facilitait grandement les choses, le niveau de bazar supportable étant proportionnel à la surface. En plus de l'imposante cheminée, c'était la taille des quatre pièces qui l'avait décidée à acheter cet appartement, avec l'argent donné par ses parents. Faute de s'être occupés de leurs quatre filles, ils s'étaient toujours montrés généreux – peut-être pour prévenir toute forme de culpabilité.

Elle déboucha la bouteille, fière de savoir faire claquer les bouchons comme personne, et remplit copieusement les deux verres, profitant de la présence de Tellier. Quand elle était seule, elle se limitait désormais au Coca. La pente était trop dangereuse – important de connaître ses faiblesses, même les plus tristement banales.

– Continuez à regarder le forum, je vais mettre à jour ma carte mentale.

Son portable sonna à ce moment-là : l'évêché, enfin.

– Bonsoir commissaire, vous souhaitiez que je vous rappelle ?

Romano décida d'attaquer franco en demandant à l'évêque ce qu'il pensait du père Criaud. Il répondit du tac au tac. Le jeune prêtre était efficace, chaleureux et ouvert d'esprit, bref, apprécié de tous. « Le père Criaud est un des prêtres pour qui j'ai le plus d'amitié », conclut-il, comme pour souligner que son éloge n'avait rien de convenu.

Jean-Gonzague avait raison, le prélat n'était pas du genre onctueux ou sentencieux. Alors que la plupart des ecclésiastiques croisés par Romano pontifiaient comme une voix off de documentaire animalier, lui parlait normalement. Un point commun avec son protégé.

– Vous n'avez jamais eu connaissance d'informations ou de rumeurs sur des relations amoureuses ?

Le ton de l'évêque se fit plus sec.

– Jamais, non.

Elle résuma sa conversation à Tellier et ouvrit la carte mentale sur son ordinateur. Le moment était venu de créer les branches des suspects. D'abord, Ariane Tourtier. Sur des branches secondaires, elle nota les mobiles possibles de la veuve : haine, héritage, relation adultère. Cette dernière branche se divisait en trois rameaux : Locatelli, père Criaud, autre amant. La branche d'Arnaud

Vancel présentait la vengeance pour seul mobile. Logique, presque trop évident, surtout avec ces menaces évoquées par la veuve et l'associé. Locatelli, quant à lui, avait deux mobiles possibles : récupérer la femme de son patron ou récupérer l'entreprise de son patron – même s'il semblait a priori assez lucide pour mesurer son incompétence. Le père Criaud eut aussi droit à sa branche. Une relation amoureuse avec Anne Tourtier restait crédible malgré les démentis des intéressés et de l'évêque, pour lui plus que pour Locatelli. Romano ne l'avait pas senti particulièrement troublé en présence de la jeune femme mais gardait l'impression qu'il cachait quelque chose. Enfin, elle ajouta une branche pour des victimes de harcèlement sexuel – nombreuses d'après Ferron.

– J'ai terminé. On a un paquet de gens avec, potentiellement, de bonnes raisons pour dégommer notre ami. Et vous, vous avez fait le tour du forum ?

– Rien à signaler – si ce n'est que le four solaire est lent pour les légumes, c'est vrai, mais très efficace pour les viandes et pâtisseries. Pendant la canicule, une certaine Géraldine a cuit des cookies en dix-huit minutes, en banlieue nantaise.

– OK, approuva Romano, peu désireuse de rouvrir le débat. Je vous résume ma carte mentale.

Tellier se contorsionna pour attraper son bloc-notes orange sans se lever, histoire de ne pas déloger Ruru de ses genoux. Le chat éprouvait presque autant d'amitié pour le capitaine que pour le tapis de course.

Tout en lui gratouillant tendrement le menton, Tellier écouta l'exposé de la commissaire. Quand elle qualifia Ariane Tourtier de « femme d'expat typique », il intervint.

– Désolé commissaire, mais je ne sais pas ce qu'est une femme d'expat typique.

La remarque était prévisible. Tellier ne supportait pas les préjugés sur les classes sociales, quelles qu'elles soient. Un interdit moral qui s'avérait bien pratique pour les enquêtes, puisqu'il évitait de schématiser et obligeait à garder l'esprit ouvert.

– Une nana riche et futile, qui fréquente uniquement ses pareilles et élève ses gosses dans un cocon à l'abri du monde – la pauvre Ariane aurait bien fini par en avoir.

– Alors je m'y vois très bien, en femme d'expat.

Romano le regarda d'un air surpris. Avec son pull peluché et son pantalon trop court, il n'aurait pas été très décoratif à une soirée chez l'ambassadeur. Sans compter que, même dans ses discours les plus inattendus, elle n'avait pas souvenir qu'il ait jamais envisagé de changer de sexe.

– Bon, reconnut-il, j'aurais du mal avec les costumes et les mondanités. Mais élever ses enfants à l'abri du monde, vu l'état du monde, ça n'a pas que des inconvénients.

– Ça se défend, approuva Romano en se rappelant le harcèlement de la fille de Tellier, un an plus tôt.

À vrai dire, elle était persuadée que cela aurait pu se produire tout aussi bien dans une école de riches, et son adjoint en aurait sûrement convenu. Mais ce n'était pas la peine de remettre sur le tapis cet épisode douloureux.

– En tout cas, remarqua-t-elle, une bonne part des mobiles tournent autour d'histoires d'amour. On a de la chance d'être célibataires : une sacrée source d'emmerdes en moins.

– Vous ne m'avez pas dit ce matin que vous aviez repris les voyages à Porto ?

– J'ai repris, en effet. Mais le célibat est avant tout un état d'esprit.

12

Tellier et Clément, assis à leur table habituelle, cessèrent de parler en voyant Romano entrer dans le café. Elle devina immédiatement l'objet du complot.

– Bonjour commissaire, comme d'habitude ?

Romano soupçonnait le patron du Macchiato de la saluer plus fort que les autres clients et l'acceptait de bonne grâce. Une commissaire, c'était bon pour le standing de l'établissement. Un an après la transformation du Bar des amis, infâme boui-boui en décomposition, en glorieux Macchiato, envahi d'ardoises et de *latte* en tous genres, les travaux commençaient enfin à porter leurs fruits. La brochette d'alcoolos d'avant la rénovation venait toujours fidèlement boire son ballon de blanc mais une nouvelle clientèle apparaissait peu à peu. Une mixité sociale à faire rêver les politiciens et s'enthousiasmer les sociologues, et dont tout le monde s'enorgueillissait, à Wazemmes, sans s'avouer à quel point elle était fragile. Les bobos du Macchiato auraient-ils la peau des pochetrons ? Question complexe, aux relents vaguement darwinistes. Compte tenu des lois de l'évolution et de leur mode de vie notoirement plus sain, les bobos partaient favoris.

Après avoir récupéré son double expresso au comptoir, Romano rejoignit ses collègues et promena son regard ironique de l'un à l'autre. En silence, pour ne pas leur faciliter la tâche. Tellier s'éclaircit la voix et se décida, d'un ton timide.

– Clément me demandait des nouvelles de Ruru, et je lui disais qu'il se portait bien.

– Vous voulez dire, au sens « obèse » ?

– Pas du tout ! Simplement, quand je l'ai caressé sous le ventre, il m'a semblé que, comment dire, ça avait tendance à pendre un peu.

– Putain Tellier, vous devenez sournois. Vous faites des mamours à mon animal domestique, et je découvre que vous en profitez pour lui prendre son tour de taille et le critiquer derrière son dos, enfin, le mien surtout.

– C'est-à-dire, intervint Clément, ça pourrait devenir problématique s'il continuait à prendre du poids. Tellier me disait qu'il mangeait souvent.

Son adjoint baissa les yeux d'un air coupable et engloutit la moitié de son chocolat chaud, histoire de se donner une contenance.

– Vous venez au rapport à chaque fois que vous voyez Ruru ? Foutez-lui la paix, à ce pauvre chat, il a l'air très content.

– C'est-à-dire, reprit Clément, il faudrait savoir si sa tendance boulimique n'est pas liée à un état de stress. Auquel cas, ma cousine connaît un très bon spécialiste du comportement des félins.

– Payer un psy à mon chat ? Alors que j'ai soigné mes névroses familiales en automédication, à coups de bière et de Nutella ? Vous plaisantez ?

– Ce n'est pas un psy, c'est un comportementaliste. Ma cousine est allée le voir : son chat s'était mis à lui griffer les mollets, et elle était obligée de porter des bottes dans l'appartement. Le spécialiste lui a fait acheter des jeux d'éveil, pour le stimuler. Depuis, ça va mieux.

Romano leva les yeux au ciel et Clément rougit.

– Ne le prenez pas mal, je sais que vous vous occupez bien de Ruru. D'ailleurs, ma cousine aussi est quelqu'un de très bien.

Il se tut en voyant Tellier lui faire les gros yeux.

– Si vous continuez à m'emmerder avec ce chat, je l'emmène à la SPA, compris ? Je vous rappelle que c'était sa destination initiale. C'est vous qui me l'avez foutu dans les pattes alors que j'étais en pleine vulnérabilité.

Tellier hésita à rappeler que la patronne du bar à chats portait aussi une part de responsabilité : elle avait abandonné le pauvre animal parce qu'il n'était pas racialement pur. Mais la commissaire semblait pressée de changer de sujet.

– Sinon, le notaire des Tourtier, vous l'avez eu ?

Clément se redressa et commença son rapport d'un ton sentencieux – tout juste s'il ne se mettait pas au garde-à-vous. Faute d'être très malin, il était consciencieux à l'extrême.

La veille à 14 h 30, il avait rencontré maître Charmier dans son étude, sise dans le Vieux-Lille, un très bel immeuble d'ailleurs. Maître Charmier était le notaire des Tourtier depuis peu. Le couple lui avait été envoyé par un ami et confrère parisien, maître Vernon. Ce dernier gérait les affaires de la famille d'Ariane Tourtier depuis plusieurs générations.

– Vous l'avez contacté aussi ? interrompit Romano.

Clément hocha la tête fièrement. Romano lui avait conseillé (non sans un certain frisson) de prendre des initiatives, et comme il était encore plus docile que timoré, il suivait la consigne.

– Vous voulez que je commence par ça ?

Romano fit non de la tête en se maudissant de lui avoir coupé la parole. Clément gérait mal les interruptions.

– Donc, maître Charmier ne s'est occupé que de l'achat de la maison à Croix, il y a trois ans. Neuf cent cinquante mille euros payés comptant, sur la vente de leur appartement parisien, assurée par maître Vernon.

– Un contrat de mariage ?

– Non, régime de la communauté. Maître Charmier a proposé au couple de distinguer leurs apports respectifs pour l'achat mais ils ne l'ont pas souhaité. Comme il me l'a expliqué, c'est toujours délicat d'insister – certains couples, superstitieux, n'aiment pas faire l'hypothèse d'une séparation.

En effet, songea Romano, de telles pudeurs idiotes étaient bien dans le genre d'Ariane Tourtier.

– Il vous a dit s'il avait traité avec lui ou avec elle, pour les démarches ?

– Il a surtout eu affaire à Mme Tourtier. D'après lui, c'est inhabituel, surtout pour les épouses qui ne travaillent pas.

Romano médita un instant sur ce paradoxe. En théorie, les femmes au foyer avaient plus de temps disponible, mais à force de faire des lessives et des goûters d'anniversaire, elles se persuadaient n'être bonnes qu'à ça. En tout cas, cela modifiait un peu l'image d'Ariane Tourtier : elle était tout de même capable d'avoir les pieds sur terre.

– Pas de contrat de mariage, pas d'enfant, elle ramasse tout l'argent de son mari ?

– Tout à fait. Et d'après ce que croit savoir le notaire, il y a du biscuit.

– Et le maître parisien, il dit quoi ?

– Le père et la mère d'Ariane Tourtier possédaient chacun une belle fortune familiale – vieille bourgeoisie du seizième du côté du père, aristocratie anglaise du côté de sa mère. Mais le père d'Ariane a tout flambé.

Sa mère est morte en 2011 d'un accident de voiture : un platane pris de plein fouet, deux grammes d'alcool dans le sang. Le notaire a répété quatre fois « accident » et j'ai fini par lui demander pourquoi. Apparemment, certains ont cru à un suicide.

Tellier et Romano échangèrent un regard surpris.

– La fille ne nous a pas parlé de cet épisode. Elle a épousé Tourtier deux ans après avoir perdu sa mère.

– C'était peut-être le meilleur moyen de changer d'air, ajouta Tellier.

– Comment a fait le père d'Ariane pour tout croquer ?

– Le jeu, poker surtout.

Clément s'interrompit une seconde pour sourire jusqu'aux oreilles, fier de ce qui allait suivre.

– J'ai pris l'initiative d'appeler le ministère de l'Intérieur, pour vérifier.

Romano se mordit les lèvres pour ne pas sourire. Quand Clément prenait une initiative, il disait toujours « j'ai pris l'initiative ». L'adjudant était un peu lèche-bottes, mais dans une variante naïve plutôt sympathique.

– Le père d'Ariane Tourtier figure sur la liste des interdits de casino depuis dix ans – il renouvelle sa demande tous les trois ans, de façon volontaire.

– Félicitations, approuva Romano.

– Du coup, demanda Tellier, elle n'avait aucun héritage familial en vue ?

– Elle devra s'estimer heureuse si elle ne récupère pas de dettes. Le notaire pense qu'elle a coupé les ponts avec son père, qui vit en Thaïlande – il serait remarié avec une femme plus jeune que sa fille.

– Si Ariane Tourtier ne pouvait plus supporter son mari et qu'elle n'avait plus un radis à attendre de sa famille, son veuvage est une sacrée bouffée d'oxygène.

– Si on peut dire, remarqua Tellier d'un ton désapprobateur.

La formule était mal choisie, surtout pour une femme dont le mari était mort par suffocation.

– OK. Clément, continuez à creuser les aspects financiers. Contactez les banquiers du couple Tourtier et du beau-père, les assureurs, et aussi l'expert-comptable de Soleil et Terre. De mon côté, j'appelle la DRH de la Banque du Nord pour interroger d'anciens collègues. J'aimerais en savoir plus sur les coucheries professionnelles mentionnées par maître Ferron.

L'adjudant hocha la tête, satisfait. Les banquiers et les experts-comptables ne valaient pas tout à fait les notaires, mais restaient des gens très fréquentables.

– Tellier, on part à Croix, faire un tour chez la voisine dont nous a parlé Ariane. En principe, elle devait rentrer du Gers hier. Elle aura sûrement sa petite idée sur la vie conjugale des Tourtier.

13

Quand Romano mit le contact, la radio de la Clio s'alluma. Son premier réflexe fut de l'éteindre. En présence de Tellier, la prudence dictait de fuir les informations comme la peste, sous peine de diatribes homériques. Mais il était question des inondations et le sujet l'intéressait – moins pour le bilan des victimes, négligeable par rapport aux autres catastrophes en cours sur la planète, que pour être informée des routes coupées et adapter son itinéraire si nécessaire.

Le reportage portait sur la petite ville de Raismes, près de Valenciennes, où les inondations avaient « semé des véhicules dans les jardins comme des feuilles ». Le journaliste y avait rencontré Marie-Claude, « les mains pleines de terre et le pantalon relevé », qui racontait son calvaire : « J'ai deux véhicules dans mon jardin, c'est catastrophique, je voudrais bien que ça se bouge. »

– Vous vous rendez compte, rugit Tellier en se tortillant sur son siège, il y a dix-sept morts et cette femme trouve *catastrophique* d'avoir deux voitures qui abîment son gazon !

Romano lui fit signe de se taire et monta le son de l'autoradio. Le journaliste reprit la parole : « Hier, avec des gens du quartier, Marie-Claude a bloqué la rue devant chez elle pour que les secours n'oublient pas les gens de Raismes. » De nouveau, il tendit le micro à l'habitante : « Si on n'avait pas râlé, je pense que ça aurait mis plus longtemps avant qu'*ils* viennent nous trouver. »

– Pas râlé, bloqué une rue ! glapit Tellier, en gesticulant.

En temps normal, il accompagnait ce genre de discours de grandes enjambées furieuses. L'immobilité forcée n'arrangeait pas les choses.

Par chance, dans un éclair d'intelligence inespéré, Marie-Claude reconnut ensuite qu'elle « n'était pas la seule victime » (victime de deux bagnoles dans son jardin, ne put s'empêcher Tellier). « *Ils* ne peuvent pas s'occuper de tout le monde. Mais, concluait-elle d'un ton satisfait, on avait vraiment l'impression qu'*ils* n'en avaient rien à faire de nous.

– Et voilà ! Morale de l'histoire, si vous voulez qu'*ils* s'occupent de vous, bloquez une rue : vous passerez devant ceux qui ont tout perdu. Vous imaginez ! Si avec deux voitures dans son jardin, elle construit un barrage, à quatre, elle caillasse la mairie, à six, elle prend un pompier en otage, à huit, elle mobilise des voisins et des râteaux de jardin pour aller *leur* casser la gueule. Comment peut-on donner une tribune à des minables aussi dénués de civisme ?

– C'est le principe du reportage. Les journalistes ne peuvent pas dicter les réponses aux personnes interrogées.

– Dicter non, mais choisir. Ils ne sont pas obligés de colporter les propos nauséabonds de tous les abrutis sans conscience ni morale. Pour ça, on a déjà Internet.

Le GPS prévoyait une arrivée à Croix douze minutes plus tard. D'expérience, si Romano ne jetait pas d'huile sur le feu (elle ne le faisait que pendant les nuits de planque, pour mettre de l'ambiance), c'était juste assez pour que Tellier vide son sac.

Il faut dire que le sujet avait un gros potentiel. Un an plus tôt, suite à un reportage *répugnant* sur les parents toujours en retard pour récupérer leurs rejetons à la crèche, Tellier avait envisagé de regrouper les micros-trottoirs les plus *abjects* dans une lettre ouverte aux médias. Il avait consacré quelques soirées à ce « Micro-trottoir Project », avant d'admettre que l'initiative était mauvaise pour ses nerfs.

– Si vous faites un reportage sur la sécurité routière, reprit-il, vous ne pouvez pas donner la parole à un type qui conduit saoul depuis trente ans, et qui expliquera fièrement que l'alcool au volant n'est pas dangereux. Vous êtes d'accord avec moi ?

Romano hocha la tête avec conviction. D'abord parce que son adjoint ne lâchait jamais le morceau avant d'avoir obtenu son assentiment plein et entier. Et, plus accessoirement, parce qu'elle était vraiment d'accord avec lui. Tellier était excessif et fatigant, mais il avait souvent raison.

Le GPS les avait conduits dans la partie la plus huppée de Croix, tout près de la fameuse villa Cavrois construite par l'architecte Mallet-Stevens pour un riche industriel roubaisien – un snob d'après Romano, qui trouvait la baraque en question très moche malgré tout son prestige moderniste. À quelques centaines de mètres de quartiers déshérités, les larges avenues arborées et les propriétés majestueuses constituaient un îlot de richesse saisissant.

L'allée où habitaient Ariane Tourtier et sa voisine était fermée par une barrière blanche, formant une espèce de rue privée à l'américaine. Romano gara la voiture sur l'avenue principale, pour finir le trajet à pied.

Curieusement, la maison d'Agnès Gadaigne, première de l'allée, n'était protégée par aucune haie ou palissade. Juste une barrière champ de course et un portail. L'imposante villa était un melting-pot étonnant de tourelles façon Disneyland, balcons sculptés du genre chalet suisse et bow-windows.

Avant de sonner, Romano voulut jeter un coup d'œil sur la maison des Tourtier, juste à côté, mais celle-là était cachée par un mur haut de trois mètres. Accueillante comme une maison d'arrêt.

Une fausse blonde quadragénaire, en jean à paillettes et T-shirt Chanel, vint leur ouvrir. Romano apprécia la perfection de la teinture. Elle-même avait adopté définitivement le blond vingt-cinq ans plus tôt, après avoir lu un article sur l'effet scientifiquement prouvé de cette couleur de cheveux sur le pouvoir de séduction.

– Installez-vous, je vous en prie. Je vous sers un café, un thé, un fruit pressé ?

– Du café serait parfait.

Agnès Gadaigne se dirigea vers la cuisine américaine, tout en marbre funéraire, pour en rapporter un énorme écrin de capsules multicolores. Elle fit un deuxième aller-retour pour le sucre, présenté sous forme de sucettes de sucre candi à faire fondre. Maintenant que le pékin moyen avait aussi sa machine à expresso, il fallait bien trouver autre chose.

Assise dans son grand fauteuil en cuir blanc, l'hôtesse afficha d'abord, par réflexe, le vaste sourire qui accompagnait normalement le café et les sucettes de sucre. Elle se ravisa en se rappelant l'identité de ses invités et les circonstances qui les amenaient. Malgré tout, on la sentait de bonne humeur. Elle devait tellement s'emmerder dans sa baraque que toute visite, fût-elle de flics, était bienvenue.

À l'invitation de Tellier, elle commença par décliner son état civil. Agnès Gadaigne, quarante-six ans, divorcée, deux enfants. Romano, qui avait le même âge, se demanda aussitôt laquelle était la mieux conservée. Pas évident à dire : son hôtesse avait plus de ventre, certes, mais moins de pattes d'oie.

Avec un soupir de martyre, Agnès Gadaigne ajouta qu'elle avait aussi une petite-fille de six mois qu'elle n'avait pas encore vue. Car son fils aîné, Manu, travaillait pour Dassault à Sydney, tandis que l'autre, Fred, finissait ses études à Singapour – on se met en quatre pour qu'ils fassent des études, résultat, ils se retrouvent à l'autre bout du monde. Elle vivait dans cette maison depuis la naissance de son deuxième, vingt-deux ans, donc. Et avait préféré y rester quand son mari était parti, quatre ans et cinq mois plus tôt.

Elle marqua une courte pause à l'évocation de cet événement, visiblement mal digéré.

– Autant que je vous le dise, vu que vous l'apprendrez sûrement, Bernard m'a quittée pour un homme. Vous imaginez !

Avec une seconde de retard sur Tellier, Romano hocha la tête. Elle imaginait, en effet : les regards scandalisés, les ricanements et l'humiliation décuplée. Ce qui, à y réfléchir, était parfaitement illogique. Se faire larguer pour une personne d'un autre sexe devrait aider à ne pas prendre la chose personnellement.

– Vous connaissez bien Ariane Tourtier ?

– Elle a dû vous le dire, nous sommes très proches.

Quand la veuve avait utilisé la même expression, cela avait sonné de façon plus naturelle. À la différence de sa voisine, Agnès Gadaigne s'exprimait avec affectation.

Dans ses manières comme dans son style vestimentaire, elle faisait penser à Ariane, en moins bien. Une pâle copie, pas seulement parce qu'elle était moins belle et avait quinze ans de plus. Moins de classe, tout simplement – peut-être n'avait-elle pas fréquenté les soirées de l'ambassade depuis toute petite.

– Je m'en suis beaucoup voulu de ne pas être avec Ariane dans ces heures difficiles. Malheureusement, j'enterrais une grand-tante dans le Gers. Ariane vous a raconté comment nous avons lié connaissance ?

De nouveau, ils eurent droit à l'épisode du four solaire, avec moins de brio et plus de snobisme. Dans la version d'Ariane Tourtier, le récit prenait une dimension métaphysique, comme un mythe aborigène sur la création du monde. Raconté par Agnès, c'était plutôt un pince-fesses réussi. Tellier écoutait, tendu. Sans aller jusqu'à se sentir trahi, comme Ariane Tourtier quand son mari avait dégainé la calculette pour son estimation de rentabilité, il trouvait que cette bourgeoise qui roulait en 4 × 4 ne méritait pas autant l'engin que « Les amis du four solaire ».

– Ariane, qui a un talent incroyable pour le shopping, a fait une sacrée trouvaille. Ingénieux, écologique, tout à fait dans l'air du temps. Bien sûr, il ne faut pas être pressé, mais notre monde a bien besoin de ralentir, vous ne croyez pas ?

Romano et Tellier hochèrent la tête en parfaite synchronisation : ils croyaient. Maintenant, il était temps de passer aux choses sérieuses. Tellier s'en chargea.

– C'est un sujet délicat, mais pourriez-vous nous donner vos impressions sur les relations entre Mme Tourtier et son mari ? Elle nous a laissé entendre que les choses s'étaient un peu dégradées entre eux.

Agnès remua doucement la tête de gauche à droite avec un air peiné, un peu gâché par le cliquetis de ses boucles d'oreilles pendantes.

– Qui suis-je pour juger ! soupira-t-elle, sans doute en référence à la formule du pape François sur les homosexuels.

Le préambule était prometteur. Si les révélations étaient à la hauteur des précautions oratoires, ça s'annonçait croustillant.

D'abord, poursuivit la voisine, que les choses soient claires, elle n'avait rien contre François-Xavier, et elle ne disait pas ça par respect des défunts. Il s'était toujours montré très courtois avec elle. Quand ils se croisaient en voiture, il lui faisait toujours un signe de la main – ils avaient exactement le même modèle de 4 × 4, c'était amusant. Quant à ses relations avec Ariane, c'était délicat d'en parler, on n'est pas dans la vie des couples.

– Tout à fait exact, approuva Tellier tandis que Romano prenait sur elle pour ne pas hausser les sourcils.

À la longue, les poncifs lui tapaient sur les nerfs, sauf quand elle les disait elle-même – elle ne s'en privait pas, convaincue qu'ils avaient un fond de vérité.

– Vous avez remarqué quelque chose ? demanda-t-elle.

– L'été dernier, quand nous nous retrouvions autour de ce petit bijou dégoté par Ariane, elle était épanouie, lumineuse. Quand son mari est rentré d'Abou Dhabi, je l'ai trouvée moins gaie, comme si les retrouvailles n'étaient pas complètement réussies. À un moment, je me suis même inquiétée.

La formule était, sans équivoque, une invitation à l'interroger sur le moment en question. La voisine était bien décidée à tout cracher, mais aussi à se faire tirer les vers du nez. Question de bienséance, ou peut-être de pseudo-loyauté vis-à-vis de son amie. Elle pourrait toujours lui dire, ou se dire à elle-même, qu'on l'avait cuisinée.

– À quel moment, exactement, cette inquiétude ?

Pour rentrer dans le jeu, Romano avait volontairement pris un ton sec.

– Le 24 septembre. Ma petite-fille était née la veille, c'est facile. Je suis allée voir Ariane, comme prévu, pour faire le tract du vide-grenier au profit de l'association du père Criaud. Quand elle est venue m'ouvrir la porte, elle avait un œil au beurre noir. Vous imaginez le choc, pour moi.

Elle se tut pour ménager son effet. De fait, Romano et Tellier ne s'attendaient pas à ça.

– Elle vous a expliqué ce qui s'était passé ?

Agnès Gadaigne eut un petit rire niais, censé signifier qu'elle connaissait la vie.

– Une porte de placard dans la figure ! J'ai fait mine de la croire, que faire d'autre ? Pendant deux semaines, la pauvre est passée par toutes les couleurs, c'était très gênant. J'ai essayé de tâter le terrain auprès de Maria, la jeune fille au pair, mais elle ne m'a rien dit du tout. Ariane l'avait choisie parce qu'elle était colombienne, comme sa nounou d'enfance, mais cette fille n'était pas bavarde.

Ou plutôt, traduisit Romano, pas très encline à entretenir les ragots sur son employeuse.

– Ça ne s'est jamais reproduit ?

– Jamais. Raison de plus pour ne pas critiquer Ariane. Il est toujours plus facile de voir la paille dans l'œil de l'autre que la poutre dans le sien.

Romano nota avec intérêt que c'était la femme battue, et non le mari violent, qu'on aurait pu légitimement être tenté de critiquer. Une vision du monde intéressante.

– Vous voyez quelqu'un qui aurait eu des raisons d'attenter à la vie de François-Xavier Tourtier ?

Agnès Gadaigne eut un soupir théâtral.

– Je ne vois pas qui serait assez cruel pour prendre une vie humaine.

À peine la phrase terminée, elle se frappa le front avec effroi, comme si l'idée venait de lui venir – il n'était pas exclu, d'ailleurs, que ce soit le cas.

– Ariane n'aurait jamais fait une chose pareille, même s'il y avait des tensions dans son couple. N'allez pas imaginer ça, c'est vraiment une belle personne.

Romano avait laissé le volant à Tellier pour écouter ses messages. Ce qui ne l'empêchait pas, en même temps, de commenter l'entretien.

– Les langues de vipère, je n'ai rien contre, mais les pseudo-saints et leurs simagrées, non merci. Cette bonne femme est mielleuse, gluante, même son alibi est onctueux. Aller enterrer une grand-tante dans le Gers, quelle idée !

– Vous ne pouvez pas lui reprocher d'avoir perdu sa grand-tante.

– Je ne lui reproche rien, je dis juste que je ne l'aime pas. Vous me direz, on s'en fout, et vous aurez raison. Ariane Tourtier en femme battue, vous y croyez ?

– Agnès Gadaigne n'aurait pas inventé ça, trop facile à vérifier. Cela renforce le mobile de la veuve mais ça lui donne aussi une circonstance atténuante.

– Le coquard est sûrement vrai, mais la cause du coquard ? L'œil au beurre noir chez une femme est toujours interprété comme un gnon dans la figure. Alors qu'une jambe dans le plâtre, par exemple, ouvre un tas de scénarios : ski, escalier, verglas… Techniquement, on peut pourtant s'amocher la figure de bien des façons.

Et si Ariane Tourtier s'était vraiment pris un placard sur la tronche ?

Tellier fit une moue peu convaincue, qui n'empêcha pas Romano de poursuivre son raisonnement.

– Ce qui est rigolo, dans une situation comme celle-là, c'est qu'il n'y a aucun moyen de rétablir la vérité. Si une femme au coquard dit qu'elle s'est pris une porte de placard, elle ne fait que compléter le tableau clinique de la femme battue. Plus elle se défend, plus elle s'enfonce. Gardons l'esprit ouvert. Il est probable que son salaud de mari lui a tapé dessus mais ce n'est pas un fait avéré.

– Pas de raison, en revanche, de douter de la sincérité de la voisine. À part vous, tout le monde aurait pensé comme elle.

– Quant à vous, si vous pensiez qu'une proche se faisait tabasser, vous ne feriez pas semblant de croire à ses salades. Emmerdant comme vous êtes, vous la bassineriez jour et nuit jusqu'à ce qu'elle fasse ses valises – quitte à lui faire une place dans votre T3.

Le compliment fit rougir Tellier comme une jeune fille d'autrefois. Quand le feu passa au vert, il fit caler la Clio.

14

– Putain, mon père, vous ne comprenez pas ! Ce n'est pas un service que je vous demande, c'est une information requise dans le cadre d'une enquête criminelle. Si je n'ai pas les noms de vos salariés dans le quart d'heure, en me précisant qui était en cuisine, en livraison et en service, je vous colle une mise en examen pour obstruction, compris ?

Romano posa rageusement son gobelet de café sur son bureau, aspergeant au passage un PV d'audition. Elle n'avait pas l'habitude de devoir demander les choses trois fois et la mauvaise volonté du prêtre commençait à lui taper sur les nerfs. D'autant que le labo parisien lui avait annoncé cinq minutes plus tôt que les toasts du buffet avaient dû passer derrière une *urgence*. Comme s'il y avait des urgences plus urgentes que les siennes !

– Je vous envoie ça, répondit le père Criaud. Juste un petit point, je voudrais que mes employés soient traités avec le maximum de respect.

Romano, qui tamponnait la tache de café avec un mouchoir en papier, l'élargissant considérablement au passage, leva les yeux au ciel.

– Vous croyez qu'on n'a pas l'habitude de traiter les gens avec respect ? Le principe d'une enquête, c'est de fouiller. La rédemption, c'est sympa, mais vos salariés n'ont pas d'immunité particulière. On ne va pas épargner ceux qui étaient les mieux placés pour dégommer Tourtier juste parce qu'ils ont fait de la tôle. Maintenant, vous m'excuserez, j'ai un interrogatoire qui m'attend.

Dans l'énervement, elle en avait rajouté un peu. En réalité, les serveurs étaient bien placés pour arroser les canapés, si tant est que ce putain de laboratoire confirme enfin la chose, mais beaucoup moins pour vider les seringues d'adrénaline. S'ils étaient impliqués dans l'histoire, c'était en tant que complices.

Elle se dirigea vers la salle d'interrogatoire où Arnaud Vancel l'attendait avec Tellier. Le trader rentrait tout juste de sa visite à Hollywood pour négocier les droits d'adaptation de son livre. Romano avait insisté pour qu'il vienne directement de l'aéroport et il avait accepté de mauvaise grâce, sur les conseils de son avocat.

En passant devant le bureau de Martine, elle salua la future retraitée. Qui ne l'entendit pas, trop absorbée à numériser les dossiers personnels qu'elle lui avait confiés. En plus d'être une pâtissière hors pair, la nouvelle recrue faisait preuve d'une conscience professionnelle exemplaire.

Arnaud Vancel n'attendait que depuis cinq minutes mais il n'était pas content d'être là et voulait que ça se sache. Romano dévisagea le jeune homme, en se remémorant la description donnée par maître Ferron. Avec son visage impassible et le mouvement mécanique de sa mâchoire sur son chewing-gum, on aurait dit un tueur à gages plus qu'un petit con. Quant au côté peu sentimental du personnage, on y croyait sans peine.

– Je sors de douze heures de vol et de neuf heures de décalage horaire. Vous vouliez me voir ?

Il détacha sa Rolex et la posa sur le bureau, comme pour une conférence. Intimidation ? Provocation ? Il avait suffisamment fréquenté les policiers pour savoir que le temps, précisément, était la première chose sur laquelle le prévenu perdait tout contrôle. Dans le cas présent, il n'était pas un prévenu mais un témoin, passé directement des producteurs hollywoodiens à cigare au commissariat de Wazemmes. Contrairement aux touristes, nombreux à affluer les jours de marché, pas sûr qu'il ait été sensible au pittoresque du quartier.

Romano eut un sourire aimable qui agaça Tellier. Vancel était un trader, autrement dit un parasite. Rien qui justifie des égards particuliers.

– Vous pouvez nous parler de Tourtier ?

Vancel poussa un soupir d'ennui.

– Bien sûr, je peux. N'importe qui peut parler de n'importe qui et de n'importe quoi.

– Quelles étaient vos relations avec lui ?

Il leva un sourcil méprisant. Pour les deux abrutis en face de lui, un seul sourcil, c'était bien assez.

– À votre avis ? Quand un type vous envoie en tôle à sa place, ça jette un froid.

– Dans ce cas, pourquoi vous a-t-il invité à sa remise de Légion d'honneur, et pourquoi y êtes-vous allé ? interrogea Tellier avec douceur.

– Il voulait sans doute montrer qu'il n'avait pas peur de moi. De mon côté, c'était l'occasion de parader en bonne compagnie. Trinquer avec le préfet et le président de la commission de régulation bancaire, après trois cent trente jours à attendre la promenade, ça ne se refuse pas.

– À quelle heure êtes-vous arrivé et reparti ?

– Je voulais venir tôt pour rentabiliser ma présence mais j'ai eu un appel d'un des producteurs intéressés par mon livre. Au final, je suis arrivé juste avant le discours, à peine le temps de serrer quelques mains. Et je suis reparti à 19 h 20, un des premiers, pour attraper mon avion.

– On nous a dit que vous aviez menacé Tourtier de mort à plusieurs reprises.

– Votre *On* n'est pas une source très fiable. Ce minable m'a fait perdre assez de temps et j'ai mieux à faire. Une adaptation à superviser, des droits d'auteur à négocier, des conférences sur tous les continents – et même une starlette à dorloter.

– Tuer quelqu'un par vengeance, ça s'est déjà vu, non ?

– Soyons sérieux, commissaire.

Il avait prononcé son titre sur un ton particulièrement méprisant.

– La vengeance, reprit-il, c'est bon pour les Corses, les Siciliens, les Albanais. Ramasser en une heure ce que ce faux cul gagnait en un an avec ses fours solaires, c'était une façon de l'emmerder plus constructive.

Romano prit la montre et la lui tendit du bout des doigts.

– N'oubliez pas ça, et informez-nous si vous quittez le pays.

– Je pars vendredi à Milan pour une conférence sur la gouvernance bancaire. Cette fois, tâchez de faire votre boulot. Je suis allé en tôle à la place de Tourtier, cela m'agacerait d'y retourner à la place de son meurtrier.

Le trader s'était levé sans un regard ni un salut. Romano le laissa partir sans relever ses mauvaises manières et se tourna vers Tellier.

– Je vois mal ce type s'embarquer dans un meurtre qui ne peut lui apporter que des emmerdes. C'est un pragmatique, qui préfère transformer ses ennuis en pognon plutôt que de les ressasser. À sa place, je ferais pareil.

– Vous n'avez pas beaucoup de points communs avec lui, remarqua Tellier.

– N'empêche, c'est toujours à la place des personnes les plus antipathiques que je me mets spontanément. Intéressant. Et vous, vous y croyez, à sa culpabilité ?

– Je pense comme vous. En plus, Vancel connaît la prison de l'intérieur. Pour un habitué des Hilton, ce doit être dissuasif.

Clément attendait devant le bureau de Romano en faisant les cent pas.

– Cheffe, l'enquête financière progresse à grande vitesse !

Romano hocha la tête avec enthousiasme tout en comparant mentalement la bedaine de l'adjudant avec celle de Ruru. Là aussi, ça avait tendance à pendre un petit peu. Clément portait des pulls moulants qui révélaient son embonpoint avec une honnêteté touchante. La vraie question, bien sûr, était de savoir si ça pendait plus que la dernière fois où elle l'avait observé. Pas facile à dire à l'œil nu. L'idéal aurait été d'imposer à ses collaborateurs une pesée hebdomadaire – comme les hôtesses de l'air d'autrefois.

Elle enfourcha un vélo pour donner l'exemple, bien qu'elle ait couru un semi-marathon au réveil, sur son tapis de course. Tellier et Clément firent aussitôt de même.

– Je vous écoute.

Clément, qui avait donné quelques coups de pédale prometteurs, posa le pied à terre et attrapa son bloc-notes. Pour lui, un rapport à un commissaire de police de classe exceptionnelle s'accommodait mal du pédalage.

– L'expert-comptable de Soleil et Terre m'a reçu fort aimablement. Il a confirmé que l'affaire promettait de devenir « juteuse », du moins avant la mort de Tourtier. Désolé pour l'adjectif, je reprends ses termes.

– Pas de problème, encouragea Romano.

Il avait fallu trois ans pour que l'adjudant cesse de retraduire ses échanges en formules alambiquées, plus ou moins appropriées. Un progrès appréciable.

D'après l'expert-comptable, le procédé technologique racheté à l'artisan ardéchois était très innovant. La joint venture avec les Indiens s'annonçait prometteuse : le pourcentage de royalties reversé à Terre et Soleil était faible, mais les volumes considérables.

– *Les petits ruisseaux font les grandes rivières*, lut l'adjudant dans son bloc-notes, d'un ton sentencieux.

– Que se passe-t-il maintenant que Tourtier est mort ? demanda Romano.

– Quand j'ai demandé si les rênes de l'entreprise tombaient entre les mains de Locatelli, l'expert-comptable a éclaté de rire. Il a dit que si Locatelli tenait les rênes, il n'aimerait pas être à la place du cheval.

– Moi non plus, approuva Romano.

L'expert-comptable avait expliqué que François-Xavier Tourtier, conscient de ses risques de santé, ce qui était tout à son honneur, avait pris ses dispositions. Dans l'attente de la nomination d'un nouveau directeur général, la direction de l'entreprise devait être assurée collectivement par le conseil d'administration. Une nouvelle plutôt rassurante vu que ce dernier était composé de fonds d'investissement et de grands groupes, bref, des gens qui avaient les pieds sur terre. Clément avait accentué cette dernière expression, pour souligner qu'il s'agissait d'une nouvelle citation.

– Autrement dit, conclut Tellier en pédalant toujours, Locatelli n'avait rien à gagner à la mort de Tourtier.

– L'expert-comptable pense même qu'il peut perdre gros. D'après lui, il était trop bien payé pour ce qu'il faisait. Le conseil d'administration risque de le mettre à la porte, d'ailleurs lui l'aurait fait depuis longtemps. Il l'avait conseillé à François-Xavier mais le directeur général se montrait bizarrement sentimental sur ce point.

– La peur, peut-être, de s'attirer les foudres de sa femme. Ou alors une forme de gratitude vis-à-vis de celui qui lui avait fait connaître ce secteur.

– Je pencherais pour un raisonnement plus pragmatique, fit Romano. Quoi qu'en dise l'expert-comptable, Locatelli, avec son gilet en mouton et son innocence, avait une énorme valeur ajoutée, surtout vu le passé douteux de Tourtier. L'égérie d'une marque, ça se paye. Locatelli était pour Soleil et Terre l'équivalent de Nicole Kidman pour Chanel. Je suis sûr que le berger avait un retour sur investissement imbattable. Rappelez-vous, François-Xavier était prompt à sortir la calculette.

Clément, qui venait de reprendre le pédalage, s'interrompit de nouveau. La comparaison de Locatelli avec Nicole Kidman semblait le perturber.

– En somme, ajouta Romano, ce type n'a aucun mobile financier. Reste son béguin pour la veuve.

– Tout à fait, approuva Clément.

Il toussota d'un air gêné et la regarda en silence.

– Vous vouliez dire quelque chose ?

– Euh, ça n'a rien à voir mais je me suis permis d'apporter un petit quelque chose, pour le chat. Il y avait une animalerie juste en face de chez l'expert-comptable.

Il descendit du vélo pour sortir de sa sacoche un petit cylindre en plastique, à peu près de la taille d'une cannette. Puis entreprit de faire la promotion de l'engin, avec l'enthousiasme d'un présentateur de téléachat.

– C'est un pipolino spécial félins, conçu exprès pour les chats en risque de surcharge pondérale. On ouvre le petit cylindre par le côté, comme ceci, on remplit de croquettes, ensuite, le chat doit faire rouler le cylindre pour que la croquette sorte par un des petits trous. Comme ça, il doit faire de l'exercice pour manger et à chaque fois qu'il absorbe des calories, il en dépense aussi. Bien trouvé, non ?

– Ça a l'air très bien fait, félicita Romano en se demandant s'il existait une version adaptée aux humains. Je suis sûre que Ruru sera ravi.

– C'est-à-dire, précisa Clément, gêné, le vendeur m'a prévenu, il n'est pas impossible qu'il y ait un petit temps d'adaptation pour comprendre le mécanisme. Mais comme il a dit, ça dépend des chats.

– Je vois, lâcha Romano d'un ton sinistre.

Ruru était gentil mais Ruru n'était pas malin. Peu de chances qu'il figure dans le peloton de tête. Un pipolino spécial félins ! Elle savait depuis le début que récupérer ce chat était une connerie sans nom, mais l'étendue de la chose ne semblait devoir apparaître que progressivement. Comment avait-elle pu se faire couillonner à ce point, elle, sortie majeure de sa maternelle comme de son école de police, et rebelle devant l'éternel ?

– Merci, en tout cas, conclut-elle.

Elle avait tenté de prendre un ton plus cordial, sans grand succès.

15

En voyant apparaître sur son portable le nom de l'expert de la PTS, Romano mit son oreillette et jeta un coup d'œil autour d'elle. Il était 8 h 20 et les passants étaient nombreux à se hâter vers leur travail ou vers l'école toute proche. Elle jugea préférable de prendre l'appel sous un porche, un peu en retrait de la rue.

– On a expertisé la puce de Tourtier, et aussi vérifié avec l'opérateur : que dalle. Pas la moindre trace d'appel ou de SMS d'Arnaud Vancel. Ces douze derniers mois, les seuls textos supprimés par Tourtier étaient des pubs, principalement d'un vendeur de pneus et du salon de la voyance.

– Idem pour l'appel de menaces dont nous a parlé Locatelli, le 23 janvier ?

– Aucun appel de Vancel ce jour-là. Tourtier a bien reçu un appel masqué à 18 h 54, mais, après vérification, c'était une boîte de surgelés qui le démarchait.

Romano remercia son collègue et reprit le chemin du commissariat, songeuse. Que Locatelli ait inventé l'appel de menaces de Vancel ne l'étonnait pas. En renforçant les soupçons sur l'ancien trader, il voulait sans doute innocenter la veuve. Soit elle le lui avait demandé, soit il la savait en mauvaise posture. Ou alors juste comme ça, au cas où. L'expert des fours solaires semblait tellement amoureux que Romano le voyait bien charger un innocent sans état d'âme, par chevalerie pure. Auquel cas, il aurait été plus noble de s'accuser lui-même.

Le fait qu'Ariane Tourtier, elle aussi, ait inventé les menaces reçues par son mari lui semblait plus important. Après avoir baratiné sur son idylle conjugale, ça faisait beaucoup de salades pour une seule personne. Beaucoup, et même, décida Romano, un peu trop. Au moment de s'engager dans la rue Gambetta, elle fit demi-tour et retraversa la place de la République dans l'autre sens. La plaisanterie avait assez duré.

En arrivant devant le commissariat d'Euralille, dix minutes plus tard, elle fut frappée une nouvelle fois du contraste avec le sien – à croire que c'étaient, respectivement, le plus moderne et le plus ringard du pays. Le commissariat principal, où siégeait le divisionnaire Bertin, était un bâtiment contemporain, tout de verre et de métal, à l'image du quartier.

La porte automatique s'ouvrit lentement. Romano reconnut avec plaisir le vieux flic de l'accueil, dont la moustache jaune de tabac et la couperose d'alcoolique apportaient une note d'humanité bienvenue à cet environnement froid. Elle annonça qu'elle venait voir le divisionnaire Bertin. Et non, ajouta-t-elle d'un ton léger, elle n'avait pas rendez-vous. Il fit une moue inquiète.

– L'OL s'est pris une tôle contre le PSG, il est infect. Je dis quoi, une urgence, comme d'habitude ?

Romano fit un signe d'impuissance. Le vieux flic lui avait expliqué récemment la corrélation entre l'humeur du divisionnaire et les performances du club de sa ville d'origine, mais elle ne pouvait pas toujours s'adapter au calendrier footballistique.

– Franchement, je ne vois pas mieux.

Elle admira la conviction avec laquelle le flic annonça que c'était « extrêmement urgent » et s'amusa à imaginer les aboiements de Bertin, en face – Bertin s'exprimait principalement par aboiements.

– Parfait, monsieur le divisionnaire, elle monte tout de suite.

Le flic, éberlué, lui expliqua que Bertin avait été très aimable. La visite de Romano tombait au mieux, le patron voulait justement la voir.

Romano prit l'escalier jusqu'au cinquième et dernier étage, préoccupée. Les vociférations de son chef avaient cessé de l'inquiéter depuis longtemps mais ce soudain accès de civilité n'annonçait rien de bon.

– Asseyez-vous commissaire, j'allais vous appeler.

Romano s'installa dans le fauteuil avec son sourire le plus modeste – consciente, au demeurant, que Bertin la connaissait trop bien pour que ce genre de truc soit efficace.

– C'est au sujet des fiches de temps de vos agents, vous savez, ces documents officiels en vigueur dans la police nationale suite à une circulaire ministérielle du 22 janvier 2016, que vous falsifiez chaque semaine depuis trois ans.

Putain, se dit Romano, comment a-t-il su ?

– Vous savez ce qui vous a trahie ? Votre zèle, peu crédible. J'ai commandé au secrétaire général un rapport sur la ponctualité de la remise des fiches de temps, et cet abruti a pondu un paragraphe entier pour souligner le comportement exemplaire du commissariat de Wazemmes, seul de la région à n'avoir eu aucun retard en trois ans. Exemplaire, vous ? Vous me prenez pour un con ?

– Pas du tout, protesta Romano, accompagnant sa dénégation d'une bouche en cul de poule censée lui donner plus de poids.

Maudite paresse ! Depuis des mois, elle se disait qu'il fallait modifier son programme de remplissage automatique des données pour générer, de temps en temps, un retard dans l'envoi.

– Mille quatre cent vingt-trois fiches de temps falsifiées, vous imaginez ?

– Quand même, consentit Romano d'un ton de remords qui lui parut sonner extraordinairement faux. Une question vertigineuse venait de lui traverser l'esprit. Puisqu'il existait des rapports sur la ponctualité des fiches de temps, se pouvait-il qu'il existât aussi des rapports sur la ponctualité des rapports sur la ponctualité des fiches de temps ?

Assez rêvassé, il était temps de contre-attaquer. Elle sortit son iPhone et ouvrit la calculette.

– Vous imaginez, le temps que j'ai fait gagner à la police ! Mille quatre cent vingt-trois fois dix minutes, moins les deux heures pour écrire mon petit programme. Deux cent trente-cinq heures, presque sept semaines en équivalent temps plein. Sans oublier que j'ai épargné à mon équipe une corvée inutile. Et que mes données sont sans doute les plus fiables de la région.

Elle entreprit d'expliquer à Bertin, blême de rage, qu'elle avait fait remplir les fiches pendant deux mois – assez pour avoir une base exacte, simple question d'intervalle de confiance. Ensuite, elle avait mis au point un petit algorithme. Les données n'étaient pas exactes individuellement, mais à l'échelle de l'équipe, sur un an, elles étaient fiables avec une marge d'erreur de cinq pour cent. D'ailleurs, comme les fiches de temps n'avaient jamais servi à rien ni à personne, elle aurait tout aussi bien pu y mettre n'importe quoi. Rien à faire, soupira-t-elle, elle avait toujours souffert d'un excès de conscience professionnelle.

À peine finie la phrase, Romano regretta cette dernière insolence. Du plus loin qu'elle se souvienne, elle avait toujours eu du mal à s'écraser avec la hiérarchie.

– Vous avez transmis délibérément des informations erronées au ministère, sur des documents officiels. Au vu des droits et devoirs du fonctionnaire, cela peut vous mener très loin.

Romano se prit à rêver quelques secondes. Loin de quoi, de qui ? De Bertin, qui continuait à pérorer ?

– Vous connaissez mon sens des responsabilités, je ne réagis jamais à chaud sur des dossiers sensibles. Mais soyez certaine que je vais réfléchir à des sanctions, euh, adaptées. Oui, c'est ça, des sanctions adaptées.

Romano baissa les yeux comme une gamine punie, en se mordant les lèves. À ce moment précis, le fou-rire aurait été nettement contre-productif – un danger qui la guettait souvent en présence de Bertin. Le divisionnaire n'était pas plus mauvais qu'un autre mais elle avait du mal à le prendre au sérieux. Sanctions adaptées : l'expression, avec son petit côté pléonastique, lui plaisait beaucoup. La sanction est toujours adaptée. Pour écarter le risque d'un éclat de rire, elle repensa à l'enquête, et aux conséquences de la colère de Bertin sur cette dernière.

Le divisionnaire la regardait droit dans les yeux, glacial, sans un mot. *Je te tiens, tu me tiens par la barbichette*, pensa-t-elle – de nouveau, le rire n'était pas loin. Elle décida de repartir, la queue basse. Le moment était mal choisi pour sa requête, elle l'appellerait quand il serait plus calme.

– Asseyez-vous, aboya-t-il en la voyant se lever. Je croyais que vous aviez une urgence.

De deux choses l'une : soit son professionnalisme reprenait le dessus, soit il ne voulait pas louper une occasion de lui nuire dès à présent. Elle ne tarderait pas à le savoir.

Elle résuma l'enquête Tourtier, en soulignant les mensonges successifs de la veuve, d'abord sur ses relations conjugales, ensuite sur les menaces fictives de la part d'Arnaud Vancel. En somme, Ariane Tourtier les prenait pour des cons – le pluriel englobait judicieusement l'ensemble de la police, Bertin compris. D'où l'idée de procéder à une perquisition au domicile de la victime.

– Face à une forte tête, observa-t-elle d'un ton sentencieux, un peu de pression psychologique ne nuit pas.

Par chance, Bertin ne sembla pas remarquer l'allusion à leur échange précédent. Pourquoi en arrivait-elle toujours à lui dire des énormités ? Le problème n'était pas qu'elle se foute de la gueule de Bertin, le problème était qu'elle se foutait trop de la gueule de Bertin.

Le divisionnaire se contenta d'une moue.

– Ce serait de l'intimidation, ni plus ni moins. Vous savez ce que je pense de vos méthodes de cow-boy. Je vais y réfléchir.

Romano se garda de répondre : elle savait, en effet. Que Bertin désapprouvait ses méthodes en toutes circonstances, aussi bien devant elle que derrière son dos – question de prudence élémentaire, en cas de pépin. Mais aussi qu'il n'était pas insensible à son taux d'élucidation des homicides.

16

Sous le ciel sombre où le soleil venait de crever les nuages, la mer du Nord hésitait entre le vert bouteille et le gris anthracite. La tempête était terminée mais la mer était encore grosse, comme si elle décolérait en douceur.

– C'est quand même con d'habiter aussi près de la mer et de ne pas en profiter, observa Romano, histoire de faire la conversation.

Tellier ne répondit pas, confirmant son humeur songeuse. Romano se serait bien passée de lui pour interroger l'ancienne assistante de Tourtier. S'il se confirmait que le banquier harcelait sexuellement ses collègues, la discussion risquait de venir, à un moment ou à un autre, sur le mouvement « Balance ton porc ». Or, l'événement avait provoqué chez Tellier une réaction spectaculaire, non seulement par rapport au commun des mortels mais, plus grave, par rapport à son échelle personnelle. Romano n'avait aucune envie de raviver cette histoire.

Elle regarda la rayure sur le rétroviseur intérieur. C'était justement dans cette Clio qu'ils avaient appris ensemble l'existence de l'hashtag, par un flash d'informations à la radio. Tellier était resté hébété quelques secondes puis avait explosé comme jamais. Bien sûr, avait-il rugi, ces comportements étaient dégueulasses, ignobles, intolérables, mais l'appel public à la haine était insupportable. Romano avait relativisé : l'intitulé manquait de fraîcheur, certes, mais les femmes en avaient trop bavé et le silence avait trop duré. Une défense plutôt molle pour une féministe aussi convaincue. Elle adorait la vulgarité verbale mais n'était pas fan de la vindicte collective. Quoi qu'il en soit, ses propos avaient mis de l'huile sur le feu. Tellier, après avoir rappelé qu'il était aussi féministe qu'elle, avait vitupéré pendant les dix minutes restantes, jusqu'à ce que Romano le dépose enfin à Roubaix.

Le lendemain, il était arrivé au commissariat un doigt sur les lèvres et une ardoise blanche à la main. *Je ne peux plus parler*, y avait-il écrit. Romano lui avait demandé s'il avait fait vœu de silence. Non, il était juste aphone. L'expression « Balance ton porc » l'avait laissé sans voix, au sens propre.

Le côté reposant de la situation n'avait pas duré longtemps. Le deuxième jour, elle avait commis l'erreur de féliciter son adjoint de son originalité. Alors que le monde entier se réjouissait à grands cris que la parole se libère, lui se la bouclait pour la première fois de sa vie. La remarque, censée dédramatiser l'atmosphère, n'avait pas atteint son objectif. Tellier avait dégainé de sa sacoche, non pas une, mais deux ardoises blanches et s'était lancé dans une diatribe aussi frénétique que ses emportements verbaux.

Son nouveau système fonctionnait à merveille. Au lieu de devoir s'interrompre, comme la veille, le temps que son interlocuteur lise sa production, il écrivait sur l'ardoise numéro 2 pendant qu'elle regardait l'ardoise numéro 1. En somme, même aphone, Tellier continuait à vociférer. Romano s'était demandé combien de temps il lui faudrait pour devenir ambidextre, afin de beugler des deux mains à la fois.

À vrai dire, il ne lui restait que quelques bribes de ce torrent de mots. Tellier avait d'abord observé que la libération de la parole, célébrée partout, n'était pas forcément une bonne nouvelle. Lorsque les radios rwandaises diffusaient des appels à découper son voisin à la machette, la parole était REMARQUABLEMENT libérée – faute de pouvoir mettre le ton, il ne lésinait pas sur la majuscule. Ensuite, il avait asséné quelques formules sentencieuses, de Gandhi, de Camus, et aussi de lui-même. *On ne règle pas la violence par la violence. La haine engendre la haine. L'histoire nous enseigne que la délation n'a pas que du bon.* Etc.

La scène s'était gravée dans sa mémoire. Alors que les emportements verbaux de son adjoint avaient cessé de l'impressionner pour, selon son humeur, l'amuser ou l'agacer, la version silencieuse était prenante. Penché sur ses ardoises dans une espèce de transe, Tellier évoquait à la fois un poète surréaliste sous hypnose et un prophète halluciné. Au point que Romano, à un moment, avait préféré interrompre le ballet des ardoises pour écrire, en majuscules aussi : *JE SUIS D'ACCORD AVEC VOUS.* Tellier, soudain plus calme, avait hoché la tête longuement et rebouché son marqueur. Le lendemain, sa voix était revenue, et ils n'avaient plus jamais évoqué le sujet.

Elle regarda les sourcils froncés de Tellier et hésita à lancer une nouvelle remarque météorologique. Ou alors un commentaire sur la beauté géométrique des immenses treillages de houblon, le revêtement de route plus bruyant depuis l'entrée en Belgique ou le paysage inondé. Non : la manœuvre manquait de finesse.

Était-elle vraiment d'accord avec lui ? Sans doute pas. En réalité, ses réactions étaient à la fois plus partagées et plus terre à terre, voire moins nobles ou carrément inavouables – elle les avait gardées pour elle. Ainsi, en apprenant que l'immense majorité des femmes se faisaient siffler régulièrement dans la rue, elle s'était posé cette question lamentable : se faisait-elle siffler moins que les autres ? Ses pires souvenirs avec le sexe opposé remontaient aux boums de son adolescence, quand son éducation la réduisait à faire tapisserie en attendant qu'on l'invite à un slow. Son problème, à l'époque, n'était donc pas d'être harcelée mais d'être ignorée. Arrivée en fac de droit, elle avait envoyé balader la tradition révoltante qui assignait le premier pas à l'homme. Et elle s'était bien rattrapée.

– Garez-vous ici, on va finir à pied. Janine Kaspersky m'a dit que le Albert 1er donnait sur la mer et que c'était un des rares bistros ouverts à La Panne à cette saison.

La station balnéaire était d'une laideur architecturale remarquablement homogène. Dans la rue commerçante comme sur le front de mer, les immeubles étaient des trucs hideux de huit étages, que même la brique n'embellissait pas – depuis son arrivée dans le Nord, Romano trouvait pourtant que ce matériau rendait les choses laides moins laides. Tout était marron jaunasse : les immeubles, la plage, la mer. À l'exception de quelques grues jaune vif, qui semblaient s'être donné pour défi d'enlaidir encore le lieu avec de nouvelles constructions. Et de panneaux blancs accrochés aux balcons : *Te koop, Te huur*, parfois barrés d'un autocollant rouge, triomphal *Verkocht*. Ainsi donc, ces appartements se louaient et s'achetaient.

À travers la baie vitrée du Albert 1er, Romano repéra l'ex-assistante de Tourtier attablée devant un café – sans grand mérite puisque c'était la seule cliente. La soixantaine, carré poivre et sel impeccable, tenue décontractée chic, dans une variante maritime. Des chaussures bateau au gilet rouge à maille serrée et boutons dorés, tout semblait sorti d'une de ces boutiques de bord de mer, qui vendent des souvenirs à ancre et des vêtements (malheureusement) indestructibles. À y bien réfléchir, il y avait quelque chose d'étonnant dans cette idée d'adopter le style marin sous prétexte qu'on emménageait en bord de mer. Pour autant qu'elle sache, les gens qui s'installaient en Provence ne portaient pas des sabots et des jupes à fleurs jaunes.

La sexagénaire les accueillit avec un sourire très professionnel.

– Merci de nous accorder un peu de temps. La directrice des ressources humaines nous a dit que personne, dans l'entreprise, n'avait connu Tourtier aussi bien que vous.

– Tout le plaisir est pour moi. Une assistante de direction doit se taire plus souvent qu'elle ne doit parler, ça change. J'ai travaillé pour M. Tourtier pendant dix-huit ans, alors oui, je l'ai bien connu.

Sans doute par réflexe, elle avait prononcé le nom avec une touche de déférence, retrouvant d'instinct son ton d'assistante. En revanche, Romano fut frappée une nouvelle fois par l'absence d'émotion. Tourtier ne semblait avoir été aimé de personne.

Non sans coquetterie, Janine Kaspersky rappela justement qu'elle était à la retraite depuis quatre ans déjà – l'air marin lui gardait un teint fais. Elle avait suivi M. Tourtier dans ses différents postes, comme cela se pratiquait alors. Le cadre dirigeant muté emmenait avec lui son bureau et son assistante. Elle sourit en prononçant cette formule, où elle ne mettait visiblement aucune amertume. Bien sûr, la chose était moins courante quand les mutations étaient à l'étranger. Mais comme elle était trilingue, curieuse et célibataire, elle avait suivi, ravie de découvrir d'autres cultures. Quant à M. Tourtier, il en valait un autre et, surtout, lui faisait une confiance absolue.

– Nous souhaiterions en savoir plus sur ses relations avec les femmes – on nous a dit des choses peu flatteuses.

L'assistante hocha la tête.

– Je ne vais pas jouer les saintes nitouches. M. Tourtier avait une réputation de chaud lapin, qui était loin d'être imméritée.

En entendant cette expression démodée, Romano médita sur l'évolution de la métaphore animalière. Le lapin est chaud, certes, mais doté d'un poil doux et de grandes oreilles irrésistibles. Le porc est laid et répugnant. Le temps de l'indulgence était terminé, tant mieux.

– Il couchait avec ses subordonnées ?

La question, centrale pour distinguer entre drague et harcèlement, fit sourire Janine Kaspersky. Une jeune serveuse bien en chair, aux cheveux rouges, choisit ce moment pour prendre la commande. L'assistante attendit qu'elle reparte pour répondre.

– Dans la banque, les femmes sont généralement des subordonnées, du moins par rapport à quelqu'un d'aussi haut placé.

– Évidemment, reconnut Romano.

– Je ne pense pas qu'il ait eu recours à la menace, mais à la pression, probablement. Au fil des années, je pense qu'il a eu une bonne vingtaine de maîtresses. Entre nous, certaines ont obtenu de jolies promotions.

– Excusez-moi, interrompit doucement Tellier, mais je vois mal la différence entre pression et menace. On parle de maîtresses ou de victimes ?

Janine Kaspersky réfléchit quelques secondes : l'habitude de ne pas parler à la légère.

– Je n'y ai jamais pensé en ces termes mais victimes serait plus approprié, du moins pour certaines. Je pense même que s'il a changé de poste aussi souvent, c'était pour ne pas avoir d'ennuis. Mais tout a cessé après son mariage. Quand je l'ai suivi, avec sa jeune épouse, de Bruxelles à Los Angeles, il n'était plus le même homme.

– Peut-être le changement de pays ? Les Américains ont toléré moins longtemps ce genre de pratiques.

L'assistante secoua la tête.

– Je crois que le mariage l'a transformé. Il était fou de sa femme et me faisait commander des fleurs à toute occasion. C'est pour ça que je n'ai pas envie d'en dire du mal.

Romano hocha la tête poliment, pas très convaincue.

– Vous pensez qu'une victime de harcèlement aurait pu se venger, au moins cinq ans après les faits ?

– Difficile à dire. Certaines vident leur sac vingt ans après avoir été violées et elles ont bien raison. Vous avez vu « Balance ton porc » ?

Romano jeta un œil discret vers Tellier, qui semblait tendu mais sous contrôle. Elle jugea cependant prudent de mener cette partie de l'entretien.

– Pourquoi le nom de Tourtier n'est-il pas sorti pendant ce grand déballage ? Vu sa médiatisation, un premier témoignage aurait amené les langues à se délier et l'affaire aurait pris de jolies proportions. Voir déboulonner sa statue toute neuve de saint, cela aurait été une belle revanche.

– Je me le suis demandé aussi. Quand « Balance ton porc » est sorti, j'ai pensé qu'on parlerait de lui.

Tellier se dandinait dangereusement sur sa chaise.

– Vous avez trouvé une explication ? reprit Romano.

– Certaines de ses victimes, comme vous dites, ont franchi le plafond de verre et n'avaient pas intérêt à ce qu'on parle de leurs promotions canapé. J'imagine que d'autres, mariées, n'avaient pas envie de remuer cette boue. Enfin, certaines se sont peut-être retenues par sympathie pour sa femme, qui avait mis fin à tout ça.

– Bof, répondit Romano, dans cette histoire, la solidarité a mieux fonctionné entre les victimes qu'avec les épouses cocues. Ce serait possible de m'adresser une liste des femmes qui, à votre connaissance, pourraient être concernées ?

Les deux flics prirent congé et Romano, d'un sourire, félicita son adjoint de son calme. Ils avaient développé une capacité impressionnante à se comprendre sans paroles – elle hésitait toujours à s'en réjouir ou s'en inquiéter.

Ils repartirent par l'avenue commerciale perpendiculaire à la plage, qui s'était animée entre-temps. Les lampadaires courbes à enceintes incorporées émettaient une musique disco, et la rue était maintenant trop fréquentée pour discuter de l'enquête. En croisant des femmes à cheveux rouges ou violets, dont même le piercing disait l'origine sociale (sa nièce ado lui avait ouvert les yeux sur le sujet), Romano se rappela Carnon, la station balnéaire toute proche de Montpellier où ses parents refusaient de mettre les pieds. Trop de baraques à gaufres, trop de gens trop gros et trop rouges. Elle avait été dressée très jeune à regarder de haut ces familles grasses qui se font frire des deux côtés après avoir trimé onze mois de l'année pour attraper leur cancer de la peau. Et maintenant, elle détestait ces bouffées de mépris qui lui donnaient l'impression de juger le monde à travers les références de ses parents.

Elle prit le volant et demanda ses impressions à son adjoint, qui s'accorda une seconde de réflexion avant de répondre.

– Tourtier semble avoir été une belle ordure mais il était peut-être rentré dans le rang après son mariage.

– Mouais. D'après mon expérience, les ordures ont une fâcheuse tendance à rester des ordures. Comme dirait Brassens, quand on est con, on est con. Le fait d'envoyer des fleurs ne change rien à l'affaire.

– Accessoirement, si une victime avait voulu se venger de Tourtier, elle aurait pu profiter du grand lynchage public.

– Exact. Pourquoi s'emmerder à le zigouiller au jus de crevette alors qu'elle pouvait le démolir en trois clics ?

17

À 20 heures, Bertin appela Romano pour donner son feu vert à la perquisition chez Ariane Tourtier. Le chef était servile et trouillard, certes, mais avant tout pragmatique. Au final, ses vingt-quatre heures de soi-disant réflexion visaient juste à lui rappeler qu'il avait tout pouvoir sur elle. Le fait du prince, elle avait l'habitude. Les sanctions adaptées seraient sans doute purement symboliques – il devait consacrer des heures à y réfléchir, pour éviter à la fois de perdre la face et de nuire à l'avancée de l'enquête. Elle appela aussitôt Tellier pour lui demander de le retrouver chez Ariane Tourtier le lendemain matin. Et reçut, au même moment, un SMS de Clément qui la mit hors d'elle.

– Ils vont me lâcher, à la fin ! s'exclama-t-elle en supprimant le message. L'adjudant lui avait envoyé le numéro du vétérinaire comportementaliste de sa cousine, ou plus exactement du chat de sa cousine, *au cas où.* Pas mieux à faire, à 9 heures du soir ? Clément, presque obséquieux avec la hiérarchie, s'était même permis un smiley, sans doute pour ne pas vexer sa cheffe.

Depuis son tapis de course, elle jeta un regard vers Ruru, qui se gavait de croquettes avec sa dignité sénatoriale habituelle. Est-ce que son ventre pendait vraiment plus qu'avant ? Elle tapa « Boulimie du chat » sur son téléphone et atterrit sur une association de zoopsychiatres – et non de zozopsychiatres comme elle le lut d'abord. *Une consultation vétérinaire spécialisée en comportement est constituée d'un recueil de commémoratifs, d'une sémiologie rigoureuse, d'un diagnostic, de la mise en place d'une thérapie et d'un suivi. La précocité de la prise en charge est un facteur pronostique important.*

Elle n'allait quand même pas se laisser embrigader dans ces conneries ? En quittant le site, elle remarqua une fenêtre publicitaire qui proposait *tous les accessoires pour le bien-être physique et psychologique du chat*. Les photos des objets défilaient : gamelle innovante pour manger plus lentement en s'amusant, labyrinthe en caoutchouc pour stimuler le corps et l'esprit, jeu d'intelligence adapté à tous les chats. Cette dernière formule, pleine de tact, semblait avoir été écrite pour Ruru. Elle commanda le plateau en trois clics et alla se doucher. Pas sûr que cet achat miraculeux parvienne vraiment, comme promis sur le descriptif, à *réactiver l'instinct de prédateur* de Ruru. Mais au moins, elle avait la conscience en paix.

Après s'être injecté sa dose de caféine réglementaire, plus nécessaire que jamais à cette heure matinale, Romano prit la direction de Croix en écoutant « Le Port d'Amsterdam ». En matière musicale, elle fonctionnait par obsessions successives. Pendant plusieurs semaines ou parfois plusieurs mois, elle écoutait un seul et unique morceau : chanson, classique, rock, jazz, ou même un vieux tube. Jusqu'à ce qu'il soit détrôné par le suivant. Aucune logique ni cohérence : Brel pouvait être remplacé aussi bien par Mozart que par Stéphanie de Monaco.

En arrivant sur l'avenue du Peuple-Belge, elle se demanda, comme toujours, si une telle chose existait réellement, dans ce pays aux trois langues officielles – il aurait fallu demander aux intéressés. Les rues étaient encore merveilleusement désertes et il lui fallut moins d'un quart d'heure pour traverser La Madeleine, Marcq-en-Barœul et Villeneuve-d'Ascq.

Comme la fois précédente, elle gara la Clio sur la grande avenue arborée et non dans l'impasse où était la villa des Tourtier. Dans la quiétude de l'obscurité, son « putain » résonna avec une ampleur qui la surprit elle-même. Elle en vint presque, fait exceptionnel, à regretter son juron. Mais quiconque aurait frôlé d'aussi près une crotte de chien aussi considérable en aurait fait autant. Avec cette idée de ressusciter les étoiles et de protéger les chauves-souris, l'éclairage public n'était plus ce qu'il était. Par prudence, elle sortit son portable en guise de lampe-torche.

Arrivée devant la forteresse des Tourtier, elle découvrit Tellier adossé à un poteau, à côté de sa monture. Il l'accueillit en bougonnant.

– On aurait quand même pu attendre 7 heures. Je ne vois pas l'intérêt de la sortir de son lit en plein sommeil.

– Et moi, je ne suis pas sortie de mon lit en plein sommeil ? Je ne suis pas comme vous, je n'ai pas des horaires de moine cistercien.

Pour en rajouter dans le genre « tombée du lit », elle ébouriffa ses cheveux courts d'un geste de la main.

– Raison de plus.

– Ariane Tourtier nous prend pour des cons, on se comporte comme des cons. La perquisition est légale à partir de 6 heures du matin. Il est 5 h 59, le temps que je finisse ma phrase, je sonne.

Romano joignit le geste à la parole et un ding dong électronique à réveiller les morts se fit entendre. Les deux battants du grand portail métallique s'ouvrirent aussitôt, avec une lenteur de marche funèbre.

– Vous voyez, elle ne dormait même pas ! La loi est trop clémente, ça nous perdra.

Tellier ne prit pas la peine de répondre. Ils entrèrent dans le superbe jardin à l'anglaise, qui s'éclaira généreusement à leur passage. En voyant la silhouette de la maison se découper sur le ciel sombre comme dans un livre en relief pour enfants, Romano et Tellier échangèrent un regard surpris. La villa était strictement identique à celle d'Agnès Gadaigne.

Entre les corons et les HLM, les alignements d'habitations semblables ne manquaient pas dans la région. Mais pour une villa aussi ostensiblement originale, avec son assemblage bizarre de tourelles dissymétriques, balcons, bow-windows et baies vitrées, l'effet était étonnant. Comme de se retrouver face à deux Karl Lagerfeld, avec la même queue-de-cheval et les mêmes bagouses. Soit les commanditaires des deux maisons étaient des vrais jumeaux, soit l'architecte avait voulu faire des économies d'échelle – auquel cas, il aurait pu éviter de coller ses deux clones à dix mètres de distance.

Quelques secondes plus tard, le cliquetis de la serrure se fit entendre et Ariane Tourtier leur ouvrit la porte, inquiète mais non moins froufroutante. Sa chemise de nuit blanche à volants de dentelle et ses mules roses semblaient sorties d'une comédie américaine des années 1950. Une tenue bien plus cucul que ce qu'elle portait le jour.

– Il s'est passé quelque chose ?

– Il s'est passé qu'on a une commission rogatoire pour perquisitionner votre logement.

– Vous voulez fouiller ici ?

– Exactement. Vous allez vous asseoir sur le canapé, du moins, quand on aura soulevé les coussins, et nous, on va ouvrir tous les tiroirs et armoires. Nos deux collègues nous rejoignent tout à l'heure, on en a pour la matinée au moins.

Ariane Tourtier adressa à Tellier un regard d'effroi.

– Vous me croyez coupable ?

– Vous n'êtes pas mise en examen pour le moment, répondit-il en hâte, avant que Romano s'en mêle.

– Vous faites la cuisine, je commence le salon.

Ariane Tourtier demanda si elle pouvait aller s'habiller mais Romano refusa d'un ton sec. Avant cela, ils devaient fouiller sa chambre et la salle de bains. De même, sous l'œil désapprobateur de Tellier, elle refusa qu'elle prévienne le père Criaud. Le but premier de la perquisition était de l'impressionner, pas de cadeaux.

L'ensemble du mobilier était du même style anglais. Tout allait avec tout et semblait avoir été acheté le même jour, au même endroit : horrible. Autant Romano aimait l'ordre dans le raisonnement, autant, en décoration, elle aimait les mélanges, et même un certain bazar.

La maison était d'une propreté impeccable : Ariane Tourtier semblait effectivement avoir pris goût à faire son ménage.

Sous le regard apeuré de la propriétaire, Romano ouvrit un premier tiroir du buffet. Les torchons étaient rangés et pliés avec une perfection maniaque, une chance. Découvrir le bordel intime de personnes très présentables est toujours gênant. À chaque fois que Romano avait vécu cette expérience, elle avait imaginé la tête de ses collègues s'ils devaient un jour fouiller chez elle.

Le style de la maison Tourtier tenait en un adjectif : floral. Le canapé était floral, les nappes étaient florales, le tissu des sachets odorants placés entre les nappes était floral, le déodorant des toilettes était floral – du moins d'après l'étiquette. L'autre fait marquant était la présence de volants de dentelle sur tout le linge de maison, torchons compris. On aurait dit que la maison avait été entièrement équipée avec le stock d'un magasin Laura Ashley en faillite. D'évidence, Ariane Tourtier ne s'était pas remise de son ascendance anglaise.

Dans toutes ces fleurs, le bleu prédominait : bleuets, œillets, myosotis. Romano se demanda si cette invasion de la « fleur bleue », au sens propre, reflétait la personnalité de la propriétaire. En tout cas, ce déferlement furieux de mièvrerie tranchait avec le style de la jeune femme, à l'élégance tout sauf cucul. Laquelle des deux était la vraie ?

Dans l'un des vaisseliers, Romano découvrit l'encombrant carton du *four solaire domestique en kit.* À l'intérieur, se trouvait un grand nombre de pièces en métal et en bois, de toutes les formes. Un modèle bien plus sophistiqué que l'engin rudimentaire présenté sur le forum Internet, sur lequel Tellier s'était extasié. Difficile d'imaginer que cet amas de pièces détachées ait pu faire basculer la vie conjugale des propriétaires. En même temps, face à tout le décorum de pinces à sucre, porte-couteaux, chauffe-plats et cache-théières, on comprenait l'envie de tout envoyer balader pour un grand retour à la nature.

Le ding dong électronique tira Romano de ses réflexions. Elle fit signe à la propriétaire, qui s'évertuait à feuilleter un magazine de décoration, de rester assise. Puis elle fit entrer Clément et son collègue. Rien à dire, il était 8 heures pétantes. Elle avait pourtant l'impression d'être là depuis des heures, d'autant plus frustrée, sans doute, qu'elle ne cherchait rien de précis. Que pouvaient-ils trouver d'intéressant ? Une pile de lettres d'amour du père Criaud, serrées dans un ruban de satin ? Un carnet secret de Tourtier, dans lequel il aurait noté, comme des trophées, le nom des collègues harcelées ? Une liste d'associations d'aide aux femmes battues ? Un journal intime dans lequel Ariane confessait son crime ? Hum, rien de tout cela ne lui semblait très plausible.

D'un geste, elle montra à ses collègues la partie du salon qui restait à fouiller.

– Tellier vient de terminer le studio de la jeune fille au pair et il est monté s'occuper du bureau de Tourtier. Finissez tout ça, je monte à l'étage.

Elle s'engagea dans l'escalier. Ces piles d'assiettes de toute taille faisaient remonter à la gorge son enfance bourgeoise.

La première porte donnait sur une grande pièce. La vaste baignoire, les toilettes et le lavabo en pierre, regroupés au fond, ne laissaient pas de doute sur son usage. Mais la salle de bains comportait aussi un mobilier plus inhabituel. Une paillasse de laboratoire carrelée, sûrement pour fabriquer des cosmétiques maison, une étagère couverte de pots artistiquement alignés et étiquetés et une grande coiffeuse à l'ancienne, avec tabouret assorti, qui rappelait un piano. De grands vasistas inondaient la pièce de lumière. Romano se souvint des propos de la jeune femme sur son plaisir du matin à se maquiller. L'essentiel de ses journées devait se passer ici.

Un grand paravent de style japonais masquait une partie de la pièce. Derrière, Romano découvrit une petite étagère remplie de romans classiques du monde entier et un transat en toile rayée. Madame devait y laisser poser ses masques tout en se plongeant dans la littérature. Sur une feuille cartonnée affichée au mur, une phrase de Stendhal avait été calligraphiée à la plume : *Madame de Rênal s'était trouvé assez de sens pour oublier bientôt, comme absurde, tout ce qu'elle avait appris au couvent ; mais elle ne mit rien à la place, et finit par ne rien savoir.*

Romano eut un sifflement admiratif. Ariane Tourtier avait décidé de se cultiver – peut-être depuis sa rencontre avec le père Criaud, ou avec le four solaire. Une cruche pas si cruche, décidément.

En bonne scientifique, elle décida de commencer par la partie laboratoire. Elle déplaça scrupuleusement les pots de cires, huiles et huiles essentielles aux noms latins, qu'Ariane Tourtier utilisait pour ses onguents et autres baumes – Romano l'enviait presque.

La moitié basse du meuble était constituée de tiroirs. Le premier contenait une batterie de brosses aux poils soyeux et naturels, sûrement hors de prix. Romano voyait très bien Ariane Tourtier, en chemise de nuit rose, se donner chaque soir cent coups de brosse, comme les filles du Dr. March. Les trois tiroirs suivants étaient consacrés au maquillage : rouges à lèvres, fards, poudres, crayons, éponges et pinceaux, exclusivement de grandes marques, rangés avec soin dans des petits coffres en osier. Romano y découvrit aussi une plaquette de pilules bien cachée – ce qui fit remonter la veuve dans son estime.

Le tiroir suivant était consacré au parfum, ou plus exactement au Chanel N° 5. Une collection de flacons et vaporisateurs, de tailles diverses, certains vides ou presque. Le dernier tiroir contenait de jolis bols et soucoupes en terre cuite. Et un vaporisateur de sac à main en plastique, basique, bas de gamme. Moche, tout simplement.

Romano sortit précipitamment dans le couloir.

– Tellier, vous pouvez venir deux secondes ?

18

Au milieu de tous ces objets élégants et choisis avec amour, le flacon détonnait. Jamais Ariane Tourtier n'aurait transvasé son Chanel là-dedans.

– C'est vrai que ce vaporisateur tranche avec le reste, reconnut Tellier. Même moi je m'en rends compte.

De sa main gantée de plastique, Romano retournait l'objet de tous les côtés, perplexe.

– Certains criminels développent un attachement fétichiste à l'arme du crime et la gardent avec eux au lieu de s'en débarrasser. Complètement irrationnel, mais bien dans le genre d'Ariane Tourtier. Allons la voir.

La jeune femme était toujours scotchée à son magazine, qu'elle devait connaître par cœur.

– Vous avez cinq minutes pour vous habiller, ordonna Romano en regardant sa montre.

Ariane Tourtier disparut dans l'escalier et redescendit au bout de quatre minutes trente, vêtue d'un jean chic, d'un pull chic – et d'un trait de rouge à lèvres discret. Paradoxalement, elle paraissait moins apprêtée que dans sa chemise de nuit à volants.

Après avoir débarrassé la table de salle à manger de sa corbeille de fruits et de son bouquet de roses blanches, Romano fit signe à Ariane Tourtier de s'asseoir en face d'elle et de Tellier. D'expérience, interroger des gens chez eux après une perquisition achevait de les déposséder de leur territoire. Idéal pour les déstabiliser. De fait, la jeune femme ne cessait de croiser et décroiser ses mains, où l'eczéma avait pris de l'ampleur.

– Votre mari vous a-t-il déjà frappée ?

La jeune femme leva les yeux au ciel.

– Jamais ! J'imagine que vous faites allusion à mon coquard, il y a quelques mois. Personne ne l'a cru, mais je m'étais réellement cognée dans un placard de la cuisine.

– Vous nous avez affirmé qu'Arnaud Vancel avait menacé de mort votre mari. On a vérifié : aucun appel ni SMS de sa part. Si vous arrêtiez de nous prendre pour des cons, on gagnerait du temps. En plus, c'est agaçant.

Ariane Tourtier ne sembla pas surprise.

– Évidemment, j'aurais dû penser que vous alliez vérifier.

Romano et Tellier échangèrent un regard. En effet, cette erreur grossière s'accordait mal avec un meurtre aussi bien prémédité.

– Vous nous avez mis délibérément sur la piste d'un faux suspect ?

– Je n'ai pas trouvé mieux pour vous éloigner de moi. Vous vous souvenez que j'ai souhaité la mort de mon mari quelques heures avant sa disparition ? Dès que j'ai appris que c'était un meurtre, j'ai senti que je serais accusée – pour la même raison.

Romano, pour qui écouter ce genre de boniments était toujours une épreuve, respira profondément. C'était d'ailleurs un grand mystère : pourquoi un métier qui demandait autant d'intelligence consistait-il, en grande part, à écouter des idioties ?

– Vous n'avez pas hésité à jeter le soupçon sur un innocent ?

– J'ai beaucoup hésité, au contraire. D'ailleurs, Vancel n'est pas forcément innocent, c'est un type odieux. Et puis, il a déjà fait de la prison, il a l'habitude.

En entendant cet argument plutôt culotté, Romano se dit que la veuve commençait à lui plaire. Tellier, lui, eut un regard scandalisé.

– Je ne l'ai pas fait de gaieté de cœur, ni pour moi. La prison, je m'y adapterais comme une autre : dans un sens, j'ai toujours vécu en captivité.

De nouveau, Ariane Tourtier esquissa un sourire timide, comme pour s'excuser de sa franchise.

– Mais laisser mon grand-père seul, pas question, reprit-elle. Après les épreuves qu'il a traversées, il ne survivrait pas à notre séparation.

Romano leva ostensiblement les yeux au ciel.

– Tordue, votre histoire. Si votre mari n'était pas mort, vous l'auriez suivi en Inde et votre grand-père aurait été tout aussi seul. Vous n'aimiez plus votre mari, vous alliez hériter et vous inventez des salades pour charger un innocent. Tout ça ne sent pas très bon.

Ariane Tourtier soupira. Malgré les accusations de Romano, elle paraissait très calme.

– Je ne sais pas si j'aurais suivi François-Xavier en Inde. Vous vous souvenez du vaccin que je n'ai pas fait ? C'était pareil pour toutes les démarches. Comme si, d'une certaine façon, je sentais que je n'irais pas.

– Pourquoi détestez-vous Arnaud Vancel à ce point ?

Ariane Tourtier se lança dans des précautions oratoires. Sortie du contexte, son explication allait leur sembler bizarre. Putain, se dit Romano, ça promet.

– On a tout notre temps, même pour le contexte, observa doucement Tellier.

– J'ai rencontré Arnaud Vancel une seule fois, en accompagnant mon mari à la gare de Lille. Nous nous sommes juste croisés mais son regard appuyé m'a mise mal à l'aise. Le soir, François-Xavier m'a annoncé, tout guilleret, que son collaborateur m'avait qualifiée de « belle plante ».

Silence. Apparemment, elle en avait fini.

– C'est tout ?

– Je savais que vous ne comprendriez pas. L'expression « belle plante », voyez-vous, me rappelait de mauvais souvenirs.

Sa voix, qui avait perdu toute assurance, confirmait ses propos. Cette évocation lui était pénible.

– De mauvais souvenirs ? répéta Tellier.

En allumant les bougies de ses quatorze ans, le père d'Ariane l'avait complimentée d'être devenue une « belle plante » et, expliqua-t-elle, l'expression l'avait révulsée. Comme si la petite graine avait donné le résultat escompté. On ne l'avait pas arrosée tout ce temps pour rien.

– J'aurais préféré, reprit-elle, être comparée à une cruche, qui ne doit rien à personne, ou à un animal, à qui on prête quelques émotions et un début de caractère. Alors que la belle plante évoquait à la fois la passivité et la santé. J'étais officiellement apte à assurer la continuité de l'espèce, j'ai failli lui proposer de me tâter la croupe. Et voilà que vingt ans après, cet imbécile d'Arnaud Vancel me traitait de belle plante, lui aussi. En l'entendant, j'ai eu l'impression que la malédiction paternelle s'était réalisée. Au lieu de me révolter, comme je me l'étais promis à l'adolescence, j'ai toujours fait preuve d'une soumission proprement végétale. Même pour mes études, je suis restée dans la décoration !

– Être décorative ou décoratrice, ce n'est pas la même chose, observa Tellier.

Romano écoutait ces propos inattendus avec des sentiments mélangés. La tonalité générale lui plaisait, mais même l'expression la plus machiste ne méritait pas qu'on vous mette un meurtre sur le dos.

– Le pire, reprit Ariane Tourtier, c'est que François-Xavier ait jugé bon de me répéter cette phrase. S'il avait eu la moindre sensibilité ou la moindre estime pour moi, il aurait compris que ce genre de remarque me faisait horreur. Mais non, il était content qu'on ait apprécié la valeur de sa femme, comme d'une montre ou d'une voiture.

Romano préféra mettre fin à ce discours, qu'elle buvait comme du petit-lait.

– Et ça, ça vous dit quelque chose ?

Elle avait sorti de sa poche le vaporisateur emballé dans son sachet de plastique.

– Jamais vu.

La réponse avait claqué instantanément, nette, plutôt convaincante.

– On l'a trouvé dans une commode de votre salle de bains, au-dessous de vos parfums. On pense qu'il aurait pu servir à vaporiser de la crevette sur les toasts, ou à faire des essais.

– Quelle horreur !

À première vue, le cri était trop théâtral pour ne pas être sincère. Ariane Tourtier jouait la comédie mieux que ça, ils en avaient fait l'expérience. Si la veuve ignorait effectivement la présence de cet objet dans sa salle de bains, restait à savoir qui l'y avait placé. Ariane Tourtier n'était peut-être pas la seule à vouloir déplacer les soupçons sur quelqu'un d'autre.

19

Le week-end à Porto avait été presque aussi réussi que le précédent mais la perspective de rater l'avion du retour effaçait toute trace de bonne humeur. Romano faisait toujours passer le boulot avant le reste. Non par sens du devoir mais parce que rien ne lui procurait autant de plaisir que de travailler.

De nouveau, elle regarda sa montre, puis la queue qui serpentait le long du cordon des contrôles de sécurité. Un lundi matin : logique. Elle aurait dû se fier à son intuition plutôt qu'aux conseils de João, qui l'avait retenue au lit. Salopard d'égoïste. Au moins, se consola-t-elle en regardant le mille-pattes multicolore s'ébranler laborieusement avec ses valises et ses cabas, son adjoint avait raison sur un point : les contrôles de sécurité mettaient tout le monde à égalité. Voyageurs d'affaires tirés à quatre épingles, touristes en tongs et familles à poussette déposaient leurs affaires dans les mêmes bacs en plastique gris, et se faisaient engueuler de la même façon s'ils gardaient leur manteau. Au bip fatidique, ils se pliaient en deux avec la même précipitation maladroite pour enlever leurs godasses. Pas les mêmes godasses, certes, mais une fois dans leur bac, même les plus élégantes perdaient de leur superbe, comme contaminées par la laideur du plastique. Le moindre pli dans le cuir, la moindre éraflure, leur donnaient un air avachi, morne, sans gloire.

Elle avança vers le portique, comme la jeune femme en uniforme gris le lui indiquait avec de grands moulinets. Ici, elle aussi obéissait sans discuter.

Tout compte fait, le vol avait trente minutes de retard. La salle d'embarquement étant presque pleine, elle s'assit le plus loin possible de jeunes sportifs qui beuglaient dans une langue aux consonances slaves. Deux minutes après, un bébé en colère vint s'installer à un mètre d'elle, aggravant, par ses cris stridents, sa gueule de bois. João prétendait que les vintages d'exception ne pouvaient pas faire mal à la tête. Peut-être vrai, jusqu'à une certaine quantité, largement dépassée pendant le week-end.

Le bébé se mit à mugir encore plus fort, écrasant les pires souvenirs qu'elle avait de ses neveux et nièces. Heureusement, la mère eut le tact de neutraliser son môme avec un biberon.

Comme souvent le lundi matin, elle avait donné rendez-vous à Tellier et Clément au Macchiato. Une petite piqûre de bonne humeur pour commencer la semaine – remarquablement efficace pour l'adjudant, qui adorait son machin sucré à la chantilly. Au final, elle arriva la première à 8 h 45, comme prévu. Stoïque, elle prit de nouveau place dans la queue, derrière un jeune barbu qui portait en bandoulière une sacoche en skaï, très moche. Étonnant, quand on y pense, de payer son café deux fois plus cher pour le privilège d'attendre debout et de boire dans un gobelet en carton.

– Bonjour commissaire, comme d'habitude ?

Le patron connaissait par cœur leurs trois boissons, ce qui compte tenu du nombre vertigineux de combinaisons de concentration de lait, de tailles et de parfums infects, relevait de l'exploit.

Après avoir essayé toute la carte, Tellier était revenu à la raison. Clément, lui, avait développé une addiction au truc le plus infect : trop tard pour réagir. Le breuvage n'était pas bon pour sa bedaine mais excellent pour son humeur – y compris quand l'otite d'un de ses enfants l'avait tenu éveillé la moitié de la nuit.

En s'asseyant, elle jeta un coup d'œil sur le barbu, qui avait sorti son iMac. Pas mal. Quoiqu'un peu pâlichon.

Deux minutes plus tard, Clément venait s'installer en face d'elle, avec son sourire banane communicatif. Tellier les rejoignit peu après, l'air tendu, le sourire forcé, les pinces à vélo oubliées sur son pantalon (pourquoi était-il le seul cycliste du pays à utiliser des pinces à vélo ?). Le Tellier des mauvais jours.

Romano informa Clément de la découverte du vaporisateur et de son envoi au labo. Cette fois, elle avait obtenu de son gentil collègue Soubigou qu'il s'en occupe personnellement, dans la journée : pas question que l'engin soit envoyé à perpète et oublié dans un coin, comme les toasts. La conversation s'était terminée sur une vague promesse de boire un verre ensemble, un de ces jours – le genre de chose qui n'engage à rien.

– Si la veuve a effectivement acheté ce vaporisateur pour arroser les toasts de jus de crevette, pourquoi l'avoir gardé chez elle ? demanda-t-elle, à ses collègues comme à elle-même.

– Peut-être qu'elle n'aime pas jeter.

– Hum. Un criminel a tendance à passer au-dessus de ce genre de scrupules. Ou alors quelqu'un a planqué le vaporisateur chez Ariane Tourtier pour la faire accuser. A priori, la liste des personnes ayant accès à sa salle de bains est limitée : feu son mari, sa voisine Agnès, qu'elle invitait à fabriquer des cosmétiques maison, et le père Criaud.

– Mme Tourtier recevait un curé dans sa salle de bains ?

– Pas un curé, un prêtre, aboya Tellier.

Romano lui jeta un regard inquiet. Il n'était pas dans son état normal, ou, plus exactement, il était dans son état pas normal.

– La salle de bains d'Ariane Tourtier est plus qu'une salle de bains. Un laboratoire, un atelier, un refuge, un boudoir. Pas étonnant qu'elle y reçoive son directeur de conscience. À moins, bien sûr, que ce soit sa femme de chambre qui ait fait le coup.

– Elle a une femme de chambre ?

– Non, je voulais juste voir si Tellier suivait. Et Tellier ne suit pas.

– Pardon ?

– Tellier, vous n'avez pas écouté un mot de ce que j'ai dit.

– Désolé, je suis un peu distrait, ça va passer.

– Vous voulez que je demande à Clément de nous laisser deux minutes, pour me dire ce qu'il en est ?

– Pas la peine, répondit Tellier, rien de personnel.

Merde, se dit Romano, s'il s'agissait d'un problème cosmique, ils étaient mal partis. Alors que le commun des mortels développait une saine indifférence aux problèmes de la planète pour se concentrer légitimement sur ses propres bobos, ce n'était pas le cas de son adjoint.

– De quoi s'agit-il ?

– Un film vu avec mes filles, ce week-end. Éprouvant.

Romano se souvint d'avoir lu quelque part qu'une colère non réactivée durait environ vingt minutes. Une fois encore, Tellier dérogeait. Sa colère durait jusqu'à ce qu'il ait vidé son sac et obtenu l'assentiment de son ex-femme ou de sa cheffe. Une marque d'amitié dont elle se serait bien passée.

– Quel film ?

– *Les Minions.*

Clément écarquilla les yeux.

– Le dessin animé avec les petits bonhommes jaunes ?

– C'est ça, approuva Tellier d'un ton funèbre. Le dessin animé avec les petits bonhommes jaunes.

Clément leva le nez de son gobelet, avec une moustache de lait.

– Léa était trop petite quand c'est sorti, mais mon frère m'a dit que c'était très rigolo.

– Rigolo, oui, si on trouve rigolo le massacre d'innocents à la mitraillette.

– Vous crachez le morceau ou on doit se mettre à genoux ?

Tellier reposa son gobelet et commença son explication, d'un ton professoral. D'avoir une audience, déjà, il allait mieux.

Les Minions, expliqua-t-il, étaient des petits bonhommes très bêtes, avec ou sans lunettes, qui voulaient servir « le maître le plus moche et méchant qui soit ». La tribu désignait trois représentants pour le dénicher. Une quête, des héros, des épreuves à franchir : tous les ingrédients du conte de fées. À un détail près : les scénaristes de génie avaient supprimé les gentils et les méchants. Les Minions étaient gentils entre eux mais ne pouvaient être heureux qu'en servant un maître méchant. Autrement dit, il y avait un vice de construction.

– Ne soyez pas psychorigide. C'est bien de revisiter les stéréotypes.

– Se débarrasser des princesses empotées qui attendent leur prince charmant, d'accord. Mais supprimer la distinction entre le bien et le mal, non.

Romano jeta un discret regard autour d'elle. Ça sonnait un peu comme du Bush père.

– Je vous donne un exemple. Au début, les trois héros font du stop pour aller à la Foire du mal et une famille s'arrête. Papa au volant, maman qui console ses enfants quand ils pleurent – les scénaristes n'ont pas dégommé ces stéréotypes-là. Mais comme ils se rendent à la Foire du mal, ils ont des loisirs un peu particuliers. Quand maman, pleine de sollicitude, propose aux enfants de « se dégourdir les jambes », chacun prend sa cagoule et sa mitraillette. Vol à main armée, dans la joie et la bonne humeur, qui se termine par l'explosion d'un amas de voitures de police. Papa demande alors, de sa grosse voix de papa qui gronde : « Qui a fait ça ? » Les Minions baissent la tête d'un air coupable mais, rebondissement, il les félicite avec enthousiasme.

Clément ouvrit des yeux comme des soucoupes.

– C'est bizarre, ça, de féliciter des enfants pour leur violence.

– Exactement. Ensuite, on a le discours de Scarlett, la plus méchante des méchants, qui cherche à recruter des hommes de main parmi ses admirateurs en délire. Une parodie de bla-bla politique : « Nous sommes tous très différents mais nous avons une chose en commun », « Nous avons de grands rêves ». Etc. Bien entendu, les références du pastiche sont inaccessibles aux gamins. Une méchante qui dit des choses gentilles pour recruter des tueurs à gages, à n'y rien comprendre. Et ce n'est pas tout.

Romano retint un sourire. On aurait dit un bateleur de marché énumérant les vertus de son aspirateur sans fil.

– Ah bon ?

Clément donnait la réplique, c'était toujours ça de gagné.

Bien entendu, les Minions remportaient l'épreuve de sélection et Scarlett les embarquait dans son palais pour les préparer à leur chouette métier. Une mère aimante : elle caressait le nounours, s'inquiétait de leur fatigue, leur donnait des surnoms affectueux. Et leur racontait une « petite histoire », qui se terminait par une menace de mort en cas d'échec. Ensuite, on voyait un roi changer des lois non conformes à ses intérêts, puis un tortionnaire prendre des selfies dans la salle de torture, devant ses victimes.

– Ça vous rappelle quelque chose ?

– Les soldats américains posant devant leurs prisonniers en Irak ?

– Sauf que là, c'est censé être drôle, ne me demandez pas pourquoi. Bref, atrocement malsain pour des enfants trop petits pour accéder au second degré, soit les trois quarts des six millions de spectateurs en salle. Auxquels s'ajoutent ceux qui l'ont vu après, en vidéo. Dont mes filles.

– Et si vous écriviez pour demander qu'on mette un âge minimum ? Il paraît que certains l'ont fait pour *Massacre à la tronçonneuse*.

– Clément, *Les Minions* ne sont pas *Massacre à la tronçonneuse*. Si le capitaine fait ça, on va nous le mettre en HP. Tellier, allez courir une heure pour vous calmer. Pendant ce temps, Clément et moi allons voir le papi d'Ariane. Si la perspective de se séparer de sa petite-fille était vraiment au-dessus de ses forces, lui aussi avait un mobile : la mort de Tourtier fait capoter le déménagement en Inde. Il est un peu vieux pour se convertir en criminel mais ça s'est vu. Le *modus operandi* demande plus d'intelligence que de force physique.

Romano et l'adjudant s'engagèrent dans la rue Gambetta au pas de course – toute occasion d'obliger Clément à un peu d'exercice était bonne à prendre.

L'immeuble de M. de Courcel était à deux pas de celui de Romano et presque identique, comme à tous ceux du quartier royal. Trois étages, pierre de taille, grandes fenêtres à petits carreaux, bref, vieux et respectable, à l'image du grand-père lui-même. Romano n'était rien de tout ça mais adorait quand même son appartement.

M. de Courcel ouvrit à l'interphone sans leur laisser le temps de se présenter. Au moins, il n'était pas parano. Sur le palier, ils tombèrent sur une jeune femme blonde et dodue, qui sortait de son appartement avec un « bonne journée » tonitruant. Sans doute une aide ménagère.

– Madame la commissaire, monsieur. Je me demandais si vous me trouviez trop gâteux pour perdre votre temps avec moi.

– Les vrais gâteux ne savent pas qu'ils sont gâteux, objecta poliment Romano.

Le grand-père d'Ariane Tourtier les fit asseoir sur un canapé qui, vu la taille de la pièce, lui servait sûrement de lit. Des murs couverts de livres, notamment sur les échecs, une table et deux chaises en pin brut, un petit frigo et deux plaques de gaz : la déco était austère. L'hôte prit place sur un fauteuil Louis XV, luxe très relatif vu son état d'usure.

– À quatre-vingts ans passés, j'ai compris que je me foutais des grandes baraques pleines de vieilleries où j'avais passé toute ma vie. J'ai tout liquidé pour éponger les dettes de mon gendre, le père d'Ariane. Ça me donne un genre ascétique, très seyant à mon âge.

Romano approuva d'un hochement de tête. De fait, avec sa chemise à col Mao et son pantalon noir, il était d'une discrétion presque ostentatoire.

– Vous êtes venu à Lille pour suivre votre petite-fille ?

– Exact. Depuis l'accident de voiture de ma fille, il ne me reste qu'elle, et c'est beaucoup. Je vous offre un café ?

Clément se tourna vers Romano, comme un gosse qui demande à sa mère s'il peut accepter un bonbon.

– Avec plaisir.

Le vieil homme prit appui sur l'accoudoir et parcourut lentement les trois pas qui le séparaient de la kitchenette. Sans cesser de sourire : lui aussi était très attaché aux bonnes manières.

Il faisait le café à la turque, dans une petite casserole, sans doute pour ne pas s'encombrer d'une cafetière. Romano et Clément observèrent le cérémonial en silence. L'eau qui bouillait, la cuillère, l'eau qui bouillait de nouveau. Les gestes étaient précis, la main assurée, le regard concentré.

– Je n'ai que deux tasses, expliqua-t-il en servant le café fumant, Ariane est la seule à me rendre visite. De toute façon, j'ai bu le mien.

Romano qui avait déjà avalé trois expressos, c'est-à-dire six, admira sa sobriété. Elle décida d'entrer directement dans le vif du sujet. Le vieux sage leur avait déjà fait perdre assez de temps.

– Vous pensiez quoi de François-Xavier Tourtier ?

– Je ne l'aimais pas. Quand il est passé de la banque au four solaire, j'ai voulu croire que le scandale financier l'avait changé mais j'ai vite compris que l'argent restait sa seule motivation.

– Vous avez une idée de qui aurait pu le tuer ?

L'octogénaire eut un sourire finaud.

– Une certitude, vous voulez dire.

Il laissa la phrase flotter quelques secondes. La famille avait un vrai sens du spectacle.

– François-Xavier s'est suicidé.

Clément écarquilla les yeux et Romano elle-même eut une moue appréciative. L'effet était réussi.

– Quand les possibilités du corps humain se réduisent, on compense. Maintenant que mes jambes me font défaut, je regarde mieux. Depuis un mois, le mari d'Ariane était en pleine dépression – même elle ne l'a pas remarqué.

Romano se souvint de la remarque de la veuve sur la réaction de son mari devant son cadeau d'anniversaire. Elle l'avait trouvé inquiet.

– Vous lui en avez parlé ?

– À Ariane, non, mais j'ai appelé François-Xavier une semaine avant sa mort. Je ne me serais jamais intéressé à ce clown si ma petite-fille ne l'avait pas épousé, mais que voulez-vous ! Il m'a confié être au bord de la ruine. Une opération immobilière ratée dans laquelle cet abruti avait tout misé. Ce type imbu de lui-même n'a pas eu le courage d'affronter un nouveau scandale.

– Si on veut en finir, il y a plus simple, et plus sûr, que de vider des seringues et d'arroser des canapés avec du jus de crevette.

En prononçant la phrase, Romano maudit une nouvelle fois ce putain de labo parisien. Rien de plus exaspérant que de travailler à l'aveugle, parce qu'une bande de rigolos ne faisait pas son travail. Soupçonnant ses relances quotidiennes d'être désormais contreproductives, elle avait demandé à Martel, qui connaissait le directeur, de leur mettre aussi la pression.

– Il a voulu faire croire à un accident. Cela lui évite de passer pour lâche et, accessoirement, permet à Ariane de toucher l'assurance-vie – j'imagine qu'il en a souscrit une bonne. Vu ce qu'il m'a annoncé, ce ne sera pas de trop pour éponger les dettes. Au moins, cet incapable tire sa révérence sur une opération réussie. À condition, bien sûr, que vous restiez discrets. Vous ne voudriez pas mettre ma petite-fille dans l'embarras ?

– Notre métier consiste à trouver la vérité et non à la travestir, déclara Romano d'un ton solennel. Parlons du déroulement de la soirée du meurtre. À quelle heure êtes-vous arrivé sur place ?

– Ariane et son mari devaient me prendre chez moi à 17 heures et ils sont arrivés dix minutes en avance. François-Xavier avait l'habitude d'être en retard, avec moi du moins, mais on ne reçoit pas la Légion d'honneur tous les jours. Il a passé le trajet à pester contre la pluie et les embouteillages, comme un idiot. On était à l'abri, et sans les embouteillages en question, on serait arrivés une heure et demie en avance. Qu'en aurait-on fait ?

Le vieil homme cherchait l'approbation de Clément, qui se garda de tout commentaire.

– Ariane se taisait pour ne pas en rajouter, reprit M. de Courcel. De temps en temps, elle m'adressait un sourire désolé dans le rétroviseur.

– Vous n'avez pas répondu : à quelle heure êtes-vous arrivé sur place ? coupa Romano.

– À 17 h 50. Je me suis assis dans un coin de la salle et j'ai regardé les serveurs installer le buffet, sous les ordres du père Criaud. François-Xavier courait partout en criant que tout aurait déjà dû être prêt. À un moment, il s'est mis à compter les verres et a décrété qu'il en fallait plus. Un caprice de gosse mal élevé. J'avais hâte que les invités arrivent pour qu'il reprenne son masque d'amabilité mondaine. Ensuite, il y a eu le discours, moins mauvais que prévu. Et puis, bien sûr, le malaise. Entre nous, je ne suis pas mécontente qu'Ariane soit débarrassée de ce type.

Convaincue qu'elle n'en tirerait plus rien, Romano prit congé. Clément, qui avait le respect des vieillards, ne fut pas loin de faire la révérence.

Romano demanda à l'adjudant s'il voulait bien faire un petit détour par la rue Esquermoise, afin de renouveler son stock de chocolat chez son fournisseur officiel. N'étant pas une femme d'habitudes, elle faisait ses courses n'importe où, passant des traiteurs et épiceries fines aux supermarchés, et alternant sans scrupule le bio-local-artisanal avec les pires saletés industrielles. Mais le chocolat faisait exception. Depuis six ans qu'elle habitait à Lille, elle s'approvisionnait invariablement chez Jean Trogneux, pour le plaisir de voir la vendeuse l'accueillir avec son grand tablier aux armes du propriétaire autant que pour la qualité des produits. Elle n'avait pas le palais particulièrement fin, mais, se disait-elle, pour perdurer pendant cinq générations avec un tel nom, la maison vendait forcément du bon chocolat.

En sortant de la boutique, elle déballa une tablette aux amandes et en donna la moitié à Clément. Au moment où elle engloutissait sa première barre, le nom de Soubigou s'afficha sur son portable. Cela faisait à peine deux heures qu'il avait le vaporisateur entre les mains : rien à dire, il avait tenu ses promesses.

– Ça n'arrange sans doute pas tes affaires, mais je n'ai rien trouvé. Pas même de trace d'eau : à mon avis, ce vaporisateur n'a jamais servi.

– S'il avait contenu du jus de crevette, il y aurait des résidus ?

– Vu la qualité du plastique, c'est certain. À moins qu'on l'ait désinfecté à la Javel, mais alors, il y aurait des traces de Javel.

– Nous qui espérions avoir l'arme du crime, c'est râpé !

– Tu me rappelles, pour notre verre ensemble ?

Elle répondit d'un oui évasif, qui n'engageait à rien.

À la machine à café du commissariat, Tellier se servait un chocolat chaud, en compagnie de deux collègues en uniforme. Après sa douche, il était plus hirsute que jamais, mais le jogging avait fait passer sa colère. Il vantait avec enthousiasme les mérites des produits d'entretien naturels maison, s'attirant une écoute polie. Connaissant ses collègues, Romano était à peu près certaine qu'ils laissaient le choix des produits d'entretien à leur épouse.

Elle fit signe au capitaine de la suivre dans son bureau, avec Clément, et le mit au courant des derniers éléments.

– Si le vaporisateur retrouvé dans la salle de bains d'Ariane Tourtier n'a jamais contenu de crevette, il n'a pas servi au crime. Quelqu'un a dû le planquer là pour la faire accuser : probablement le coupable.

– Personnellement, je trouve que le scénario du suicide proposé par le grand-père tient la route, décréta Clément, en pédalant avec une conviction assortie à son ton.

Romano allongea les jambes sur son bureau en bâillant. La trop courte nuit portugaise commençait à se faire ressentir.

– Même si l'analyse des comptes nous confirme que Tourtier était ruiné, je n'y crois pas une seconde. Rien ne lui garantissait d'y rester pour de bon. Les banquiers passent leur vie à estimer les risques et n'aiment pas jouer à la roulette russe. Tellier, avant votre jogging, votre pull était à l'envers, maintenant, il est devant-derrière.

La propension du capitaine à inverser les boutons et le sens des vêtements était un défi aux probabilités. Au tout début, Romano soupçonnait une part de pose dans cette négligence vestimentaire : un moyen de parachever son personnage d'illuminé. Elle avait vite compris qu'un type aussi radicalement sincère était incapable de ce genre de calcul. Il souffrait juste d'une espèce de dyslexie vestimentaire. Tellier n'en rajoutait jamais et n'en enlevait jamais non plus. Pour le meilleur et pour le pire.

– Pardon, s'excusa-t-il en enlevant son pull.

Il rectifia le tir sans cesser de pédaler.

– Cette histoire de suicide est loufoque, insista Romano. Non seulement le *modus operandi* est tordu mais le mobile ne vaut pas un clou. Si les banquiers avaient le sens de l'honneur, ça se saurait. Quant à sa femme, elle se serait remise de la ruine. Son papi pouvait lui donner des cours d'ascèse, et elle a plus de ressources qu'il n'y paraît.

– Si la violence d'une réaction allergique est difficile à prévoir, l'argument vaut pour le meurtre autant que pour le suicide, observa Tellier.

– Si seulement on récupérait enfin ces putains d'analyses des toasts et du contenu de l'estomac !

À la seconde où Romano terminait sa phrase, le nom du légiste apparut sur son portable. Ariane Tourtier n'aurait pas manqué d'y voir la confirmation de sa théorie : il suffisait de désirer très fort une chose pour qu'elle se produise.

Putain, se dit-elle, ça va faire du bien de parler à un scientifique.

20

– Salut ma belle, tu sais combien de trucs il avait dans l'estomac, ton coco ? Quatre-vingt-six ! À vous dégoûter d'aller dans les cocktails ! Mon record précédent, c'était soixante-trois, à un vernissage au Louvre. Tu préfères par ordre alphabétique ou en quantités décroissantes ?

– Comme tu veux.

Romano connaissait assez Martel pour savoir qu'il ne servait à rien d'interrompre son show en lui demandant s'il avait trouvé de la crevette.

– Allons-y pour l'ordre alphabétique.

Il commença à déclamer avec la ferveur d'un comédien du Français. Les noms les plus banals succédaient à d'obscurs intitulés latins.

– *Eryngium foetidum*, tu connais ?

– De la coriandre ?

– Joli !

Il reprit sa déclamation sans plus s'interrompre.

– Pas de crevette ?

– Pas la queue d'une.

Elle fit un signe de négation à Tellier et Clément, qui avaient cessé de pédaler et n'en perdaient pas une miette.

– Pas de poison non plus ?

– Non. Ceci dit, il y a un paquet de trucs qui ont pu faire clamser ton bonhomme : le XXIe siècle sera celui de l'allergie. Depuis trois ans, une vraie lame de fond sur le gluten. Sans parler du lactose, j'ai lu une étude de l'OMS très rigolote sur le sujet. Ça se lit comme un roman, je peux t'envoyer le lien.

– Avec plaisir.

– Mon tiercé gagnant des allergènes les plus probables dans la liste : arachides, soja, gélatine de poisson.

– A priori, la crevette était sa seule allergie connue – d'après sa femme et son dossier médical. Si le choc anaphylactique vient d'un autre aliment, c'était imprévisible, autrement dit, on a affaire à un accident regrettable. Mais alors, pourquoi avoir mis de la flotte dans les seringues d'adrénaline ? À moins qu'il y ait des corrélations ? Est-ce qu'un type allergique à la crevette a, par exemple, plus de risques de ne pas supporter le gluten ?

– Une allergie en cache souvent une autre : un type qui a passé sa vie à traquer le gluten peut très bien être tué par un pamplemousse. Mais on ne peut pas prévoir à quoi. C'est comme si tu disais qu'un mec aux oreilles poilues a plus de risque d'avoir de l'arthrose ou de sentir des pieds. Ceci dit, avec le big data, on y viendra peut-être.

– Prometteur, s'extasia Romano, sensible à la poésie de l'exemple donné par Martel. Et s'il avait été en contact avec une crevette sans en avoir ingéré ?

– Il se serait effondré en voyant la photo d'un plateau de fruits de mer ? Peu probable. Je réfléchis et je te rappelle si j'ai une idée, j'ai un macchabée qui m'attend en bas. Ah oui, j'allais oublier, le directeur du labo de Paris vient de m'appeler, en *off*. Eux n'ont plus n'ont pas trouvé trace de crevette sur les petits fours. Tu auras leur rapport dans la journée.

– J'ai toujours pensé que ce type était misogyne, conclut Romano, en guise de remerciement.

Elle se tourna vers Tellier et Clément, toujours juchés sur leur vélo. Ils la regardaient fixement, pour une fois du même air déconfit – en général, le visage hyper expressif du capitaine contrastait avec le regard bovin de l'adjudant. Curieusement, cette éphémère similitude d'expression accentuait encore leurs différences physiques. Tellier, grand et filiforme, Clément, petit, large de carrure, et, malheureusement, d'une épaisseur honorable.

– Pas de crevette sur les toasts, pas de crevette dans le corps, pas de crevette dans le vaporisateur : autrement dit, c'est la merde, lança-t-elle, d'un ton joyeux. On repart de zéro, messieurs, il va falloir faire fonctionner nos neurones.

Elle s'approcha du tableau blanc et ouvrit son feutre. Le côté institutrice n'était pas génial mais elle n'avait pas trouvé mieux. Au début, elle demandait à Tellier ou Clément d'écrire pendant les brainstormings, mais il y avait des regards jaloux : deux gamins de primaire désireux de briller devant la maîtresse.

Elle rappela le sujet du moment : le *comment*, et non le *qui*. Puis, d'une ligne verticale, elle sépara le tableau en deux parties. Faits et questions.

Le stylo en l'air, elle attendait. Une règle non dite consistait à laisser Clément parler le premier, pour lui réserver le plus facile.

– Allons, encouragea-t-elle, commençons par les faits dont on est absolument certains.

– François-Xavier Tourtier est décédé.

Romano prit note en se gardant de commenter, tandis que Tellier s'empressait d'ajouter le jour et l'heure du décès, histoire que la chose ait l'air moins bête.

Au bout de cinq minutes, les faits étaient les suivants :

FX Tourtier décédé le 19 mars entre 19 h 23 et 19 h 25

Décès dû à une réaction allergique

Seule allergie connue = crevette

Adrénaline du kit de secours remplacée par de l'eau

Exposition à l'allergène dans les trente minutes précédant la mort

Pas de crevette ingérée

Vaporisateur retrouvé chez Ariane Tourtier sans trace de crevette

Les questions étaient au nombre de deux.

Allergie à un des 86 aliments présents dans l'estomac connue par le meurtrier ?

Exposition à la crevette autrement que par ingestion ?

– Clément, ordonna Romano, appelez tous les allergologues de Lille et de Paris, pour vérifier que Tourtier ne les a pas consultés. D'après sa carte vitale, il voyait un seul spécialiste mais il a pu en voir un autre sans donner sa carte – par exemple pour que l'autre médecin ne soit pas informé de cette consultation parallèle. Tellier, trouvez-nous le meilleur ponte français en anaphylaxie et faites-le causer. Martel est un brillant touche-à-tout mais il est parfois trop sûr de lui.

En disant ces paroles, elle se rappelait une soirée avec peau de bête et champagne, où les performances du légiste n'avaient pas été à la hauteur de la mise en scène.

21

– Et merde ! lâcha Romano en entrant dans l'appartement.

Bien en évidence sur la table de salon, la femme de ménage avait disposé son uniforme de commissaire, ou plutôt ce qu'il en restait. L'écharpe tricolore avait de nouvelles franges et la jupe en lainage bleu marine était entièrement lacérée sur le devant. *Je me demande si ce n'est pas votre chat*, suggérait un petit mot, avec une incontestable délicatesse.

Romano avait pris avec philosophie, pour ne pas dire avec indulgence, la destruction des rideaux et l'anéantissement du canapé. Elle s'était toujours enorgueillie de n'être pas matérialiste. Et puis, l'air innocent de Ruru tuait dans l'œuf toute velléité de colère. Après tout, il fallait bien qu'il se fasse les griffes, et elle aurait dû acheter un engin ad hoc bien plus tôt. Mais son uniforme, c'était autre chose. Elle avait beau détester les insignes de pouvoir, enfin, c'est ce qu'elle croyait jusque-là, une ligne rouge avait été franchie. Le pire, c'est que Ruru n'avait jamais attaqué aucun autre vêtement : une provocation pure et simple.

– Saleté de bestiole ! beugla-t-elle suffisamment fort pour que le chat, allongé sur le tapis de course, entrouvre un œil innocent.

Elle composa illico le numéro du zoopsychiatre recommandé par Clément dont, par chance, elle se rappelait le nom. Comme aurait dit Churchill, c'était la pire des solutions à l'exception de toutes les autres. L'assistante lui annonça d'un ton guindé qu'elle avait une chance *inouïe* car un rendez-vous venait d'être annulé. Si elle pouvait arriver dans les dix minutes, elle serait reçue en urgence. Romano répondit que, par une autre chance tout aussi *inouïe*, elle habitait à deux cents mètres.

Un peu secoué dans sa cage, l'indolent Ruru miaulait avec une énergie insoupçonnée. Romano vit avec soulagement la croix bleue qui signalait le cabinet vétérinaire, au rez-de-chaussée d'un immeuble cossu.

L'assistante, aux allures de mannequin, l'accueillit derrière un bureau ancien qui semblait sorti de chez Drouot. On aurait dit une banque de gestion privée suisse : encore un métier qui rapportait plus que commissaire de police.

– Quel est le nom du patient ?

Il fallut une seconde à Romano pour comprendre.

– Ruru.

– Très joli nom. De quelle origine ?

– Euh, perse, improvisa Romano, en se demandant ce qu'elle était venue faire dans ce traquenard.

– Vous avez le carnet de santé de Ruru ?

Elle fut déstabilisée une demi-seconde puis reprit le dessus. Le personnage de la mère indigne commençait à lui porter sur le système.

– Malheureusement non. J'ai récupéré Ruru dans des circonstances tragiques, alors qu'il était victime de maltraitance physique et psychologique.

– La cruauté humaine n'a pas de limites, approuva la jeune femme d'un ton indifférent, en sortant de son tiroir un petit carnet plastifié. Prenez place dans la salle d'attente.

Deux minutes plus tard, un quinquagénaire au physique de rugbyman venait la chercher et lui broyait la main.

– Par ici, ordonna-t-il d'une grosse voix, parfaitement à l'image du reste.

Elle le suivit dans une grande pièce carrelée, pleine de griffoirs, baballes et joujoux en tout genre – parmi lesquels elle reconnut beaucoup d'objets en vente sur le site Internet. Le zoopsychiatre déposa la cage sur une grande table d'examen et fit signe à une frêle jeune fille, qui portait la même blouse que lui, d'approcher. L'étudiante ouvrit les deux fermoirs et Ruru pointa une tête timide.

– Bonjour, mon joli minou, commença le vétérinaire d'une voix suraiguë, qui n'avait plus rien de viril. N'est-ce pas que tu es un beau chachat très gentil ? Oh que tu as des yeux malins, toi ! Viens là, mon beau Ruru, viens me voir.

Stupéfaite, Romano assistait aux minauderies du molosse, métamorphosé en mémère à caniche. Ruru, quant à lui, sortait peu à peu, aussi hypnotisé qu'un cobra émergeant de son panier devant le dresseur. Il se décida finalement à sauter hors de sa cage, pour se lover contre la grosse paluche velue. Romano se souvint qu'il lui avait fallu des semaines pour venir sur ses genoux. Saleté de bestiole.

– Tu n'as pas peur, c'est très bien, mon beau, reprit le zoopsychiatre de sa voix numéro 2 : un exemple intéressant de dissociation de la personnalité.

Visiblement, un des principes thérapeutiques consistait à s'adresser à la bête plutôt qu'à son propriétaire.

– Mais, sans vouloir te vexer, reprit-il, il me semble que tu as un soupçon d'embonpoint. Tu n'aurais pas une petite tendance à compenser ?

Du pouce et de l'index, le vétérinaire tâtait la panse de Ruru, qui ne trouva rien de mieux à faire que de ronronner de contentement. Le patron se tourna vers l'étudiante.

– Il doit bien faire ses huit kilos. Surpoids de niveau 3 dans la grille de Hall. Des premières pistes ?

– Syndrome dépressif léger, probablement lié à un déficit affectif chronique ?

Romano se raidit sous l'attaque. Déficit affectif ? Et puis quoi, encore ?

– D'accord avec toi. Il n'a pas surmonté les traumatismes de sa première année. D'ailleurs, il a le pelage triste au niveau du crâne. Peut-être un début de névrose, lié à son environnement actuel.

Romano assistait à l'échange, avec le sentiment d'être une patiente hospitalière d'autrefois obligée de lever sa chemise devant une armée d'internes, et dont le patron commentait la plaie purulente à voix haute.

La jeune femme ouvrit le carnet de santé et sortit un stylo de sa blouse.

– Quelle est la date de naissance de Ruru ?

– Aucune idée : comme je le disais je l'ai sauvé récemment d'une propriétaire maltraitante.

– Pas de souffrance fœtale ?

Romano en avait sa claque.

– Je vous dis qu'il m'est tombé dessus un matin et que je ne sais rien de son histoire. Si vous étiez pédiatre et qu'on vous amène un gosse adopté, vous ne me demanderiez pas comment s'est passé l'accouchement ?

La jeune femme échangea un regard inquiet avec le maître. La suspicion de névrose s'aggravait.

– OK, intervint le vétérinaire, avec sa voix d'homme. On va faire le questionnaire d'anamnèse. Vous répondrez au mieux de l'état actuel de vos connaissances.

S'ensuivit une invraisemblable salve de questions sur les premières heures de Ruru chez elle, la texture des selles, la fréquence des ronronnements, le ton des miaulements, son lieu préféré pour boire.

Romano, qui avait hâte de rentrer chez elle se plonger dans une étude de Scotland Yard, avait pris le parti de répondre à tout du même ton assuré, sans se laisser troubler par les regards hostiles de l'étudiante, qui l'avait visiblement cataloguée comme sadique.

– Bien, asséna le patron d'un ton sombre en tapant sur son clavier. Névrose de niveau 2, tendance boulimique. Cinq à six séances devraient suffire.

Romano avala sa salive, pendant que le zoopsychiatre passait une main tendre sur le dos de Ruru.

– Hein, mon beau, on va te guérir ?

Cinq minutes plus tard, Romano sortait du cabinet en hâte, avec un splendide distributeur électronique de croquettes qui lui avait coûté trois cents euros mais avait divisé par deux le nombre de séances. Le zoopsychiatre s'était laissé fléchir avec une facilité inattendue, lâchant, dans un soupir, qu'elle était le genre de femme à qui on ne pouvait rien refuser. Il lui avait conseillé de conserver le plateau acheté sur Internet, en prenant soin de ne pas trop le garnir. Vu ce qu'il avait désigné poliment comme « la personnalité de Ruru », le chat aurait peut-être du mal à en comprendre l'usage, mais cela valait la peine d'essayer. En revanche, elle avait l'interdiction formelle de laisser Ruru seul plus de vingt-quatre heures, sous peine d'aggraver son état dépressif. Voilà qui n'allait pas simplifier les week-ends à Porto. La bonne nouvelle, dans tout ça, c’est que la balance avait été formelle : Ruru ne pesait en réalité que sept kilos cinq.

22

Comme la semaine précédente, le premier *i* de *Police nationale* était remplacé par une chiure de pigeon. L'enseigne du commissariat avait pourtant été nettoyée entre-temps. Un hasard malheureux – à moins qu'il ne s'agisse d'un volatile anarchiste ou d'un facétieux rappel à l'humilité envoyé par le destin. Hum. La fréquentation de tous ces allumés ne lui valait rien, à elle non plus.

En entrouvrant la porte du commissariat, elle reconnut la voix aiguë de Bertin. Elle referma en douceur et courut illico se planquer en face, au Macchiato. Le divisionnaire était sûrement là pour ses *sanctions adaptées*, elle n'était pas pressée de les connaître.

Installée à une table d'où elle pouvait observer la rue sans être vue, elle savoura son double expresso. La dernière gorgée lui sembla encore meilleure quand elle vit Bertin sortir du commissariat d'un air furibard.

– Le commissaire divisionnaire est passé, il a dit que c'était urgent, annonça le flic de l'accueil de sa voix timide, dès que Romano ouvrit la porte.

Elle se fendit d'un air désolé.

– Zut, je l'ai loupé de peu. Je le rappelle tout de suite.

– Bon courage, il n'avait pas l'air content, ajouta son jeune collègue avec compassion.

En passant devant la machine à café, Romano eut droit à un regard réprobateur de Tellier. Lui n'était pas dupe : comme si la commissaire disait « zut » ! Elle lui répondit par un regard d'une innocence à faire pâlir Bernadette Soubirous et lui demanda de la suivre dans son bureau.

– Détendez-vous, capitaine ! Emmerder son chef en cachette, ça fait partie des petits plaisirs de la vie. Vous devriez essayer, je vous assure.

– Bertin m'a paru encore plus furax que d'habitude.

Et merde, se dit Romano, son adjoint allait encore stresser. Alors qu'il était d'une remarquable indifférence à ses propres relations avec la hiérarchie, il se préoccupait à chaque fois que Romano se fritait avec son chef. En fait, il se préoccupait à chaque fois que Romano avait le moindre début d'emmerdement, dans quelque domaine que ce soit. Le mieux était encore de le mettre au courant. Elle entreprit de lui raconter son initiative de fausses fiches de temps, et ses démêlés avec Bertin.

– Voilà, termina-t-elle, vous savez tout. Rien de bien méchant.

– Bravo, la félicita Tellier avec lyrisme. Les chefs qui cherchent à faciliter la vie de leur équipe ne sont pas si nombreux.

Romano apprécia sa largesse d'esprit. Même un pistolet sur la tempe, son adjoint n'aurait jamais rien falsifié. À la place, il aurait arrosé la moitié du ministère de pages de protestations enflammées, qui n'auraient pas forcément été appréciées à leur juste valeur.

– Si Bertin fait des histoires, vous pouvez compter sur moi.

Romano laissa échapper un soupir.

– Si vous essayez de me sauver, on est morts. Ne le prenez pas mal, c'est juste que vous n'êtes pas très en cour. Dans ma bouche, c'est un compliment.

Elle voyait d'ici Tellier organiser un sit-in. Faire asseoir des flics en rang d'oignons sur le trottoir, il en était capable. Pour le coup, les sanctions adaptées ne seraient pas forcément très fun. Corrèze ? Guyane ? Se protéger de ceux qui l'attaquaient, elle avait l'habitude. Mais se protéger de ceux qui voulaient la protéger, c'était lourd.

– Vous avez vu les salariés du père Criaud qui ont participé à la préparation de la soirée au Non-Lieu ? Rien à en tirer, j'imagine ?

– Ils étaient un peu timides mais tous m'ont fait une bonne impression. Je ne crois pas qu'ils cachent quoi que ce soit.

– Criaud prend soin d'eux comme une mère poule. Ils n'ont rien à gagner à se foutre dans de sales histoires. On n'avance pas, décidément.

Comme pour contredire son propos, son portable vibra à ce moment-là. Martel la rappelait.

– La crevette, il l'a pas bouffée, il l'a fumée !

La phrase sonnait bien, et même, se dit Romano, elle aurait fait une épitaphe acceptable. Restait à en comprendre le sens.

– Comment ça ?

– J'ai réfléchi aux modes d'exposition aux allergènes et j'ai pensé à l'inhalation. Hier soir, j'ai filé un bout de poumon au labo. Et devine quoi, ils ont trouvé des traces de *Penaeus vannamei* : de la crevette d'élevage de l'océan Indien.

– Ça s'inhale comment, la crevette ?

– Soit on lui a collé un chiffon imbibé sur la figure, ce qui manque de discrétion, soit, plus subtil, on lui en a foutu dans sa cigarette électronique. Il n'avait pas une vaporette, ton bonhomme ?

Romano se remémora les objets trouvés sur le mort : un mouchoir, rien d'autre. Et personne n'avait jamais mentionné de cigarette électronique. Mais cela ne prouvait rien. Le décès avait pu survenir jusqu'à trente minutes après l'événement déclencheur.

– Je vérifie et je te dis.

Ce ne fut pas long. Ariane Tourtier confirma par téléphone que son mari était un adepte de la vaporette. Il lui avait demandé de la ranger dans son sac à main avant le discours. Maintenant, l'engin était dans un carton, avec des vêtements qu'elle comptait donner à Emmaüs.

– Ne touchez à rien, ordonna Romano, on arrive.

En route pour Croix, elle fit arrêter Tellier devant une des nombreuses boutiques de cigarettes électroniques de la rue Gambetta. Elle sortit de La Clopinette deux minutes plus tard, ses achats à la main.

– D'après le vendeur, c'est tout con à utiliser.

Elle dévissa la cigarette et ouvrit le petit flacon, qui dégagea aussitôt une odeur écœurante.

– Je lui ai dit de choisir le liquide pour moi, il m'a pris un truc qui s'appelle *Colonel Custard* ! Vous saviez, vous, qu'on pouvait fumer de la crème anglaise ? Comment s'étonner, après, que les criminels aient l'idée d'y foutre de la crevette ?

Elle versa doucement le liquide dans le réservoir.

– Le jus de crevette a pu être versé directement dans la cigarette, ou, à l'avance, dans le flacon de liquide.

– Si Tourtier est mort en fumant de la crevette, ça ne sert à rien que Clément téléphone aux allergologues pour les interroger sur d'autres allergies éventuelles.

Romano hocha la tête.

– Exact, mais il adore la bonne société.

Ariane Tourtier avait retrouvé son maquillage et son allure. Visiblement, la culpabilité d'avoir provoqué la mort de son époux, par ses mauvaises pensées ou par un meurtre prémédité, s'était bien allégée.

Elle les fit monter au bureau de l'époux en question, encombré de cartons. Madame n'avait pas perdu de temps pour faire sortir monsieur du décor.

– Vous pensez que la réaction allergique a pu se déclencher en fumant ? Il aurait été assassiné comme ça ? Quelle idée machiavélique !

Sans répondre, Romano sortit deux paires de gants de son sac et en tendit une à Tellier.

– Vous savez où est la cigarette électronique de votre mari ?

– Dans un de ces trois cartons, je ne sais plus lequel.

– Et les flacons de liquide, où les gardait-il ?

– Il en avait toujours à l'avance dans le tiroir de son bureau. J'ai jeté à la poubelle les trois flacons que j'ai retrouvés. Les éboueurs sont passés depuis.

Romano se souvint que le bureau avait été fouillé par Tellier, mais la veuve avait dû faire son ménage avant. Pas grave, songea-t-elle, les flacons neufs n'auraient rien apporté.

– Et la vaporette ? Où la mettait-il ?

– Vaste question ! Il la laissait traîner partout et en a perdu je ne sais combien – comme les parapluies et les lunettes de soleil. Je lui avais proposé de la mettre autour du cou, comme beaucoup, mais il n'a jamais voulu. J'ai fini par lui offrir un étui en cuir. Il le prenait parfois, pour me faire plaisir, mais je crois qu'il le trouvait encombrant. Le plus souvent, il mettait la cigarette directement dans sa poche. Récemment, il avait opté pour un modèle assez grand, pour moins risquer de la perdre. J'avais fait graver ses initiales dessus, dans l'espoir qu'il en prenne plus soin.

– C'est ça ?

Tellier avait exhumé d'un carton un joli étui de cuir rouge. Il en sortit une cigarette électronique, sur laquelle Romano remarqua un discret monogramme FXT.

Ariane Tourtier hocha la tête et le capitaine rangea le tout dans un sachet de plastique.

– Le soir de la cérémonie, vous savez ce qu'il en a fait ?

– Je l'ai vu recharger sa vaporette juste avant de partir – il fumait plus quand il était nerveux. Il l'a mise dans la poche intérieure de sa veste, sans l'étui, de peur que ça fasse une bosse à l'endroit où on allait lui épingler la décoration. Aucune idée de la marque de cartouche, il essayait toujours des parfums nouveaux.

Romano prit note de cette précision. Si Tourtier changeait constamment de produit, difficile de substituer un flacon de sa réserve sans qu'il le remarque. L'assassin avait sans doute été obligé de verser le liquide de crevette directement dans la cigarette.

– Ensuite ?

– Peu après notre arrivée, j'ai vu la vaporette sur la table du buffet, à côté des flûtes à champagne. J'ai hésité à la ranger mais je me suis dit que François-Xavier l'avait laissée là exprès. Juste avant le début du discours, il a pris quelques bouffées en discutant avec le président de la CRASS. Quand le président s'est approché du micro, il m'a demandé de ranger la cigarette dans mon sac. Il trouvait sans doute qu'une fois décoré, ça manquerait de dignité.

– Le malaise s'est produit combien de temps après qu'il a fumé ?

– À peu près le temps des discours : une vingtaine de minutes.

– Entre le moment où vous avez vu la cigarette près du buffet et le moment où vous avez vu votre mari fumer, qui aurait pu la prendre ?

– Pas mal de monde, j'imagine. Les gens arrivaient, il y avait des allées et venues.

– Le buffet n'était pas ouvert mais les serveurs devaient déjà être en place. Si quelqu'un s'était approché de la table, ils l'auraient remarqué ?

Ariane Tourtier s'accorda quelques secondes de réflexion.

– Les serveurs étaient debout derrière les tables, mais la cigarette était tout au bord. Il était facile de la prendre discrètement puis de la reposer au même endroit.

– Le mieux placé, c'était le père Criaud, non ? Il est arrivé en avance pour superviser l'installation. Et il nous a dit s'être isolé dans la bobinothèque, pour se recueillir. Il pouvait embarquer la cigarette pendant que les serveurs dressaient le buffet, et faire la manip là-bas, tranquillement.

Ariane Tourtier leur jeta un regard offusqué, qui se teinta d'une lueur de mépris.

– Pourquoi aurait-il fait ça ? On voit bien que vous ne le connaissez pas, cet homme est un saint.

Quand Romano et Tellier quittèrent Croix, la circulation s'était densifiée.

– Passons au laboratoire déposer la vaporette, pour vérifier s'il y a des traces de crevette. Si ce scénario est avéré, Arnaud Vancel est hors de cause. Il est arrivé sur place trop tard pour faire la manip.

– A priori, les mieux placés étaient le père Criaud, Ariane Tourtier et le grand-père. Lui aussi est arrivé en avance.

– Reste la question du vaporisateur. Celui qui l'a planqué chez Ariane Tourtier voulait la faire accuser mais n'était pas très bien renseigné sur le crime. Ce n'est donc pas le coupable.

– Autrement dit, ce faux indice ne prouve rien, ni sur la culpabilité d'Ariane ni sur son innocence.

La musique de *Barry Lyndon*, réservée aux numéros inconnus, les fit sursauter. Dès que l'interlocuteur se fut présenté, Romano prit son ton le plus respectueux. Tellier se demanda pour qui elle se mettait en peine.

– Merci de nous avoir prévenus, Votre Sainteté, on vient voir ça, on a juste une petite course à faire avant.

Tellier la regarda, stupéfait.

– Vous avez reçu un appel du pape ?

– Vous me surestimez, un archevêque, ça me suffit. Il a reçu une photo qui, je cite, « va sans doute nous intéresser ». Il ne voulait pas en dire plus au téléphone.

– Pour un archevêque, c'est plutôt « monseigneur » que « Votre Sainteté ».

Tellier trouvait l'erreur surprenante venant de quelqu'un qui avait passé sa scolarité chez les maristes. Tout compte fait, Romano avait peut-être été traumatisée pour de bon.

– C'est pareil. Croyez-en mon expérience, avec les cathos, mieux vaut en faire trop que pas assez.

23

Romano demanda à Tellier de faire un crochet pour déposer la vaporette au labo. Où Soubigou lui rappela discrètement sa promesse de boire un verre. D'après son ton peu insistant, il avait compris que la chose ne serait pas pour tout de suite. Verre ou pas verre, il ferait les analyses le lendemain, en court-circuitant la file d'attente : ce type était une crème.

Il était plus de 19 heures quand Romano et Tellier arrivèrent à l'archevêché, un hôtel particulier XVIIIe à trois cents mètres de chez la commissaire.

– Eh oui, soupira-t-elle en sonnant à l'interphone, on croit rompre avec son passé et on emménage sous les fenêtres de l'évêque.

Ils traversèrent une cour qui aurait été belle si elle n'avait servi de parking à la maison du diocèse : les trois voitures garées là suffisaient à gâcher l'ensemble. Les bureaux étant fermés au public à cette heure, une femme vint les accueillir sur le perron. Typée jusqu'à la caricature, du chandail marine au serre-tête vert bouteille en passant par un pantalon remarquablement asexué. Romano reconnut la voix qu'elle avait eue au téléphone, lorsqu'elle avait voulu joindre l'évêque la première fois – elle imaginait la secrétaire plus âgée.

– Commissaire Romano. Je crois que nous nous sommes déjà parlé.

– Monseigneur vous attend.

Elle les guida dans un bel escalier, toqua à une lourde porte et s'éloigna discrètement.

L'archevêque avait la soixantaine rondouillarde et des yeux rieurs. Il portait un pantalon de velours côtelé, un pull beige à torsades et d'audacieuses lunettes bleu acier – pas vraiment à la Elton John mais tout est relatif.

– Soyez les bienvenus.

Il leur fit signe de s'installer à une table ronde en verre, que Romano aurait volontiers embarquée. Du moins si elle avait eu la place – le bureau de l'archevêque faisait le triple du sien.

– Merci monseigneur, vous pouvez nous montrer la photo ?

Il se releva et les invita à le suivre.

– Elle est sur mon bureau, je n'y ai pas touché après vous avoir appelée.

Le meuble, massif et austère, évoquait l'autel d'une abbatiale romane. Dessus, un petit ordinateur portable, une statuette de la Vierge et une photo format A4 montrant le père Criaud et Ariane Tourtier, côte à côte sur le canapé fleuri. Le prêtre avait passé son bras autour du cou de la jeune femme. La photo semblait avoir été prise de nuit.

En mettant ses lunettes, Romano remarqua une déchirure.

– Quand j'ai vu qu'il n'y avait ni nom ni signature, mon premier réflexe a été de la mettre au panier. C'est ce que je fais toujours. Et puis, je me suis souvenu qu'il y avait une enquête criminelle sur le décès de M. Tourtier.

– Ça arrive souvent, ces dénonciations anonymes ?

L'archevêque s'éclaircit la voix, conscient d'en avoir trop dit.

– Souvent, non, mais ça arrive. Plutôt des lettres, les photos, c'est rare.

Il faisait des efforts pour garder un ton cordial mais semblait tendu. De toute évidence, cette conversation lui était pénible.

– Vous voulez boire quelque chose ? J'ai un excellent vin de noix offert par une paroissienne. Le genre de choses qui donne l'impression que l'église ne changera jamais. Heureusement, ce n'est pas tout à fait le cas.

Tout en ouvrant un buffet très monacal, lui aussi, il leur demanda de garder la confidentialité de leur entretien. Tellier et Romano hochèrent la tête d'un bel ensemble, en regardant les petits verres désuets se remplir d'un appétissant liquide doré.

– J'ai fini par comprendre que le mariage des prêtres était le seul moyen de nous en sortir. Il y aurait plus de volontaires, moins de frustration, et surtout moins d'hypocrisie.

Il leva son verre et les deux flics trinquèrent, en échangeant un regard surpris.

– Vous ne vous attendiez pas à ce que je vous dise ça. Moi non plus : j'évite le sujet. Mais cette photo m'a fait de la peine. Je suis très attaché au père Criaud.

– De la peine ?

Tellier était un spécialiste de la reformulation écho.

L'archevêque but une nouvelle gorgée et eut un sourire teinté d'amertume. Sa peine, précisa-t-il, n'avait rien à voir avec une hypothétique relation entre le père Criaud et Mme Tourtier. D'abord, il était certain que ce n'était pas le cas – et quand bien même, cela n'aurait rien changé à son estime. Ce qui le rendait triste, c'était que des catholiques envoient des lettres anonymes.

Romano approuva d'un hochement de tête puis sortit de son sac des gants et un sachet de plastique.

– Je peux prendre la photo ?

– Bon débarras.

L'entretien n'avait pas duré longtemps, mais quand Romano ralluma son portable, dans la cour de l'évêché, elle trouva cinq appels manqués de Bertin.

Le trajet jusqu'à l'appartement de Romano prit quelques minutes à peine. Elle composa les deux codes successifs en pestant.

– J'ai croisé hier un voisin tout fier de m'annoncer qu'on aurait bientôt un code dans l'ascenseur. Quelle bande de paranos !

– En même temps, observa Tellier en gravissant les marches quatre à quatre, vous ne prenez jamais l'ascenseur.

– Question de principe, pourquoi les voisins seraient-ils toujours des abrutis ?

À peine la porte ouverte, elle s'activa à allumer le feu, tout en demandant à son adjoint de lui épargner son discours sur les particules fines. Très vite, les flammes atteignirent une hauteur méphistophélique.

Elle se laissa tomber dans son fauteuil ergonomique et se tourna vers Tellier.

– Chablis, ça vous va ?

Son adjoint était perdu dans la contemplation de Ruru, qui attrapait ses croquettes sur son plateau hérissé de petits plots, à côté du distributeur électronique. Romano remarqua que la bestiole s'en sortait de mieux en mieux : petit à petit, sa goinfrerie semblait gagner du terrain sur sa bêtise.

– Vous ne vous servez pas du pipolino acheté par Clément ? demanda Tellier, ébahi.

– Le pipolino ? Un véritable instrument de torture ! Dix minutes de course pour faire sortir une croquette. Je suis moralement opposée au pipolino – et vous savez que je ne dégaine pas souvent ce genre de mots. Ruru aurait fini svelte mais fou, je préfère qu'il finisse gras et content.

– Du coup, vous avez acheté ces deux engins ?

Fumasse d'être prise en flagrant délit, Romano prit un ton bougon.

– J'ai même fini par traîner cette sale bête chez le zoopsychiatre de la cousine de Clément. Elle avait massacré mon uniforme à coups de griffes, il fallait bien faire quelque chose. Vous êtes content de moi, j'espère ? Chaque fois que vous venez, j'ai l'impression d'être une mère de famille à la Ken Loach à qui les services sociaux veulent piquer son gosse. N'hésitez pas, surtout.

Comme pour protester, Ruru vint lui sauter sur les genoux. Elle sortit de son sac à dos, heureusement à portée de main, la photo et deux paires de gants.

– Regardons-la chacun de notre côté pendant deux minutes, pour nous faire notre opinion.

Une fois le temps écoulé, ils tombèrent d'accord. La main autour du cou pouvait à la rigueur manifester un réconfort amical mais ressemblait plus à un geste amoureux. Qui réunissait les deux personnes les mieux placées, matériellement, pour verser de la crevette dans la vaporette. En même temps, si Ariane Tourtier et son directeur spirituel avaient eu une relation clandestine, ils auraient pu fermer les rideaux. Et la photo pouvait être un montage.

Romano soupira.

– Cet évêque nous fout dans la merde. Vous avez entendu ça ? Il irait jusqu'à garder son estime au père Criaud s'il couchait avec Ariane Tourtier !

Tellier fronça les sourcils, sans comprendre.

– S'il était servile et cul serré, comme un ecclésiastique normal, on pourrait lui faire confiance pour nous dire la vérité, sous le sceau du secret, bien sûr. Mais ce type est au-dessus de ça. Il n'aime pas les racontars, il déchire les lettres anonymes, il est prêt à nous inventer n'importe quoi, sans problème de conscience. Un évêque rebelle, il fallait que ça tombe sur nous.

Tellier avait du mal à suivre.

– Vous voulez dire qu'un faux cul aurait plus de chances de nous dire la vérité ?

– Évidemment. Le faux cul finasse, finaude, calcule, soupèse, scrute, vit la peur au ventre. Sur un sujet comme celui-ci, dans des temps comme les nôtres, le faux cul crache le morceau – si morceau il y a. Alors que notre bonhomme ne s'emmerde pas avec ça. En fait, que le père Criaud couche ou non avec Ariane Tourtier, il s'en bat…

– Je vois, je vois, coupa Tellier.

Il avait l'habitude des excès verbaux de sa cheffe, mais quand même. Romano se leva pour attraper son portable, délogeant Ruru sans égard.

– On appelle Criaud et on le fait venir au commissariat tout de suite. Un interrogatoire de nuit dans des bureaux vides, ça a toujours de la gueule.

Malheureusement, le prêtre était à Paris pour voir son père, opéré du cœur la veille, et rentrait le lendemain midi. Romano voulut tâter le terrain. Elle l'informa des SMS de menaces d'Arnaud Vancel inventés par Ariane Tourtier et lui demanda s'il avait une explication. La réponse fusa : jamais Ariane n'aurait chargé un innocent pour sauver sa peau.

– Sauver la peau de quelqu'un d'autre, alors ? Vous, par exemple ? On vous prend demain à la gare pour en parler.

Romano raccrocha, l'air frustré.

– Espérons qu'on en tire quelque chose, il est têtu. L'autre question, c'est celle du photographe. Qui s'est donné la peine de faire cette photo – ou ce montage – et de nous l'envoyer, indirectement ? Assez malin d'ailleurs. L'envoi à l'évêque pouvait passer pour la réaction d'un paroissien scandalisé, mais l'expéditeur savait que la photo allait vite atterrir chez nous. Quelqu'un se donne beaucoup de mal pour nous aiguiller sur Ariane Tourtier et le père Criaud.

Tout en parlant, Romano avait rempli de nouveau son verre. Quand les choses n'allaient pas comme elle l'espérait, elle avait tendance à vider ce qui était devant elle sans même s'en rendre compte. D'un geste, Tellier lui fit signe que lui avait sa dose. Depuis longtemps déjà, il avait observé que sa cheffe le faisait picoler comme personne. De toute façon, fit-il remarquer, il était temps d'aller dormir.

À peine son adjoint parti, Romano se surprit à mettre les deux verres au lave-vaisselle. Avec l'âge, sa tendance bordélique naturelle semblait s'estomper. Qui sait si elle n'allait pas finir maniaque ? Elle laissait toujours traîner des tasses sales un peu partout, par fidélité à ses valeurs, mais elle y prenait moins de plaisir qu'avant.

Avant de se coucher dans la petite chambre du haut, pour profiter de la pleine lune, il lui restait une corvée, repoussée depuis le matin : écouter le message laissé par João à 9 h 12, après trois appels infructueux. Le ton lui parut d'abord un peu étrange. Au bout de deux secondes, elle comprit que, pour la première fois depuis leur rencontre, il lui parlait français.

« J'apprends le français », annonçait-il triomphant, avec un accent à couper au couteau.

Il lui expliquait ensuite, en anglais, qu'il sortait de son premier cours et était décidé à être un élève exemplaire. Romano jugea la nouvelle désastreuse, à double titre. D'abord, cette initiative entrouvrait le soupçon d'un investissement inquiétant dans leur relation – d'autant que João n'avait pas d'aptitude particulière pour les langues, c'est le moins qu'on puisse dire. Ensuite, la perspective que son amant maîtrise un jour le français, aussi improbable soit-elle, lui faisait horreur.

Longtemps, elle avait cru qu'elle était attirée par les étrangers pour l'exotisme. À son deuxième banquier zurichois, copie conforme de ses homologues de Londres et New York, elle s'était rendu compte qu'elle appréciait surtout de ne pas parler la même langue. La pauvreté du vocabulaire commun limitait naturellement les possibilités de la conversation : une aubaine. De ce point de vue, le summum avait été un industriel de Shangaï ; ni elle ni lui n'avaient jamais compris la moindre phrase de l'autre. À l'inverse, avec les Anglo-Saxons, les Suisses ou les Européens du Nord, elle était obligée de tricher avec son niveau d'anglais pour éviter la parlotte. Elle essaya d'imaginer une conversation avec João en français. Non, ça ne collait pas.

Au passage, elle découvrit deux appels du zoopsychiatre, qui voulait savoir si la prise en main du distributeur de croquettes se passait sans heurts. Un appel de suivi, c'était du bon commercial ; deux appels, ça devenait louche. Elle se demanda si les vétérinaires avaient un genre de serment d'Hippocrate, leur interdisant de coucher avec les propriétaires des patients. De toute façon, ce type ne l'inspirait pas. Qui sait si, dans le feu de l'action, il ne se mettait pas à minauder comme avec ses bébêtes ?

24

Romano arriva au commissariat en pleine forme. Elle s'était s'endormie en contemplant le ciel, toujours un plaisir. Et avait été réveillée par un appel de Soubigou lui confirmant la présence de traces de *Penaeus vannamei* dans la cigarette électronique de Tourtier : enfin un point de réglé. Pour alléger sa conscience, elle avait laissé à Bertin un message de remords – parfaitement dosé, espérait-elle. En somme tout allait bien. Du moins jusqu'à ce qu'elle ouvre la porte du commissariat. Tellier fondit sur elle, surexcité. Il devait guetter son arrivée depuis un moment.

– Commissaire, le père Criaud tient un blog ! Vous savez de quoi il parle ? De la phrase de Mélenchon sur Cazeneuve !

Romano s'arrêta au milieu des marches, alarmée du ton dangereusement triomphal de son adjoint.

– Tout un blog là-dessus ?

– Il y a un seul article pour le moment. Il doit préparer la suite.

Romano calcula que la phrase en question remontait à près de deux ans. Le prêtre avait dû se faire taper sur les doigts, ou était passé à autre chose.

– Vous vous souvenez ? « Le gars qui s'est occupé de l'assassinat de Rémi Fraisse. »

Hélas ! Romano n'avait pas oublié l'accès dépressif qui avait suivi la remarque haineuse du candidat à la présidentielle sur le ministre de l'Intérieur. Autant « Balance ton porc » avait rendu son adjoint aphone, autant cette croisade-là lui avait donné des accents hugoliens.

Pour tenter de relativiser, Romano avait argumenté que d'autres hommes et femmes politiques, comme Trump ou Berlusconi, volaient encore plus bas. La différence, avait confié Tellier, abattu, c'est que la moitié de ses amis comptaient voter pour Mélenchon. « Dites-moi, commissaire, avait-il conclu, c'est moi, qui suis dingue, ou c'est le reste du monde ? » Excellente question, à laquelle Romano était bien incapable de répondre.

Et maintenant, voilà que cet imbécile de prêtre réveillait le mal. Tellier arpentait le bureau de Romano comme un aliéné, en tirant sur son pull trop court – le divorce avait eu des conséquences désastreuses sur l'entretien du linge.

– Je peux vous lire un extrait ?

Sans attendre sa réponse, il ouvrit son ordinateur.

– *Monsieur Mélenchon fait des effets de manche à trois sous sur la mort d'un gamin de vingt ans. Et n'hésite pas, pour faire son intéressant, à accuser un autre homme de meurtre. Qu'on enquête, qu'on juge, qu'on sanctionne, qu'on condamne, qu'on emprisonne s'il y a lieu. Mais qu'on ne traite pas un homme de meurtrier pour chauffer une salle et ramasser des votes. Sous ses mines de fausse spontanéité, ce minable a choisi ses mots. S'occuper de quelqu'un, c'est lui ôter la vie. C'est écrit dans le dictionnaire.*

Romano faillit remarquer que « minable » ne sonnait pas très évangélique mais ne voulut pas alimenter le feu.

– Quel rapport avec l'enquête ?

– Comment ça ? Un type qui a écrit ça ne peut pas être un meurtrier.

– Putain, Tellier, l'amour vous aveugle. Rousseau a abandonné ses cinq enfants à l'orphelinat, ce qui ne l'a pas empêché d'écrire un très bel ouvrage sur l'éducation.

– C'est la première personne que je rencontre à mesurer l'infamie de la chose. Moi, ça me fait du bien de rencontrer des gens bien.

Romano entendit, avec inquiétude, quelques trémolos dans la voix. La découverte de ce frère de lutte mettait le capitaine dans une transe peu propice au travail. Elle essaya de se rappeler les principes du management par la bienveillance – que ce salaud de Bertin l'avait forcée à enseigner à l'occasion d'un séminaire. Accueillir l'émotion de l'autre, voilà ce qu'il lui fallait. Elle respira un grand coup.

– Je suis heureuse que vous vous trouviez certaines affinités avec le père Criaud. Et maintenant, si on revenait sur cette photo ? Vous n'iriez pas nous chercher des cafés ?

Quand Tellier revint avec les gobelets, il semblait calmé. Romano enfila un gant et posa la photo sur son bureau.

– Regardez les deux verres, sur la table de salon. À mon avis, les cocktails avec ombrelle en papier sont pour beaucoup dans l'atmosphère équivoque – pour un prêtre, le mojito évoque tout de suite la débauche. Si nos deux cocos posaient devant des tasses de café, l'impression serait différente. C'est ce qui donne l'ambiance, comme la musique dans un film. La position des deux personnages, en tant que telle, n'est pas très compromettante. On tente une reconstitution ?

Romano fit rouler son fauteuil jusqu'à Tellier et lui demanda de passer son bras autour de son cou. Il s'exécuta, non sans gêne.

– Mouais, difficile d'en tirer quoi que ce soit. Il faudrait demander à un témoin ce qu'il en pense.

À la seconde même, Clément ouvrit la porte et la referma avec un cri de vierge effarouchée.

– Et merde, s'exclama Romano, toujours le sens de l'à-propos.

– Clément, revenez ! aboya-t-elle avec la douceur d'une mère Rottweiler à qui on aurait arraché son petit.

L'adjudant revint sur ses pas, livide. Le choc de découvrir la commissaire enlacée avec le capitaine était à la hauteur de son admiration. Romano tira un fauteuil et lui fit signe de s'y installer.

– Écoutez-moi.

Au prix de trésors de patience réservés aux grandes occasions, elle finit par convaincre Clément qu'il avait assisté à une reconstitution. Pour parachever la démonstration, elle fit un nouvel essai avec lui, écarlate, dans le rôle du prêtre. Tellier recula dans le couloir, pour mieux voir. Et conclut qu'on n'en concluait rien.

– Tellier, envoyez la photo à la PTS. Ils devraient pouvoir nous dire si c'est une vraie photo ou un montage. Ou plutôt non, je m'en charge.

Elle venait de se souvenir qu'elle avait couché avec le chef du service Images, cela raccourcirait peut-être les délais.

– Clément, continuez à creuser le côté financier. Appelez nos amis de la brigade financière pour voir si Tourtier n'avait pas de comptes à l'étranger.

Enfin tranquille, se dit Romano en allongeant voluptueusement ses pieds sur le bureau. Une satisfaction de courte durée : à la seconde où elle allait mordre dans un muffin aux myrtilles sûrement déposé par Martine, le téléphone sonna.

– Je vous passe M. le divisionnaire.

Le jeune flic de l'accueil transféra l'appel à peine sa phrase finie, de peur qu'elle n'invente un prétexte l'obligeant à affronter une nouvelle fois les foudres de Bertin. Autant il excellait à recevoir les victimes, même les plus traumatisées, autant les gueulantes du divisionnaire le déstabilisaient.

Anticipant une soufflante à cent vingt décibels, Romano éloigna le combiné de son oreille. Et dut le rapprocher en entendant son chef la saluer d'un ton mielleux.

– J'ai décidé de passer outre l'indiscipline caractérisée dont vous avez fait preuve une nouvelle fois – que je déplore.

C'était mou comme une déclaration de l'ONU sur les quelconques exactions d'une quelconque dictature. Romano jugea prudent d'attendre la suite avant de se lancer dans des remerciements éplorés. Cette générosité inhabituelle avait sûrement une contrepartie.

– La CISA, Commission interrégionale de simplification administrative, nous demande des Rex sur des initiatives locales. Vous allez rédiger une note sur votre méthode d'échantillonnage des fiches de temps.

– Avec plaisir, monsieur le divisionnaire.

Romano cherchait désespérément à retrouver ce qu'était un Rex, hormis le cinéma des Champs-Élysées et le chien de la série télé. Sa mémoire, en général exceptionnelle, buggait toujours sur le jargon administratif. Rex : retour d'expérience, bien sûr.

Bertin poursuivait ses consignes. La note devrait expliquer comment, sur sa proposition, elle avait expérimenté une estimation statistique par échantillonnage. Des courbes et graphiques devraient illustrer le comparatif.

– Le comparatif entre quoi et quoi ?

– Les données réelles et les données estimées.

– Je n'ai pas de données réelles. Vous me demandez d'inventer une deuxième série de données ?

– Commissaire, je n'ai pas votre sens de l'humour. J'ai mis beaucoup d'énergie à chercher une sortie de crise par le haut.

Romano se mordit la lèvre. Avec Bertin, tout l'art consistait à se foutre de sa gueule jusqu'à un certain point. Telle une funambule grisée par son talent, elle avait du mal à se fixer des limites.

– Désolée monsieur le divisionnaire, vous pouvez compter sur moi pour faire honneur à votre clémence. Avec cette enquête qui s'enlise, je ne suis plus moi-même (putain, c'est reparti, se dit-elle).

Elle raccrocha et poussa un soupir excédé. D'abord Clément, ensuite Bertin : ses collègues, bien plus que tous les serial killers du pays, finiraient par avoir sa peau. Elle claqua la porte de son bureau, descendit les marches quatre à quatre et pointa le nez dans le clapier de Tellier.

– J'ai une crise de misanthropie, je rentre chez moi. On se retrouve au guichet Informations de Lille-Europe à 14 heures, pour récupérer Criaud. Allez-y en voiture, on le ramènera plus vite.

25

Romano sortit de son congélateur XXL une glace au cheese cake, qui s'avéra moins convaincante que la pizza à la tartiflette avalée avant. Son esprit scientifique se demandait s'il y avait des limites au principe de l'empilement des recettes. Inventerait-on un jour un pâté en croûte à la pizza quatre fromages, une tarte tatin au tiramisu, ou un tiramisu à la tarte tatin ? Tout en achevant son déjeuner, elle compléta ses données bidon sur les fiches de temps. L'idée que ce travail de faussaire lui était commandé par son chef lui donnait une saveur particulière – qui valait bien le plaisir de la transgression.

Elle éteignit son ordinateur, salua Ruru à voix haute, se demanda si c'était grave et, comme toujours, dévala son escalier.

La gare de Lille-Europe était l'endroit de la ville qu'elle détestait le plus. Avec ses niveaux multiples, ses coursives ouvertes à tous les vents, ses voies souterraines qui dissimulaient les trains et son absence notoire de hall (comment imaginer une gare sans hall ni trains ?), elle lui donnait le sentiment d'un bâtiment provisoire, construit à la va-vite après une catastrophe. Même les numéros de voie lui paraissaient sortis d'un esprit saugrenu : pourquoi commençaient-ils au numéro 40, et non au numéro 1, comme partout ailleurs ?

Elle dépassa un jeune SDF assis par terre avec une cannette de bière, sous un panneau publicitaire *Votre patrimoine est-il à l'abri ?* Avait-il choisi l'endroit volontairement ? Elle aurait aimé le lui demander.

Dans la vitrine de la principale librairie-presse de la gare, le livre d'Arnaud Vancel trônait, avec une immense photo de son sourire victorieux. Sans doute l'éditeur avait-il accéléré la sortie pour profiter de la publicité gratuite liée à la mort de Tourtier. Elle en acheta un exemplaire et rejoignit Tellier.

Le train du père Criaud avait quinze minutes de retard. Elle emmena son adjoint au café le plus proche, qui se trouvait être un Starbucks – ignorant ses remarques sur le fléau de l'évasion fiscale.

– L'expresso n'est pas aussi bon qu'au Macchiato, remarqua-t-elle en s'asseyant, dans l'espoir d'une conversation plus légère.

Tellier ne parut pas l'entendre. Il jeta autour de lui un regard de conspirateur et se pencha vers elle.

– Il faut que je vous dise quelque chose. L'article du père Criaud m'a décidé, je vais faire un blog, moi aussi.

Elle le regarda sans répondre, atterrée. Putain, se dit-elle, il va ruminer, ressasser, régurgiter tous ses coups de gueule. Il va y laisser sa peau. Ou alors, moi. D'un ton surexcité, Tellier s'était lancé dans des explications.

– Je laisserai de côté les discours racistes, islamophobes, antisémites, machistes, bref, ostensiblement haineux, pour me concentrer sur la violence verbale plus sournoise, qui passe généralement inaperçue. Ça s'appellera « Stop la haine ».

– Vous avez vérifié que le nom n'est pas déposé ?

– Ceux qui combattent contre la haine se réjouiront que d'autres embrassent le même but.

– Pas sûr. Il paraît que le gourou de la communication non violente fait un procès à tous ceux qui utilisent le terme sans son accord.

Tellier était trop lancé pour prêter attention à cette remarque rabat-joie.

– J'ai pensé à une première liste de sujets, j'aimerais avoir votre avis. D'abord, *Les Minions* : c'est frais dans mon esprit, ça ira vite. Ensuite, la phrase de Mélenchon sur Cazeneuve. Quand l'enquête sera finie, je demanderai au père Criaud si je peux piocher dans son texte. En troisième, un sujet plus général sur le micro-trottoir – vous vous souvenez de mon « Micro-trottoir Project » ?

Romano eut un hochement de tête las, elle se souvenait.

– Et pour finir, un article qui s'appellerait : « Les tortionnaires de l'Inquisition étaient chrétiens ». À l'appui, je mettrai un petit rappel sur les bases de la logique : les reinettes d'Armorique sont des fruits ne signifie pas que les fruits sont des reinettes d'Armorique. Ça me permettrait de préparer en douceur une réflexion critique sur le propos « Les terroristes ne sont pas des musulmans ». On peut et on doit dire que les musulmans ne sont pas des terroristes, mais on ne peut pas dire que les terroristes ne sont pas des musulmans. Pour résoudre un problème, il faut d'abord s'imposer une certaine rigueur intellectuelle, même quand il est tentant de se laisser submerger par l'émotion.

Romano l'écoutait, catastrophée. Pire que tout ce qu'elle aurait pu imaginer.

– C'est sympa, c'est léger, c'est consensuel : ça ne risque pas de vous attirer d'ennuis. Ce n'est pas comme si vous comptiez traiter des sujets sensibles.

Tellier écarquilla les yeux.

– Vous n'êtes pas d'accord avec moi ?

– Non, si, enfin on s'en fout ! Je vous rappelle que vous êtes fonctionnaire, et flic. Vous comptez écrire sous un faux nom ?

Tellier lui lança son regard le plus scandalisé.

– Jamais de la vie ! Je dis toujours à mes filles d'avoir le courage de leurs opinions.

– Alors je vous suggère de faire évoluer un peu les sujets. Le macramé à travers les siècles, l'art de l'origami, comment décorer un sapin de Noël, ou, tiens, le four solaire, pourquoi pas. Installez-en un sur votre balcon et racontez-nous, en deux mille signes, comment vous avez cramé vos sablés par un beau matin de printemps. Je suis sûre que vous ferez ça très bien.

En voyant Tellier rougir, Romano comprit qu'il n'avait pas attendu son conseil pour investir dans cet engin. Elle aurait dû s'en douter. Comparé au reste, c'était un passe-temps plutôt inoffensif.

Tellier réfléchit quelques secondes, concentré.

– Vous avez raison, je ne peux pas faire ça.

Ouf, se dit Romano, surprise qu'il ait rendu les armes aussi vite.

– Je vais trouver une solution.

Et merde.

Ils cueillirent le père Criaud en haut de l'escalator de la voie 44. Romano avait rappelé à Tellier que, blog ou pas, le prêtre restait suspect. De son ton le plus désagréable, elle lui demanda de les suivre jusqu'à la voiture. Et poussa l'intimidation jusqu'à allumer le gyrophare.

Elle conduisit le prêtre au cagibi, une salle aveugle et minuscule. Depuis la lecture d'une étude de Scotland

Yard sur l'effet de la lumière sur le stress, elle avait acheté elle-même des néons qui produisaient une lumière crue et sinistre, façon bloc opératoire.

Tellier, frappé par les traits tirés du père Criaud, désapprouvait en silence.

– Parlez-nous de vos relations avec Ariane Tourtier, ordonna-t-elle.

– Les lettres anonymes ne devraient jamais être lues, soupira-t-il avec tristesse.

Les deux flics se regardèrent. Ils avaient demandé à l'archevêque de ne rien dire. Le bonhomme n'en faisait décidément qu'à sa tête.

– L'an dernier, un curé de Normandie a été excommunié après une lettre de dénonciation sur sa franc-maçonnerie. J'ai été choqué mais je ne pensais pas devenir moi-même une cible. Imaginer quelqu'un, tapi dans le jardin d'Ariane, à nous espionner, je trouve ça déprimant. Je côtoie d'anciens criminels mais leurs crimes m'affectent moins. Sans doute parce que je ne suis pas directement concerné.

Tellier, qui partageait sa révulsion pour le procédé, intervint en douceur.

– Démarche ignoble, en effet. Mais vous confirmez avoir eu une relation amoureuse avec Ariane Tourtier ?

– Les apparences sont contre nous mais il n'a jamais été question d'autre chose que d'amitié, je vous assure.

Le père Criaud attrapa le petit sac à dos posé à ses pieds et en sortit un portefeuille. Sans un mot, il plaça une photo sur la table. Une jeune femme au visage fatigué mais heureux tenait un nouveau-né dans ses bras. D'après le minuscule bracelet à son poignet, la photo avait été prise à la maternité.

– Voici ma compagne Emma et notre petite Héléna. C'est avec elles que j'étais hier soir.

En quelques phrases, le prêtre raconta la rencontre, lors de travaux dans l'église : Emma était restauratrice. Un coup de foudre et une grossesse imprévue, six mois après. Tous deux étaient ravis. Il comptait quitter le clergé à la fin de l'année.

– Pourquoi attendre ?

– Mon association a vu le jour grâce à de grosses fortunes cathos, qui risquent de me lâcher après le scandale. Pas question de faire payer mes choix personnels à mes salariés. Dans trois mois, le premier exercice sera bouclé. Nous aurons reçu des subventions publiques et l'association sera plus solide.

– Tout cela ne nous dit rien sur vos relations avec Ariane Tourtier, observa Romano d'un ton sec.

Le père Criaud eut un sourire triste.

– Il y a des limites à la duplicité. Mon casier est déjà trop lourd, depuis trop longtemps.

– Longtemps ? répéta Tellier.

Le prêtre réfléchit quelques secondes. Contrairement à la majorité, le silence semblait l'apaiser. Quand il parla enfin, il savait où il allait.

– C'est une longue histoire, que personne ne connaît. Je n'ai jamais été croyant.

Romano laissa échapper un sifflement admiratif. Les religieux étaient beaucoup plus rigolos que dans sa jeunesse.

– Nous vous écoutons.

Le père Criaud avait choisi des études de sociologie par curiosité des autres. Malgré son mi-temps chez Lidl, il était le meilleur de sa promo et avait souhaité faire une thèse sur la reproduction intergénérationnelle de la pauvreté. Mais son maître de stage lui avait dit que tout le monde se foutait des pauvres. S'il voulait se faire remarquer, il lui conseillait les curés : un champ intéressant et peu étudié. Il fallait faire ça en observation masquée, sinon, il n'en tirerait rien. L'idée d'infiltrer un groupe, comme les plus grands sociologues, l'avait tenté. Alors les curés, pourquoi pas ?

– Vous avez dû avoir des entretiens, avant d'entrer au séminaire ?

– Le recrutement a été de loin l'étape la plus difficile. Mais le mensonge avait aussi un côté grisant. Mon prof était le seul dans la confidence : j'ai dû convaincre tout mon entourage que la vocation m'était venue d'un coup. Pour finir, je me suis retrouvé là-bas un matin de septembre, avec une dizaine de recrues. Une promo archétypale : familles nombreuses, scouts d'Europe, Opus Dei pour certains. Avec mes parents athées, postier et secrétaire, j'étais l'original de l'étape. Plutôt bien accueilli, et dispensé de singer leurs façons de faire. J'écoutais, j'observais, je notais, je me régalais.

– Votre petite plaisanterie devait durer combien de temps ?

– Trois ans, le temps de ma thèse – le séminaire dure cinq ans plus l'insertion pastorale. Mais en troisième année, une rencontre a chamboulé mes plans. Je me suis lié d'amitié avec un vieux prof d'exégèse, désespéré de voir les jeunes prêtres passéistes, arrogants et ostentatoires. On passait des soirées à descendre des litres de muscadet, pour lui, et de thé, pour moi. Il me parlait de son expérience des usines, de l'abbé Pierre, et puis, encore et toujours, de ceux qu'il appelait « les jeunes poseurs d'aujourd'hui ». Il leur reprochait un tas de choses : mettre « abbé » dans leur adresse mail, porter le col romain, ou encore se passionner pour les apparitions de Medjugordjé, l'adoration du Saint-Sacrement ou le concile de Latran de 1215. « Pour eux, me répétait-il, l'Église *sait*. Au lieu de vouloir évangéliser, ils feraient mieux de se laisser évangéliser, y compris par des non-croyants. »

– C'est pour lui que vous êtes resté ?

– On était devenus très amis, au point que j'avais cessé de retranscrire nos conversations dans mon journal de recherche. De peur que ma trahison le fasse souffrir, je repoussais mon départ. J'ai obtenu un an de plus pour ma thèse. Et il m'a fait la mauvaise blague de mourir sous mes yeux, d'une cirrhose, deux mois avant de rendre ma copie – et trois mois avant l'ordination.

– Au moins, observa Romano, vous n'aviez plus personne à trahir.

– Sauf sa mémoire, ce qui n'est pas plus facile. Peu avant la fin, il m'a dit que notre monde avait désespérément besoin de religieux tolérants, comme moi : un extrémiste religieux n'écoute jamais un athée. Après sa mort, j'ai repoussé mon départ et ma thèse. Et puis, si j'abandonnais le séminaire, j'allais faire quoi ? Mes copains de fac bossaient chez McDo ou, pour les plus chanceux, dans des boîtes d'études minables où ils rêvaient de CDI. Prêtre, c'était un emploi à vie. Je passais déjà pour un original auprès de ma hiérarchie, je me suis dit que je pourrais peut-être tracer ma route. Le dialogue interreligieux et l'insertion me passionnaient.

Depuis un moment, Tellier fronçait les sourcils, choqué de cette duplicité.

– Et l'ordination ? Prêter un serment bidon, ça ne vous a pas gêné ?

– Je m'en faisais une montagne, surtout devant mes amis et parents. Mais c'est passé comme une pièce de théâtre. J'avais assisté aux remariages de mon père et de ma mère : de quoi prendre du recul par rapport aux serments éternels. De toute façon, un prêtre sur dix abandonne en route.

– Quand vous étiez curé de paroisse, comment supportiez-vous tous ces rites qui, pour vous, ne voulaient rien dire ?

– Je voyais ça comme des mantras, tout simplement. Après tout, les fidèles ont passé des siècles à répéter des formules en latin sans rien comprendre. Tout a été incroyablement facile – d'autant que je suis tombé sur un évêque exceptionnel. Du moins jusqu'à la rencontre avec Emma.

Le père Criaud posa la tête dans ses mains et se frotta les yeux, l'air soudain épuisé.

– Les sociologues sont des gens bizarres, reprit-il. Carlos Castaneda est devenu disciple du sorcier yaqui qu'il était venu étudier, Bennetta Jules-Rosette s'est convertie à la religion des Bapostolo. À côté, mon histoire est bien fade.

– Fade, peut-être, mais plus hypocrite. Vos deux chercheurs étaient peut-être dingues, mais sincères.

Dingue mais sincère : dans la bouche de Tellier, Romano trouva que cela sonnait comme un autoportrait.

– On en reste là. Nous vous convoquerons de nouveau si nécessaire.

Comme prévu, Tellier enfourcha ses grands chevaux, à peine la porte refermée. La capacité de dissimulation de cet homme était tout bonnement effrayante.

– Je comprends votre réaction, approuva Romano en se répétant qu'il fallait *accueillir les émotions*. En même temps, il ponctionne le pognon des riches pour créer une association d'insertion qui a l'air de tourner à peu près : que demande le peuple ? Entre nous, ce que les gens croient ou ne croient pas, on s'en cogne. Au moins, je me sens plus à l'aise. Quand je le prenais pour un vrai prêtre, j'étais un peu empruntée.

Tellier ouvrit des yeux ronds.

– Empruntée ? Je n'avais pas remarqué.

– Vous n'avez pas vu que je soignais mon langage ? Inconsciemment, j'avais peur de voir surgir le censeur du collège menaçant de me mettre aux fers.

– Aux fers ? À votre époque ?

– Ou me donner deux heures de colle, c'est pareil. Ce que j'en retiens, c'est que ce type a déjà une double vie, voire une triple vie. Je le vois mal caser des coucheries avec Ariane Tourtier dans tout ça. Pas de coucheries, pas de mobile.

26

– D'après l'angle, la photo a été prise en surplomb. Le photographe était au moins à un mètre cinquante au-dessus du sol.

Romano se remit en mémoire la maison d'Ariane Tourtier. Les baies vitrées du salon donnaient sur le côté. Quelques mètres de pelouse nue, puis le grillage séparant le jardin de celui d'Agnès Gadaigne. Rien sur quoi grimper.

– Tu es sûr ?

Elle se mordit les lèvres. Un expert, du moins un bon expert, n'affirmait que des choses dont il était sûr. Ce type de la PTS était justement l'un des meilleurs.

– Aucun doute.

Elle abandonna son tapis de course pour se vautrer sur son canapé marocain. Il restait trois kilomètres pour finir son semi-marathon mais elle avait besoin de toute sa concentration.

Une relation amoureuse entre la veuve et le prêtre étant désormais improbable, l'image elle-même perdait son intérêt. La main autour du cou était un simple geste de réconfort envers Ariane Tourtier, qui broyait du noir à l'idée de suivre son mari en Inde. En revanche, l'identité du photographe gardait son importance. Elle revoyait la baie vitrée et la pelouse parfaite, à l'anglaise.

Qui était le photographe et où s'était-il caché ? La seule solution était de vérifier sur place. Seule et de nuit, comme l'observateur clandestin l'avait fait avant elle.

Elle occupa la soirée à lire la prose d'autoréhabilitation d'Arnaud Vancel ou de son nègre, assez ennuyeuse. Dire du mal des autres nécessite un certain talent, sinon, ça devient vite monotone. Elle quitta son appartement à 23 h 45 et sortit de la Clio au moment où l'église sonnait minuit. Joli sens de la mise en scène. Pour éviter les crottes de chien, elle s'éclaira de son portable.

La boîte aux lettres en chêne des Tourtier était ornée d'un autocollant avec un œil stylisé mais non moins menaçant, dans un triangle rouge : *Total security.* Selon toute probabilité, la maison seule, et non le jardin, était sous alarme. Mais elle ne voulut pas risquer de déclencher une sirène et de voir la propriétaire accourir, avec ses froufrous et ses mules à pompons. De toute façon, le mur, haut de trois mètres, était dissuasif.

Elle retourna jusqu'à la maison d'Agnès Gadaigne, que la simple barrière champ de course rendait plus accessible. La boîte aux lettres, remarquablement kitsch, était en forme de chalet suisse, avec balcons sculptés intégrés – qui rappelaient ceux de la maison. Trois autocollants signalaient la présence de systèmes de protection. Sur le premier, le mot *ALARME*, en majuscules rouges, était illustré d'une sonnerie retentissante et d'un panneau de danger. Le deuxième figurait une caméra stylisée. Le dernier indiquait *Zone protégée*, avec un gros point d'exclamation. Hum, trois systèmes d'alarme pour une seule baraque, ça faisait beaucoup.

En trois clics sur son smartphone, Romano eut la confirmation recherchée. Les autocollants en question étaient des étiquettes factices à intention dissuasive, en vente sur Amazon. Pas si con, mais il aurait mieux valu se contenter d'un seul : en matière de menaces, la sobriété avait toujours plus d'impact. La pauvre Agnès s'était laissé griser.

Romano sortit son bonnet noir de son sac à dos, pour cacher ses cheveux Blond clair 23N presque phosphorescents dans la nuit. Comme toujours, elle eut une petite pensée pour Fantômette, qui, la première, avait éveillé sa vocation.

Elle se glissa sous la barrière et rampa, sur la pelouse détrempée, jusqu'au grillage qui séparait les deux jardins. Avec sa torche, elle voyait très bien la maison des Tourtier, dont les fenêtres et volets, contrairement à ceux des Gadaigne, étaient ouverts. Décidément, se dit Romano, la veuve n'était pas si timorée qu'on pouvait croire. La plupart des femmes seules dans une grande baraque se claquemuraient dès la nuit tombée.

Sa mémoire des lieux ne l'avait pas trompée : la pelouse était nue. Le photographe s'était sans doute installé dans le jardin de la voisine, comme elle. Un excellent point d'observation pour le salon d'Ariane Tourtier, dont la baie vitrée était à une dizaine de mètres maximum. Restait la question du surplomb.

Elle leva le nez vers le balcon latéral de la maison Gadaigne et sortit de sa poche une copie de la photo. À première vue, l'angle pouvait correspondre. Accroupie, elle progressa rapidement entre les parterres de tulipes. Elle ouvrit de nouveau son sac à dos et en sortit la corde qu'elle avait toujours avec elle – de même que les menottes, le couteau suisse et la lampe-torche. Cela faisait des mois, peut-être des années, qu'elle n'avait pas eu l'occasion de se servir de cet accessoire : il n'y avait pas à dire, c'était la soirée Fantômette. Prenant appui sur le mur, elle grimpa jusqu'au balcon, qu'elle enjamba. Une silhouette se dressa derrière la balustrade en hurlant. Romano eut tout juste le temps de se rétablir.

– Les mains en l'air ! Pas un geste ! Si vous bougez, je tire ! hurla Agnès Gadaigne, allongée au milieu des pots de géranium, pistolet au poing. Décidément, remarqua Romano en s'exécutant, cette bonne femme aimait que les menaces marchent par trois. L'élocution ne laissait aucun doute, elle était complètement bourrée. Un constat à double tranchant : réflexes ralentis, certes, mais potentiel de conneries décuplé.

– Commissaire Romano, vous me reconnaissez ?

– Je ne connais pas de commissaire Romano. Ne me prenez pas pour une idiote, je vois bien que vous êtes une femme.

Des décennies de combat féministe pour en arriver là ! Romano aurait volontiers signalé que les dernières promotions de commissaire comptaient un tiers de femmes mais les circonstances n'étaient pas favorables.

D'un coup de pied bien calculé, elle envoya voler l'arme, qui retomba quelques mètres plus loin avec un bruit de plastique. Puis elle plaqua la propriétaire au sol, en lui maintenant les deux bras.

– C'est un jouet, je ne voulais pas vous faire du mal. Ne dites rien à personne, je ne veux pas que mes fils voient mon nom dans les journaux.

Romano pressentit qu'elle se laisserait convaincre de ne pas ébruiter son irruption. Inutile que cette opération parfaitement illégale atterrisse sur le bureau de Bertin.

Par chance, Agnès Gadaigne était trop choquée, trop bourrée, trop idiote, ou les trois à la fois, pour comprendre que la commissaire avait plus à perdre qu'elle dans cette histoire, et lui devait plutôt des excuses. Autant en profiter.

– Menaces sur un officier en service, on peut vous en coller pour cinq ans.

– Un jouet, je vous jure.

Romano relâcha son étreinte et la voisine d'Ariane Tourtier se releva péniblement. Elle était vêtue d'un jogging fuchsia et d'un tablier plastifié jaune canari *Tu es la meilleure maman du monde*.

– Pendant mes insomnies, je viens souvent fumer une cigarette et boire une camomille sur le balcon. Quand je vous ai vue entrer dans le jardin, je suis allée chercher un pistolet dans le coffre à jouets. J'ai gardé les affaires préférées de mes fils et il y a beaucoup de jeux de guerre – mon mari tenait beaucoup à ce qu'ils aient des activités de garçons.

Une camomille bien tassée, se dit Romano, qui ne jugea pas utile de relever ce détail. Elle regardait le tablier, songeuse. La « meilleure maman du monde » restait à ses fourneaux : il y avait encore du boulot. Agnès Gadaigne dut remarquer son intérêt pour sa tenue.

– Quand les garçons étaient petits, je leur faisais tous les jours un goûter maison. Des crêpes, des cakes, des gaufres. Alors quand je viens ici, je mets mon tablier.

Romano eut un hochement de tête, qu'elle espéra admiratif. Tout ça pour que les petits salopards se barrent à l'autre bout du monde, une fois bien nourris.

– Ils vous l'ont offert pour une fête des mères ?

Son interlocutrice éclata en sanglots et se laissa glisser contre le mur. Retour à la case départ.

– C'est moi qui l'ai acheté l'an dernier, expliqua-t-elle entre deux hoquets. Mon psychologue dit que je dois m'adresser des messages positifs, pour travailler sur mon estime de moi.

– En tout cas, il est d'un très joli jaune, mentit Romano, désireuse de clore le sujet – c'était un message positif modeste mais elle ne trouvait pas mieux. J'ai longé le grillage, pourquoi regardiez-vous par là ?

Agnès Gadaigne renifla de plus belle et sortit de son tablier un mouchoir en papier.

– C'est plus fort que moi, je ne peux pas m'empêcher de regarder dans cette direction.

Du menton, elle montrait le jardin d'Ariane Tourtier. Romano se demanda comment elle, à l'inverse, avait pu ne pas la voir depuis en bas. Puis elle comprit que la voisine l'avait observée à travers les trous de la rembarde ajourée, en forme d'edelweiss. Elle devait être assise sur le pliant de plage, à ras le sol, ce qui la rendait invisible de l'extérieur. Le miracle, dans cette affaire, c'est qu'elle n'ait pas appelé les flics.

– C'est vous qui avez envoyé la photo d'Ariane Tourtier et du père Criaud à l'évêque ?

Agnès Gadaigne approuva de la tête, d'un air grave un peu gâché par un bruyant hoquet.

– Que celui qui n'a jamais péché jette la première pierre.

Putain, se dit Romano, si on donne dans le biblique, il va falloir prendre des forces. Dans son legging trempé, elle commençait à se geler. Un double scotch aurait été bienvenu mais risquait d'enlever à l'expéditrice de la photo anonyme le peu de lucidité qui lui restait.

– Si vous me serviez une petite camomille ? Ou plutôt, corrigea-t-elle pour lever toute ambiguïté, un café. Je me souviens que vous faites de l'excellent café.

Le compliment avait porté. De nouveau, son interlocutrice prit appui pour se relever. Sans brio, certes, mais sans s'étaler.

– Suivez-moi, et ne faites pas attention au désordre, minauda-t-elle.

Romano lui emboîta le pas, d'assez près pour pouvoir la rattraper si nécessaire. Le balcon donnait sur une chambre de garçon impeccable, avec couette Superman et poster Batman, celle de son fils aîné, commenta l'hôtesse. Elle était redevenue la maîtresse de maison parfaite, quoiqu'un peu pâteuse – les deux choses n'ont jamais été incompatibles. Romano jugea prudent de dépasser son hôtesse pour la descente de l'escalier mais l'opération se déroula sans heurts. Dans un accès de lucidité, Agnès Gadaigne avait fermement empoigné la rampe dorée, ce qui, au final, lui donnait une certaine noblesse.

L'hôtesse invita Romano à s'asseoir sur le canapé en cuir blanc. Sur un plateau légèrement vacillant, elle apporta une sélection de dosettes et les fameuses sucettes sucrantes. Puis elle repassa de l'autre côté du bar et réussit, non sans peine, à glisser successivement deux capsules de Intense Black Kenya dans l'engin. Après quoi, épuisée par l'effort, elle s'effondra sur le canapé, à côté de Romano.

– Pourquoi avez-vous envoyé cette photo ?

Agnès laissa tomber ses babouches et se pelotonna avec satisfaction dans un des plaids de mohair blanc. Putain, se dit Romano, je vais avoir droit aux confidences.

– Vous avez déjà été amoureuse ?

Romano avait en horreur tout ce qui ressemblait de près ou de loin à de la complicité féminine. Que la première idiote venue s'autorise à se mêler de sa vie sous prétexte qu'elles étaient dotées du même appareil génital, voilà bien un truc qui la dépassait. Elle prit sur elle pour rester polie.

– Pour le moment, sourit-elle, c'est de vous que nous parlons.

Son interlocutrice n'insista pas. De toute façon, elle se contrefoutait de la réponse à sa question – qui n'était qu'une entrée en matière pour parler d'elle-même. Le regard dans le vide, elle tournicota une mèche de cheveux puis poussa un soupir théâtral et alcoolisé.

– Je suis tombée amoureuse du père Criaud dès le premier jour.

Un sourire béat accompagnait cette déclaration. Parler de l'objet aimé rendait Agnès extatique, comme tous les amoureux. Romano eut droit au récit détaillé de son combat intérieur, car c'était un amour pur mais coupable, de ses atermoiements, des frissons exquis, des tête-à-tête dans la sacristie – un jour, leurs mains s'étaient frôlées en préparant des fleurs. Elle le savait depuis le début, le prêtre ressentait pour elle la même attirance : une femme sent ces choses-là.

– Vous permettez que je me refasse un petit café ? coupa Romano, dont la patience était à rude épreuve.

De toute évidence, la malheureuse exaltée vivait dans ce mythe depuis trop longtemps pour qu'on l'en sorte brutalement.

– Et voilà qu'Ariane Tourtier, qui n'avait pas mis les pieds à l'église depuis son mariage, a débarqué et s'est mise en tête de me faire concurrence. Alors qu'elle était mariée à un homme très bien et qu'elle n'avait besoin de rien. Deux hommes pour elle, zéro pour moi. Ce n'est pas une honte, de chasser sur le territoire des autres ?

Embarquée dans sa juste colère, elle en oubliait qu'on aurait pu lui retourner le compliment. Vouloir faire cocu le bon Dieu n'était pas glorieux non plus.

– Certaines femmes sont insatiables, vous ne croyez pas ?

Romano émit un vague grognement et plongea dans son Intense Black Kenya. Écouter des conneries, passe encore, mais approuver, elle avait du mal, surtout à cette heure de la nuit.

– Et que je te donne des confitures d'oranges amères, et que je te prépare des scones. Vous savez quoi ? L'an dernier, il a refusé mon vin de noix, sous prétexte que ses placards débordaient. Ça s'est vu, ça, un prêtre qui refuse du vin de noix ?

Romano hocha la tête avec un regain d'énergie. Non, ça ne s'était pas vu.

– Elle tissait sa toile sans faire de bruit mais je l'avais à l'œil. Souvent, je les regardais depuis le balcon, assise sur mon pliant. Et un soir, bingo, il lui a passé la main autour du cou. J'ai sorti mon portable et j'ai fait ma photo. Il y a un mois, exactement.

– Quel était votre but, en l'envoyant à l'évêque ?

– Une mutation, bien sûr. J'ai fait des recherches sur Internet : quand des prêtres ont des histoires coupables de ce genre, on les envoie ailleurs, pour se reprendre. Puisque le père Criaud ne voulait pas de moi, pas question qu'il tombe dans les griffes d'Ariane. Le problème, c'est que la lettre pouvait aussi avoir l'effet inverse. Et si, après les remontrances de l'évêque, ils décidaient de s'enfuir ensemble ? Du coup, j'hésitais à l'envoyer, et je n'en dormais plus la nuit.

À son ton geignard, Romano comprit qu'elle espérait se faire plaindre. Si on ne peut plus envoyer de lettres anonymes tranquillement, où va le monde ?

– C'est la mort de François-Xavier Tourtier qui vous a décidée ?

– Évidemment, approuva Agnès avec un naturel déroutant. Maintenant que le malheureux était décédé, plus rien n'allait séparer Ariane et le père Criaud. En plus, ma photo devenait plus intéressante : quand on découvrirait qu'Ariane trompait son mari, elle deviendrait suspecte. Avec un peu de chance, elle se retrouvait en prison, le père Criaud sombrait dans le désespoir et j'étais là pour le consoler.

– Pour charger la barque, vous avez planqué un vaporisateur dans sa salle de bains.

Agnès Gadaigne hocha la tête d'un air satisfait.

– Quand Ariane m'a dit que quelqu'un avait versé du jus de crevette sur les toasts, j'ai décidé de laisser de faux indices, pour vous mettre sur sa piste. Malheureusement, se rembrunit-elle, ça n'a pas marché.

Romano l'écoutait, admirative. Toute à son amour obsessionnel pour le père Criaud, la voisine jalouse jugeait naturel d'expédier des innocents en tôle ou en enfer, sans aucun problème de conscience.

– Maintenant qu'elle est veuve, ils vont filer le parfait amour. Je n'aurais jamais imaginé que François-Xavier me fasse un coup pareil.

La conclusion s'imposait.

– Que voulez-vous, soupira Romano, les hommes sont des salauds.

Romano s'affala sur son canapé. À 2 heures du matin, le bon sens commandait de se coucher. D'autant qu'elle devait déposer Ruru à 7 heures dans sa famille d'accueil, pour le week-end. Clément lui avait indiqué un site spécialisé dans l'échange de garde de chats. Pendant un entretien téléphonique de vingt minutes, elle avait vanté outrageusement les qualités relationnelles de Ruru et ses capacités d'adaptation non moins remarquables. Les propriétaires de Cannelle avaient fini par accepter, tout en précisant que leur vieille chatte avait un caractère *imprévisible* – une saleté hargneuse, avait aussitôt traduit Romano.

Malheureusement, avec tout cet Intense Black Kenya dans les veines, le sommeil risquait de se faire attendre.

Jusqu'à récemment, les litres de café avalés à n'importe quelle heure ne lui faisaient aucun effet. Pour tout dire, elle soupçonnait vaguement ceux qui surveillaient leur consommation de trop s'écouter : mimétisme, autosuggestion, bref, foutaise. Après des mois d'insomnies inexpliquées, elle s'était résignée à supprimer le café du soir, pour voir. Le sommeil était revenu – et elle éprouvait un certain remords d'avoir regardé de haut le reste de l'humanité. Elle assumait son manque d'empathie vis-à-vis de ses frères humains, à l'exception notable de ses proches et de ses collaborateurs. N'empêche, la chose était à surveiller. Pas question de devenir comme ces cons exultant de santé, qui vous expliquent, droit dans les yeux, que le cancer est affaire de psychologie.

Elle alluma une flambée, délogea Ruru du fauteuil ergonomique et s'y installa. Ce truc était l'achat de sa vie : un concentré de technologie au confort inouï. Tant pis s'il ressemblait à un fauteuil de dentiste, comme l'avait remarqué son architecte portugais les rares fois où elle l'avait reçu chez elle.

Après deux minutes à s'étirer, elle releva l'engin, abaissa la tablette et alluma son ordinateur. Sur la carte mentale, elle déplaça vers le bas la branche consacrée au vaporisateur et à la photo, et ajouta le commentaire *Faux indices*. Le nom d'Agnès Gadaigne passa en vert clair, la couleur réservée aux personnes disculpées. Le problème, c'est que le schéma était de plus en plus vert – avec des nuances différentes, représentant le niveau de certitude. Arnaud Vancel ne pensait qu'à son film et à son pognon, Benjamin Locatelli, le benêt expert ès fours solaires, se retrouvait dans la mouise depuis la mort du patron, le père Criaud avait assez à faire avec sa double vie et comptait bien élever sa fille.

Ne restaient que deux branches bleues. D'abord, M. de Courcel. La mort du mari de sa petite-fille écartait définitivement la menace d'un déménagement en Inde. Un mobile tiré par les cheveux, à première vue, mais possible.

Ensuite, Ariane Tourtier. Le scénario classique, pour ne pas dire éculé, du mari haï dont l'épouse était incapable de se débarrasser autrement qu'en le dégommant – indépendamment de l'héritage. Une solution efficace, certes, mais excessive. Si Ariane Tourtier s'était décidée à appeler un des avocats dont elle contemplait la tronche sur les Pages jaunes, elle aurait récupéré une pension équivalente au salaire d'une commissaire de police et aurait coulé des jours heureux. En même temps, se rappela Romano en bâillant, personne ne regrettait ce brave François-Xavier. Pas de quoi faire un drame non plus.

Oui, ce scénario tenait la route. La veuve avait fait la preuve de ses talents de dissimulation, et était bien moins idiote qu'elle n'en avait l'air. D'ailleurs, en avait-elle vraiment l'air ? Avec le recul, Romano s'avoua avoir eu quelques préjugés contre cette fille trop jolie. En réalité, elle faisait une meurtrière honorable, dont le *modus operandi* ne manquait pas de créativité. Elle passa sa branche en orange, histoire d'égayer son schéma. Orange, ça n'engageait à rien.

27

– Une laverie gourmande : ils savent plus quoi inventer !

Le patron du Macchiato remuait de gauche à droite sa tête chauve mais néanmoins couverte d'un filet hygiénique, d'un air amer. Romano remuait la sienne de haut en bas, d'un air compréhensif. Après un soupir écœuré, le cafetier reprit ses commentaires.

– Boire un café en faisant sa lessive, boire un café en faisant réparer son smartphone : on ne peut pas juste boire un café ?

– Je suis bien d'accord, approuva hypocritement Romano.

Sa jeune sœur lui avait fait remarquer qu'elle était une spécialiste du participe présent : manger en lisant, boire un café en travaillant, téléphoner en courant – sa respiration bruyante la trahissait. D'ailleurs, quand elle venait au Macchiato avec ses collègues, c'était pour boire un café en échangeant sur l'avancée de l'enquête.

Le participe présent gagnait du terrain, pas seulement chez elle. La laverie gourmande et le café-atelier de réparation finiraient peut-être par fusionner. Ce jour-là, on pourrait boire un café en faisant réparer son smartphone, en lavant son linge et en travaillant. Elle n'y voyait aucun inconvénient, ce qui n'était pas une raison pour plomber davantage le moral du patron.

– Je parie qu'ils se casseront la figure, reprit-elle d'un ton joyeux. Ils ont mis sur la vitrine que c'était un concept unique : il y a sûrement une raison. Combien de temps faut-il pour boire un café ? Combien de temps faut-il pour faire une lessive ? CQFD. Ces trucs à la mode, ça ne marche jamais. Regardez le bar à chats, il n'a pas tenu un an.

– C'est bien la seule fois de ma vie où j'ai vu une manifestation servir à quelque chose, remarqua-t-il.

Quand la rumeur justifiée de maltraitance des chats s'était étendue dans le quartier, une association de défenseurs des animaux avait investi les lieux avec la détermination d'une armée de pro-life devant une clinique d'avortement. Tout compte fait, la fermeture administrative avait été ordonnée pour limonade de sureau trafiquée. La propriétaire s'était dégoté un quatrième mari en quelques semaines et l'avait suivi à la Réunion.

Le patron posa sur le plateau la cochonnerie XXL de Clément, le chocolat chaud et le double expresso.

– Sans sucre ni touillette, commenta-t-il avec fierté – Tellier, scandalisé du gâchis, lui avait fait la leçon pendant des semaines.

Au moment où Romano s'asseyait, son adjoint la rejoignit, avec un air rayonnant qui ne manqua pas de l'inquiéter.

– Pour le blog, j'ai trouvé la solution. Je vais le faire sous le nom de Louise, elle est d'accord.

– Évidemment ! s'exclama Romano.

Elle aurait dû s'y attendre. L'ex-femme du capitaine apportait un soutien indéfectible à tous ses mauvais coups. À l'image de mesdames Mao, Marcos et de quelques autres, il lui arrivait même de surpasser son ex-époux dans sa folie. La fatigue de la nuit trop courte lui tomba d'un coup sur les épaules. Il fallait pourtant arrêter ce truc, et tout de suite.

– Réfléchissez deux secondes ! Vous ne pouvez pas vous insurger contre les *Minions*, alors qu'ils ont fait six millions d'entrées et que l'humour est inattaquable, donner votre grain de sel sur les attentats ou mettre en cause quelqu'un qui a critiqué la mort d'un gamin de vingt ans. De la part d'un flic, en plus ! On va vous traiter de réac, ou même de facho.

Tellier ouvrit de grands yeux.

– Facho, moi ?

Romano se rapprocha de son adjoint et lui posa la main sur le bras. Elle y était allée au scalpel, comme toujours, et regretta de ne l'avoir pas ménagé un peu plus. Il fallait pourtant lui ouvrir les yeux. Tellier, qui avait été muté de Marseille pour avoir dit trop fort ce qu'il pensait des violences policières, qui offrait des exemplaires de *Si c'est un homme* à toutes les tombolas de Noël, qui avait emmené ses filles à la commémoration de la libération des camps, qui était le seul cadre roubaisien ou presque à les avoir scolarisées dans le collège public local, et qui avait milité au MRAP, à SOS Racisme et à la Cimade (peu de temps certes : il finissait toujours par être en désaccord sur un point ou un autre), risquait bel et bien de se faire traiter de facho. Or Tellier était pinailleur, raisonneur, fatigant, excessif, emmerdant et bien d'autres choses encore, mais Tellier n'était pas facho.

– Ne sous-estimez pas la paresse humaine : il est plus simple de classer les gens en deux ou trois catégories que d'essayer de réfléchir par soi-même.

Le capitaine hocha la tête, trop abattu pour se lancer dans une de ses diatribes.

– Vous avez peut-être raison.

– On se met au boulot ? Je vous raconte tout de suite, comme ça, vous m'aiderez à refaire une version plus lente pour Clément. Avec lui, mieux vaut s'y mettre à plusieurs. J'ai fait une petite sortie, hier soir, et j'ai résolu la question de notre photo anonyme.

En quelques phrases, elle lui raconta sa visite nocturne chez Agnès et les aveux de cette dernière.

– En somme, conclut Tellier, on avance d'un pas, puisqu'on a l'expéditeur de la photo, mais on recule d'un autre, puisque l'envoi n'a rien à voir avec le meurtre.

– Cheffe, cheffe ! J'ai du nouveau !

Clément avait fait irruption dans le café, surexcité, essoufflé et triomphant. Quand Clément triomphait, Clément accourait, avec une précipitation joyeuse qui n'était pas sans rappeler celle d'un chien rapportant une baballe. En dépit des apparences, la comparaison de Romano n'avait rien de méprisant. Mieux vaut ressembler à un bon chien, loyal et radieux, qu'à un sale con.

– François-Xavier Tourtier était au bord du trou, annonça-t-il, solennel.

Romano et Tellier échangèrent un regard. Si Clément renonçait à tourner interminablement autour du pot, il se passait quelque chose pour de bon.

– Le banquier du Luxembourg m'a rappelé. François-Xavier Tourtier avait 148 234 euros sur son compte.

– Beaucoup s'en contenteraient, remarqua Tellier.

– Je n'ai pas fini. Dans cette même banque, il avait contracté un prêt de huit millions d'euros il y a trois ans, pour acheter un terrain de quatre-vingt-dix hectares en Croatie, avec vue sur la mer, en partenariat avec un ex-collègue. L'opération visait à construire un complexe hôtelier grand luxe. Le banquier n'a pas eu le temps de rentrer dans les détails mais les deux associés lui avaient garanti qu'ils obtiendraient le permis de construire. Le projet était très axé sur le développement durable, avec panneaux solaires, potager méditerranéen, etc. Mais cela n'a pas empêché ces salauds d'écologistes, c'est le banquier qui les a appelés comme ça, de s'en mêler et de tout planter. Le prêt prévoyait un moratoire de quarante mois sur les remboursements, le temps de construire, mais les échéances de trente mille euros allaient commencer le mois prochain.

– Le terrain peut être revendu ?

– Les élus du coin veulent le préempter pour leur parc naturel. Ils l'achèteront au dixième du prix payé par Tourtier et son associé. Comme le couple était sous le régime de la communauté, sa veuve récupère la dette.

– Merde ! s'exclama Romano. L'héritage ne se présente pas comme je l'avais imaginé.

– Au départ, le banquier luxembourgeois espérait se rembourser sur le patrimoine de l'épouse. Mais quand il en a parlé à Tourtier, le mois dernier, son client lui a ri au nez. Il se demande si ce salaud, c'est lui qui l'a appelé comme ça, n'était pas en train d'organiser un divorce accéléré pour protéger le patrimoine de sa femme. Il a appelé ça un « divorce blanc », comme les mariages blancs, à l'envers, je ne savais pas que ça existait.

– Auquel cas, remarqua Tellier, la mort de M. Tourtier tombe au plus mal pour sa veuve, qu'il n'a pas eu le temps de mettre à l'abri.

– À mon avis, objecta Romano, il n'y avait pas de projet de divorce, ni blanc ni pas blanc. Le notaire nous en aurait parlé, ou alors Ariane. Simplement, ce pauvre banquier luxembourgeois ne savait pas que beau-papa avait tout croqué à la roulette et que le patrimoine familial d'Ariane avait fondu depuis longtemps.

– Quoi qu'il en soit, la situation d'Ariane Tourtier n'a rien d'enviable. Elle récupère trois millions d'euros de dettes.

– Reste à savoir si elle était au courant.

– Dans le détail, peut-être pas, mais elle pressentait que les choses allaient mal. Tourtier avait resserré les robinets, elle en a parlé.

– Et l'assurance-vie ?

– Pas d'assurance-vie !

Romano siffla, impressionnée.

– Un ex-banquier sans assurance-vie, ce type était un original. Côté financier, la mort de Tourtier est une catastrophe pour sa veuve.

Elle passa la main dans ses cheveux et réfléchit quelques secondes.

– Et une vengeance de l'associé de Tourtier dans cette affaire de terrain foireuse, ce serait possible ?

– Il est mort d'un cancer il y a six mois. D'après le banquier, c'est lui qui avait entraîné Tourtier dans l'affaire et non l'inverse.

– Autrement dit, il ne nous reste que ce vieil égoïste de De Courcel à nous mettre sous la dent.

Elle sortit son ordinateur de son sac à dos, ouvrit sa carte mentale et fit passer la branche d'Ariane Tourtier du orange au vert, avec plus de satisfaction que de frustration. Innocenter la principale suspecte ne faisait pas avancer les choses mais confirmait son intuition – ce qu'elle n'aurait jamais avoué, même sous la torture.

L'hostilité de Romano envers l'intuition s'apparentait à une espèce d'éthique professionnelle, terme grandiloquent qu'elle n'aurait jamais utilisé. Elle était une adepte radicale du raisonnement, de l'approche scientifique, de la preuve irréfutable. Malgré tout, au terme d'une observation on ne peut plus scientifique, elle avait dû se rendre à l'évidence. Quand ses intuitions résistaient à ses tentatives d'éradication, elles avaient tendance à être justes. Ou plutôt, elles étaient toujours justes – au moins jusqu'à ce jour. Heureusement, ces rares intuitions, collantes et fiables, avaient le bon goût de lui désigner des innocents et non des coupables. Sinon, son métier aurait perdu une grande partie de sa saveur.

– Vous n'aviez pas un train à prendre ? s'inquiéta Tellier.

Romano jeta un coup d'œil à sa montre.

– Si, la communion de ma filleule, quelle corvée. On fait le point lundi matin. Le week-end porte conseil.

Elle attrapa son sac à dos et se retourna juste avant de sortir du café.

– Et rassurez-vous, Ruru est en de bonnes mains. J'ai fait passer un entretien téléphonique à sa famille d'accueil : ils ont d'excellentes qualités relationnelles et les capacités d'adaptation de leur chatte sont exceptionnelles. L'inverse est vrai aussi.

– À ce propos, intervint Clément, pas très à l'aise. Le capitaine m'a dit, pour votre rendez-vous chez le zoopsychiatre. J'ai été très touché : on peut dire que ce chat a eu de la chance de croiser votre route.

– Hum hum, approuva sobrement Romano en ouvrant la porte.

Elle aurait volontiers ajouté que l'inverse était un peu moins vrai mais ne voulut pas gâcher l'émotion du moment.

28

– Putain d'A22 de merde ! jura Romano en ajoutant son klaxon au tapage général.

Voilà qui n'allait pas améliorer son humeur. Comme toutes les réunions de famille, le week-end avait été en demi-teinte. Un réel plaisir de retrouver ses neveux et nièces, pour qui elle était une vraie star : en tant que tante célibataire et flic, il ne pouvait pas en être autrement. De bons moments à se faire chambrer par Jean-Gonzague, ravi d'apprendre qu'elle passait ses journées entre les prêtres et les évêques – juste retour des choses. Une cérémonie de communion avec applaudissements et guitare charismatiques, qui avait au moins le mérite de maintenir l'assemblée éveillée, elle comprise. Et, en toile de fond, quelques doutes sur l'épanouissement de sa sœur, qui s'épuisait à fabriquer des purées bio de saison pour sa marmaille, et que sa cinquième grossesse avait laissée maigre comme un clou. À l'inverse du cliché traditionnel, les femmes de son entourage perdaient des kilos à chaque nouveau gamin : elle se demandait s'il fallait en déduire quelque chose.

Le klaxon ne couvrait pas les protestations de Ruru, qui miaulait comme un fou, pour la première fois depuis qu'elle en avait hérité. Le stress du voyage, ou peut-être une riposte contre les deux jours d'abandon. D'après le rapport circonstancié de sa famille d'accueil, il s'était pourtant remarquablement comporté. Une bonne nouvelle, même si cela renforçait les soupçons de Romano sur sa volonté de lui nuire personnellement.

Le numéro de João s'afficha pour la troisième fois de la matinée. Il n'y avait aucune raison de ne pas lui répondre, a fortiori coincée dans un embouteillage, alors qu'elle n'avait rien de mieux à faire. Elle laissa pourtant s'écouler les cinq sonneries, en respirant profondément pour échapper à la sensation d'étouffement physique qui pointait. Petit à petit, malgré les mille huit cents kilomètres entre eux, l'architecte envahissait son espace. Déjà, à Porto, le peu de temps où ils marchaient ensemble, elle le trouvait trop proche physiquement. Elle avait généreusement mis cela sur le compte de sa culture – les spécialistes de la proxémique savent que la distance physique entre individus varie selon les pays. Mais là-bas, du moins, elle avait la possibilité de prendre le large une heure ou deux, ou même d'avancer son vol.

Cette fois, il avait laissé un message. Qui avait au moins le mérite d'être inattendu. « Bonjour madame, ces gants sont-ils en laine ? Pouvez-vous me dire combien coûte ce chapeau ? » Il répétait ces phrases débiles trois fois de suite, en articulant exagérément. Puis expliquait, en anglais, qu'il avait investi dans une méthode Assimil pour progresser plus vite. « Tu me manques, concluait-il, je vais débarquer chez toi, ça sera bon pour mon français. »

Il avait pris soin d'adopter un ton rigolard, pour souligner la boutade. Mais le ton n'était qu'un détail : ce qui était dit était dit. Romano imagina sa tête venant s'encadrer dans sa porte, à l'improviste. Quelle horreur.

Elle se souvint que les noces avec l'architecte australienne étaient déjà son troisième essai – ce qui indiquait une tendance compulsive au mariage. Et s'il se mettait en tête de ne pas rester sur cet échec cinglant ? Et qu'il dégaine une bague, comme François-Xavier devant Ariane ? Pourquoi les choses ne pouvaient-elles pas rester *en l'état*, un état instable, peut-être, mais qui lui convenait si bien ?

– Bonjour mon cœur, comment vas-tu ?

Son ton ravi ne facilitait pas la grande scène de rupture. En même temps, les progrès de sa prononciation confirmaient qu'il fallait faire vite.

En trois phrases, elle fit mine de se justifier : le travail, le temps, des trucs de ce genre.

– Désolée, conclut-elle, je crois que c'est mieux comme ça.

Elle avait sorti, par réflexe, sa phrase habituelle – celle-là même avec laquelle il l'avait quittée un an plus tôt. Elle espéra qu'il n'avait pas relevé : il n'y avait de sa part aucune intention de revanche. Quoique. Peut-être fallait-il qu'elle le largue elle-même pour en être guérie ? Pas glorieux mais possible. Passons. L'introspection n'avait jamais été son truc. Elle raccrocha et s'étira, avec la satisfaction du devoir accompli. Cette affaire prenait une allure dangereuse.

L'autoroute était maintenant complètement bloquée, et Ruru ne décolérait pas. Elle décida d'allumer son gyrophare. Quitte à ajouter des décibels aux décibels, autant que ça serve. Puis elle s'engagea sur la bande d'arrêt d'urgence pour gruger les cinq cents mètres qui la séparaient de la sortie et slaloma dans les rues comme si elle traquait un serial killer en fuite. Pas très légal mais distrayant.

Elle grimpa ses étages quatre à quatre, avec les sept kilos et demi de chat à bout de bras, ouvrit la cage, vérifia que le distributeur de croquettes était plein et reprit la route du commissariat.

Après quelques bonjours à la volée, elle grimpa à son bureau, où Tellier l'attendait.

– Vous vous rendez compte ? Trois quarts d'heure pour récupérer la bestiole dans sa famille d'accueil ! Je ne sais pas si vous mesurez bien l'ironie de la chose : moi qui ai laissé ma famille à mille kilomètres et ai organisé ma vie pour être libre comme l'air, je me retrouve esclave d'un chat obèse et à moitié débile. Et qui est-ce qui m'a imposé ce boulet ? Clément, évidemment. S'il n'avait pas fait étape pour me voir à l'hôpital, alors qu'il était en route pour la SPA, je n'en serais pas là. Typique : des conneries innocentes aux conséquences incalculables.

Tellier hocha la tête sobrement, partagé. Les expressions grandiloquentes et la lenteur d'esprit de Clément l'agaçaient mais il appréciait sa conscience professionnelle. Par ailleurs, le capitaine détestait dire du mal de qui que ce soit. Critiquer la marche du monde, oui, mais pas ses collègues. Encore moins quand il était de bonne humeur. Il semblait avoir digéré l'abandon du blog plus vite que prévu.

– D'ailleurs, qu'est-ce qu'il fout ? reprit Romano. Encore plus en retard que moi !

– Il a envoyé un SMS pour dire que sa fille avait encore une otite et qu'il prenait sa matinée. Je crois qu'il vous l'a adressé aussi.

– J'avais oublié.

Romano se garda de tout commentaire. Son féminisme lui interdisait de se plaindre quand ses collaborateurs hommes prenaient des jours d'enfant malade. Car enfin, si papa ne restait pas à la maison, ça retombait forcément sur maman. En somme, c'était emmerdant pour elle mais bon pour la cause – la seule cause pour laquelle elle parvenait à faire passer ses intérêts personnels derrière l'intérêt général.

La voyant plus calme, Tellier ouvrit la boîte en plastique qu'il tenait sur ses genoux et lui tendit un cookie.

– Ma première fournée cuite au four solaire, ça date d'hier !

– Félicitations ! s'extasia la commissaire en essayant de se mettre au diapason de son adjoint, qui la regardait comme un gamin de cinq ans devant son collier de pâtes.

Elle croqua dans le biscuit puis enfourna le tout, qui se délitait dangereusement.

– Un peu mou mais bon quand même. Je vais me chercher un autre café et on file voir M. de Courcel. C'est notre seul suspect et donc le numéro 1.

À la machine à café, les cookies solaires de Tellier étaient le sujet de conversation du jour. Les commentaires se réduisaient à deux variantes : « un peu mous mais bons quand même » et « bons mais quand même un peu mous ». Pas un ricanement, pas un sourire en coin, pas une comparaison, qui aurait forcément été défavorable, avec les œuvres de Martine. Putain, se félicita Romano en remontant vers son bureau, cette équipe est sacrément soudée.

Cette fois encore, l'imposante porte en bois du vieil immeuble s'ouvrit dès que Romano et Tellier sonnèrent à l'interphone, sans que le vieil homme demande à ses visiteurs de se présenter. Sur le palier, ils entendirent des pas vifs approcher de la porte. Ils pensaient voir apparaître l'aide-ménagère croisée lors de leur première visite mais ce fut Ariane Tourtier qui leur ouvrit, l'air soucieux. Elle ne pensa même pas à les interroger sur les raisons de leur présence.

– Grand-père a été hospitalisé en urgence hier, après un malaise. Je suis venue chercher quelques affaires à lui apporter.

– Rien de grave ?

– Une crise d'asthme qui persistait malgré la Ventoline. Il ne pouvait pas parler mais il a eu le réflexe de faire sonner mon portable. Le Samu l'a emmené. Il a passé la nuit sous oxygène et ça va un peu mieux. J'ai dormi dans sa chambre, sur un fauteuil.

– Vous retournez à l'hôpital tout de suite ?

– Je lui apporte un pyjama et son livre, on ne sait pas quand il sortira.

– On vous accompagne là-bas.

– C'est gentil mais je suis en voiture, pas la peine.

– Ce n'est pas une proposition, c'est une information. Nous devons parler à votre grand-père d'urgence, dans le cadre de l'enquête.

Ariane Tourtier posa son sac à main Lancel sur la petite table et s'appuya au mur, livide. Tellier, mal à l'aise à la perspective d'interroger un octogénaire hospitalisé, baissa les yeux. Après deux secondes de silence, la jeune femme reprit la parole, d'une voix faible.

– Grand-père a besoin de repos.

– Vous avez dit qu'il allait mieux, on verra sur place, répondit Romano d'un ton guilleret. Et s'il faut attendre, on attendra, on est des gens patients. Il est toujours aux urgences ou on l'a transféré dans un autre service ?

– Maladies dégénératives, bâtiment H, chambre 313. J'imagine que vous y serez avant moi.

Elle avait parlé d'une voix neutre, consciente qu'il ne servait à rien de résister.

À la barrière de sécurité de l'hôpital, Romano baissa sa vitre et salua le gardien.

– Vous pouvez m'indiquer le bâtiment H ?

– À mi-chemin entre la morgue et la maternité.

Romano s'engagea sur le boulevard périphérique de l'hôpital. Une fois sur le parking, elle avisa un bosquet de forsythias qui égayait le béton et en arracha quelques branches, sous le regard désapprobateur de Tellier.

– Ne me faites les gros yeux. On ne va jamais voir un malade sans apporter des fleurs, question de savoir-vivre.

– Pff, fit Tellier, vous avez massacré ce pauvre arbuste pour rien. Les visites ne commencent que dans une heure. Si on nous prend pour des proches, on va nous rembarrer.

– Tout le monde n'est pas aussi tatillon que vous. D'ailleurs, prenez les fleurs, ça vous donnera une contenance, vous êtes mauvais comédien. Souriez, prenez l'air gai. Dans un hôpital, personne ne résiste à la bonne humeur.

Tellier arrangea les branches comme il put, tout en maugréant. En plus, fit-il remarquer, le jaune était la couleur de la trahison.

Ils arrivèrent sans encombre à la chambre 313, après avoir salué quelques blouses blanches avec enthousiasme. Romano toqua à la porte et une voix faible leur répondit.

Enveloppé jusqu'au cou dans son drap blanc, le petit vieillard semblait encore plus fragile. D'une main décharnée, il attrapa non sans mal la télécommande suspendue au-dessus du lit. Il releva le matelas et fit un effort pour se redresser aussi. Au moins, il n'en rajoutait pas dans le genre moribond. Ceci dit, la chemise blanche de l'hôpital, qu'on apercevait maintenant, ne lui donnait pas meilleure mine que le drap. La potence à roulettes, où était fixée la pochette de sa perfusion, n'égayait pas l'ambiance – quelle idée, aussi, d'utiliser le même terme pour les malades et pour les pendus. En somme, tout cela ne faisait pas un meurtrier très effrayant.

En le regardant dans les yeux, Romano comprit comment elle s'était fait piéger. La fragilité du bonhomme n'aurait pas suffi à l'aveugler, elle en avait vu d'autres. Mais comment résister à ce regard pétillant de vie, sur ces traits maigres et tirés. Le vieux bonhomme avait un charme fou.

– On vient vous voir au sujet de la mort de François-Xavier Tourtier, on a bien progressé.

– Vous n'allez pas annoncer publiquement que c'est un suicide, j'espère ? Ariane aura bien besoin de l'assurance-vie pour éponger les dettes.

Le vieil homme avait parlé d'une voix basse, presque hypnotique. Il fallait y aller franco pour ne pas rentrer dans son jeu.

– Vous savez très bien qu'il n'y a pas de suicide. Ni d'assurance-vie d'ailleurs – ça, vous ne le saviez peut-être pas. Vous vous êtes occupé de François-Xavier Tourtier personnellement, pour ne pas claquer tout seul à six mille kilomètres de votre petite-fille.

Le vieillard esquissa un sourire amusé, qui se transforma vite en rictus de douleur.

– Un vieux monsieur comme moi, concevoir un assassinat ? Vous me flattez, commissaire, j'en serais bien incapable, même pour débarrasser ma petite-fille de ce boulet.

On toqua à la porte et la petite-fille en question entra dans la chambre, en ignorant superbement les flics.

– Je t'ai apporté tes affaires, ça va mieux ?

Romano rouvrit la porte et fit signe à Ariane Tourtier de sortir.

– Allez à la cafétéria du rez-de-chaussée, on vous rejoint dans dix minutes.

Le vieillard fit un signe d'assentiment et sourit faiblement. La jeune femme fit demi-tour, tête haute et regard glacial.

Romano reprit aussitôt, pour ne pas laisser retomber la tension.

– Étrangler un type en pleine santé à mains nues, je ne dis pas que vous pourriez. Vous savez qu'il faut plus de cinq minutes pour un étranglement ? Mais verser du jus de crevette dans une vaporette, je vous y vois très bien. Il paraît que vous avez été champion d'échecs.

Les yeux du vieil homme sourirent de nouveau.

– C'est vieux, et je ne vois pas le rapport.

– Disons que cela dénote une intelligence stratégique incontestable.

– À l'approche de la mort, on recherche la paix, croyez-moi.

– Brassens l'a dit mieux que moi, le temps ne fait rien à l'affaire. Les vieux ne sont pas plus innocents que les autres. La société les laisse crever dans leur coin mais leur accorde un traitement de faveur dans certaines situations extrêmes. Les vieux criminels font pitié, et les assassinats de vieillards bouleversent plus que les autres – mieux vaut pourtant se faire dégommer à quatre-vingts balais qu'à vingt.

Tellier écoutait, crispé. La brutalité de Romano était souvent efficace mais il avait du mal.

– Est-ce que je mentirais quelques heures après avoir frôlé la mort ?

– Il ne suffit pas de porter une veste sans col et d'habiter dans seize mètres carrés pour atteindre la sagesse. Vous jouez les ermites mais vous êtes un vieil égoïste comme les autres. Vous ne vouliez pas perdre votre petite-fille après votre fille : aussi simple que ça.

Un toc-toc énergique se fit entendre et un jeune type en blouse blanche, avec piercings à l'oreille et cheveux jaunes hirsutes, fit irruption dans la chambre. Des yeux noir charbon, des traits fins, bref, beau mec malgré ses efforts pour s'enlaidir.

– Qui vous a permis de rentrer ? M. de Courcel doit se reposer.

Romano dégaina sa carte et annonça son titre, qui ne produisit pas tout à fait l'effet escompté.

– Rien à faire, les flics sont toujours aussi malins. Cet homme a failli y passer et vous débarquez comme deux cow-boys !

Tellier, rouge de confusion, se dirigeait déjà vers la porte. Romano n'avait pas le choix.

– On revient demain. S'il vous prend l'idée de faire sortir M. de Courcel avant, prévenez-nous.

Dans le couloir, Tellier remarqua qu'il avait toujours les forsythias à la main. Devant son air embarrassé, Romano le débarrassa.

– Je vais trouver une poubelle. Ariane Tourtier nous attend à la cafète, allons-y. On ne va pas se laisser démonter par un médecin punk – où va le monde ?

– M. de Courcel a quand même failli mourir cette nuit, remarqua Tellier, d'une voix pâle.

– Failli, failli ! Si je vous racontais tout ce que j'ai failli faire, ce ne serait pas beau à entendre. Allons rejoindre la veuve, j'ai une petite idée pour la faire causer.

Tellier prit acte, en silence. Quand les choses s'accéléraient, il avait l'habitude que Romano prenne les rênes.

La jeune femme était assise à une petite table ronde, à côté d'un vieux moustachu en pantoufles, sans doute installé là pour respirer un peu de jeunesse. Il portait son gobelet à sa bouche d'une main tremblante. Dire que c'était sûrement le meilleur moment de sa journée.

Par chance, le bonhomme se mit en branle à leur arrivée et s'achemina lentement vers la sortie. Romano prit place en face d'Ariane Tourtier.

– Votre grand-père a avoué le meurtre, fin de partie.

La jeune femme se raidit. Romano se demanda si elle allait flairer le piège.

– Je ne sais pas ce qu'il vous a dit mais il n'est pas dans son état normal. C'est un abus de faiblesse, des aveux extorqués sans aucune valeur.

Elle se planqua le visage dans son gobelet mais Romano le lui prit des mains.

– Votre thé est fini et vous nous avez fait perdre assez de temps. On est venus vous prévenir gentiment, rien ne nous y oblige.

– Je vous assure qu'il ne ferait pas de mal à une mouche. Il n'aimait pas François-Xavier mais n'aurait jamais fait une chose pareille.

– Une chose pareille ! Ces formules à la con ne veulent rien dire, vous le savez comme moi. C'est un vieillard égoïste, comme tant d'autres, qui ne voulait pas se retrouver seul. Sauf que lui est malin.

Tellier prit son courage à deux mains pour lui venir en appui. Il avait préparé une phrase qui n'était pas vraiment un mensonge.

– Il ne supportait pas de vous perdre après avoir perdu sa fille.

La jeune femme se mit à pleurer. Difficile de dire si son émotion venait de l'évocation de cet épisode ou du stress des questions.

– Vous croyez qu'il mentirait juste après avoir frôlé la mort ?

– Soyez gentille, arrêtez les bobards une fois pour toutes. Vous vous en doutiez depuis le début. En faisant accuser Arnaud Vancel, avec vos menaces de mort bidon, vous vouliez couvrir votre grand-père.

Ariane Tourtier attrapa une serviette en papier sur le plateau, s'essuya les yeux et leur lança un regard rouge mais déterminé.

– Dès que vous avez parlé de meurtre, j'ai compris. Voilà pourquoi grand-père était allé s'isoler quelques minutes juste avant le discours : se reposer, ce n'est pas son genre. Mais sur le mobile, vous avez tout faux. Il n'a pas agi par égoïsme mais pour me débarrasser de François-Xavier. Il avait compris que c'était le seul moyen. Je ne regrette pas de l'avoir défendu et je suis prête à le suivre en prison.

Putain, se dit Romano, encore des conneries.

– On est des gens bien élevés, on l'arrêtera quand il sera rentré chez lui. En attendant, vous pouvez lui apporter son pyjama.

29

Romano mangeait son sandwich en faisant la grimace.

– Le vôtre a l'air aussi dégueulasse que le mien. La salade fanée, c'est pas terrible avec le thon mayonnaise. On aurait mieux fait d'aller dans une boulangerie à l'extérieur de l'hôpital.

– Vous n'avez pas peur que le grand-père ait un choc en apprenant que sa petite-fille l'a trahi, même involontairement ?

Elle enfourna une poignée de chips parfum barbecue.

– Le cent pour cent industriel, dans ce genre d'endroit, il n'y a que ça de vrai. Je pensais que la cafète de la maternité serait meilleure mais c'est la même chaîne partout.

Tellier jeta un regard sur les tables voisines, occupées par des hommes jeunes et des enfants.

– Les clients ont l'air moins tristes.

– Mais la bouffe est aussi dégueulasse, je préférerais que ce soit le contraire. Ne vous inquiétez pas pour de Courcel. Le vieillard sec comme une trique est increvable, c'est connu.

Tellier fit une moue.

– D'après le médecin, son état est grave.

– Comment voulez-vous faire confiance à un médecin punk ?

Les sourcils de Tellier se froncèrent dangereusement. Il n'avait aucun sens du second degré.

– Détendez-vous, je plaisante. Punk ou pas, il garde ses patients comme un cerbère. Si on arrête le vieux là-bas, on aura du scandale. Je n'ai rien contre, mais quand on n'a ni preuves ni aveux, ce n'est pas forcément judicieux.

– Je ne suis pas sûr que le médecin nous prévienne de sa sortie. Quant à Ariane Tourtier, elle semble prête à tout. Il n'est pas exclu qu'elle tente d'aider son grand-père à se cacher quelque part.

– Ils sont capables de le lâcher très vite, approuva Romano. Avec le trou de la sécu, on se retrouve sur le trottoir avant d'être réveillé de l'anesthésie, avec une tape dans le dos. Façon de parler, bien sûr, corrigea-t-elle en se souvenant que Tellier avait une sœur infirmière.

– Sans compter que M. de Courcel peut signer une décharge pour sortir plus vite, même si je doute que sa petite-fille prenne le risque. On a intérêt à surveiller les lieux.

Le portable de Romano sonna et le nom de Bertin apparut sur l'écran. Elle jugea prudent de décrocher.

– Bien sûr, monsieur le divisionnaire, avec plaisir. Je suis là dans trente minutes.

En quelques phrases entrecoupées de chips, elle expliqua à Tellier que le ministère avait pris connaissance avec intérêt du projet « Gagnons du temps avec la fiche de temps ». Bertin avait un *call* à ce sujet cet après-midi. Il voulait qu'elle le *briefe* avant – à moins bien sûr qu'elle ne veuille participer à la visioconférence.

– Bertin me pardonnerait peut-être de laisser échapper un tueur d'enfants, mais de passer pour un con par ma faute, jamais. Je vous laisse la voiture et j'y vais en métro. Retournez au parking du bâtiment H. Je demande à Clément de vous rejoindre : pour les filatures, il n'est pas mauvais.

À l'inverse, Tellier n'était pas doué pour cet exercice – sans doute n'en aimait-il pas le côté sournois.

– C'est exactement ça, monsieur le divisionnaire. Je suis partie d'un intervalle de confiance à quatre-vingt-dix pour cent, ce qui m'a conduite à prélever des données sur huit semaines. Ensuite, j'ai comparé cet échantillon avec la série de données complète – les chiffres bidon que j'ai extrapolés, mais ça, on n'en parle pas.

Bertin fit signe qu'il avait compris et se leva de son siège de chef.

– Je me mets au tableau et je vous refais la démonstration comme si vous étiez le ministère.

Armé de marqueurs de deux couleurs différentes et du sourire charmeur réservé à la hiérarchie, Bertin se lança avec brio dans sa présentation.

Romano écoutait sans un mot, impressionnée de sa capacité à s'approprier les idées des autres. Comme quoi, en cherchant bien, tout le monde a un talent.

– D'où le nom du projet : « Gagnons du temps avec la fiche de temps ». Je vous remercie de votre attention et suis bien sûr à votre écoute, pour toute remarque ou question.

Au moment où Romano se fendait d'un sourire admiratif, et pour une fois sincère, son portable vibra. D'un coup d'œil plus ou moins discret, elle vit que l'appel venait de Tellier. Elle aurait volontiers décroché mais les félicitations s'imposaient d'abord.

– Je suis impressionnée par votre esprit de synthèse.

– L'aspect statistique était clair ?

– Impeccable ! Explications pédagogiques à souhait, exemple parlant, niveau de détail adapté à l'auditoire. Bravo.

– Et la voix, c'était bien ?

– Parfait aussi. Articulation claire, voix qui porte, ton dynamique.

– Et au niveau du langage non verbal ? Je me demande si je n'aurais pas dû regarder mon auditoire un peu plus.

Le portable avait cessé de vibrer. Putain, se dit Romano, il va m'emmerder encore longtemps ?

– Pas du tout, au contraire. Très bon équilibre du regard entre le tableau et l'écran d'ordinateur à travers lequel ils vous verront. Quant à votre gestuelle, elle appuyait votre propos tout en restant naturelle. Nickel, vraiment.

Elle avait à peu près épuisé le champ lexical de la perfection. Encore une question et elle risquait fort de sécher, ou, plus grave, d'être reprise par sa manie de se foutre de la gueule de son chef.

Le regard scrutateur de Bertin cherchait à évaluer sa sincérité. Au prix d'un effort considérable, elle parvint à conserver l'expression grave de circonstance. Il finit par esquisser un vague sourire, moins éclatant, certes, que celui destiné au ministère, mais elle n'en avait jamais eu autant. Apparemment, il y croyait – on a toujours envie de croire aux compliments.

– Très bien, vous pouvez y aller.

Elle dégringola l'escalier tout en rappelant son adjoint, qui décrocha aussitôt.

– Ariane Tourtier est sortie du bâtiment avec son grand-père, qui marche difficilement. Elle vient de démarrer, on est derrière elle, on arrive à la barrière de l'hôpital.

– OK, je chope une voiture et je vous rappelle.

Elle se précipita vers le vieux flic de l'accueil et lui demanda où trouver les clés d'une voiture de service.

Deux minutes plus tard, elle sautait dans une 308 flambant neuve et appelait Tellier par radio.

– Elle a pris la direction de l'autoroute, autrement dit, ils ne vont pas chez lui. Possible qu'elle l'amène chez elle se reposer.

– Possible, approuva Romano. Je suis sur le boulevard de l'Égalité, je devrais être avec vous dans moins d'un quart d'heure.

Deux minutes après, Tellier la prévenait d'un changement de direction.

– Elle prend l'A22 direction Gand.

– Et merde ! Elle a décidé de planquer papi quelque part – ce qui, soit dit en passant, est moins con que de l'accompagner en prison.

– Sauf qu'elle risque de l'y accompagner quand même. Complicité pour tentative de fuite, elle est mal partie. Elle est sur la file de droite, à cent dix, et nous aussi, quatre véhicules derrière. Elle ne nous a pas repérés. On vient de passer la sortie Vauban.

– Parfait, je vous rattrape.

En arrivant sur l'autoroute, Romano éteignit son gyrophare. Cinq minutes plus tard, elle repérait la Clio et prévenait ses collègues qu'elle se rangeait derrière eux.

La limitation de vitesse était passée à cent trente, mais le 4 × 4 maintenait son allure, à tout juste cent dix, comme si le stress faisait redoubler la conductrice de prudence. Elle se faisait dépasser en permanence et les flics avaient du mal à garder plusieurs véhicules entre eux et elle. À chaque dépassement, ils étaient obligés de ralentir encore, pour se laisser doubler à leur tour. Leur présence devenait de moins en moins discrète.

Romano appela Clément et Tellier pour changer de tactique.

– Elle va finir par nous repérer, ou le grand-père, c'est un malin. La frontière est dans six kilomètres et il n'y a pas de sortie d'ici là. Je préviens les collègues qu'ils arrêtent sa voiture et on l'interpelle là-bas. Je passe devant vous.

À peine avait-elle fini sa phrase qu'Ariane Tourtier clignotait vers une station-service.

– Changement de programme. On la suit, je me gare derrière elle et je la maîtrise. Avec son grand-père à l'intérieur, je doute qu'elle tente quoi que ce soit, mais garez-vous à côté, au cas où.

Le 4 × 4 se dirigea vers l'une des pompes et la conductrice en sortit, clés et carte bleue à la main. Romano se gara derrière tranquillement, comme pour faire le plein aussi, puis bondit du véhicule. Elle plaqua Ariane Tourtier contre le capot de la voiture et la menotta aussi sec.

– Vous êtes en état d'arrestation. Complicité pour tentative de fuite après homicide.

Pendant ce temps, ses deux collègues sortaient de leur voiture et Tellier ouvrait la portière du 4 × 4 côté passager.

– Monsieur de Courcel, vous êtes également en état d'arrestation.

Sous le regard médusé du chauffeur de poids lourd installé à la pompe voisine, Romano fit asseoir la jeune femme menottée à l'avant de la 308, claqua la portière et la verrouilla. Pendant ce temps, Tellier aidait le grand-père à s'extirper de l'énorme bagnole noire, dans laquelle il semblait plus menu et fragile que jamais. Sortir d'un véhicule surélevé n'était pas une mince affaire et le capitaine dut le soulever jusqu'au sol, comme un enfant – il ne pesait guère plus.

Romano tendit les clés du 4 × 4 à l'adjudant.

– Clément, allez garer le véhicule de madame sur le parking puis rentrez au commissariat avec la Clio, on se retrouve là-bas. Tellier, installez M. de Courcel à l'arrière et prenez le volant. Je me mets à côté de lui.

Au moment où le capitaine allait démarrer, elle lui demanda d'attendre une seconde.

– Maintenant que tout le monde est gentiment assis, vous pouvez enlever les menottes à Mme Tourtier.

La jeune femme, jusque-là sonnée, recouvrit l'usage de la parole en même temps que celui de ses mains.

– Mon grand-père se remet à peine d'un choc. S'il lui arrive quelque chose, comptez sur moi pour engager des poursuites.

Pour toute réponse, Romano sortit son portable et chercha le numéro de l'hôpital. Après deux minutes de Vivaldi, le standard lui passa la surveillante générale du service que le vieil homme venait de quitter.

– Commissaire Romano. Je suis avec M. de Courcel, qui sort de chez vous. J'aimerais savoir s'il a eu l'accord du médecin.

– Au contraire, on a passé vingt minutes à essayer de le retenir. Comme vous le savez, on n'a pas le droit de le garder contre son gré. Il lui est arrivé quelque chose ?

– Pas d'inquiétude, il est en pleine forme. Et on va s'assurer qu'il ne parte pas gambader.

Romano raccrocha et se tourna vers le grand-père.

– Vous avez signé une décharge pour sortir et le médecin ne nous a pas prévenus, je m'y attendais. Vous alliez où, comme ça ?

Ariane Tourtier répondit à la place de son grand-père.

– À Gand, fêter sa sortie d'hôpital au restaurant. Grand-père adore cette ville.

– Pour une petite-fille attentionnée, vous êtes un peu tête brûlée. Ça ne pouvait pas attendre quelques jours ?

Le vieil homme, resté silencieux jusqu'alors, intervint pour la première fois.

– Ariane dit vrai : on allait à Gand. Elle voulait m'y mettre à l'abri dans un petit hôtel, le temps de réfléchir.

Il fut pris d'une quinte de toux qui sonnait tout à fait véridique. Il lui fallut plusieurs secondes pour reprendre son souffle.

– Elle m'a raconté ce que vous lui avez fait croire, mes soi-disant aveux. Après un piège pareil, elle avait peur que vous m'arrêtiez – à juste titre, hélas.

Il parlait très bas, d'une voix épuisée. Romano jugea préférable de lui foutre la paix jusqu'à l'interrogatoire officiel au commissariat. S'il claquait dans la voiture, elle n'était pas sortie des emmerdes.

30

– Capitaine, faites la lecture à M. de Courcel.

Tellier prit la feuille A4 que lui tendait la commissaire et lut les droits de la personne en garde à vue, en articulant avec soin. Très raide sur sa chaise, le suspect l'écoutait d'un air concentré. Le trajet en voiture semblait l'avoir reposé.

– Vous connaissez un avocat ou vous souhaitez un commis d'office ?

– Pas d'avocat.

Tellier regarda le vieil homme d'un air contrarié. Le combat lui aurait semblé plus loyal s'il avait été accompagné.

– Vous êtes sûr ? Le rôle de l'avocat est de vous conseiller.

De Courcel eut un sourire amusé.

– Vous êtes gentil, capitaine, je sais ce qu'est un avocat.

– Vous souhaitez qu'on prévienne une personne de votre entourage ?

– Mon entourage est dans le bureau d'à côté, je crois qu'il est au courant.

– Très bien, coupa Romano. J'ai fait venir un médecin, pour m'assurer que vous êtes en état d'être interrogé. Il vient d'arriver.

– Vous voulez boire quelque chose ? Un café, un jus de fruit ? Ou manger un sandwich ?

Le vieillard fit non de la tête.

– On vous envoie le médecin.

Romano quitta le cagibi et Tellier lui emboîta le pas.

Ariane Tourtier était installée deux portes plus loin, dans un bureau à peine plus grand. Au moins, il disposait d'une fenêtre. Toujours bon à prendre, malgré les barreaux.

La jeune femme avait éloigné sa chaise de la table, peut-être pour ne pas être tentée de s'y appuyer, et se tenait très droite, les mains posées sur ses genoux. Romano fut frappée par la similitude de sa posture avec celle de son grand-père. Malgré le stress et la fatigue, maquillage et coiffure étaient restés impeccables. Comme ces actrices de mauvais films dont le brushing résiste à trois semaines de marche forcée dans la jungle. Rien à dire, elle avait une classe impressionnante.

– Vous êtes entendue en tant que témoin assisté dans l'enquête pour l'homicide de François-Xavier Tourtier, votre époux. Vous avez droit à l'aide d'un avocat, de votre choix ou commis d'office.

– Je m'en passerai.

Romano retint un sourire. Les chiens ne font pas des chats, se dit-elle. Cette arrogance aux relents vaguement aristocratiques l'agaçait mais ne manquait pas de panache. Dans leur genre, Ariane Tourtier et son grand-père étaient des grandes gueules – elle avait un faible pour les grandes gueules.

Voyant que Tellier allait intervenir, sûrement pour lui conseiller de se faire conseiller, Romano l'interrompit d'un geste.

– Ce sera noté dans le procès-verbal. Pas trop déçue de ne pas fêter la sortie de l'hôpital comme prévu ? Je ne fais plus le compte de vos mensonges, ce serait vertigineux.

– Vous êtes bien placée pour parler de mensonges ! Mon grand-père n'a jamais rien avoué.

– Que voulez-vous, on ne peut pas toujours être élégant. Au final, c'est le résultat qui compte. Vous vouliez suivre votre grand-père en prison, c'est bien parti. Sauf que vous ne vous verrez pas beaucoup, les prisons ne sont pas mixtes.

Tellier enchaîna d'un ton conciliant, qui contrastait avec celui de Romano.

– Si vous collaborez avec nous, vous serez libre et pourrez au moins lui rendre visite. Nous devons reprendre ce que vous avez nous avez dit ce matin, pour avoir une déposition officielle. Vous soupçonniez votre grand-père depuis le début, n'est-ce pas ?

La jeune femme rapprocha ses deux mains l'une de l'autre et tira nerveusement sur ses doigts. Elle garda les yeux baissés quelques secondes, puis adressa à Tellier un regard qui avait perdu de sa dureté.

– Quand je lui ai annoncé notre départ en Inde, il m'a conseillé de quitter François-Xavier. Il n'est pas du genre à se mêler de la vie des autres mais je crois que ma situation lui rappelait celle de ma mère – il se reproche beaucoup de ne pas avoir pris la mesure de son enfer conjugal. Comme une idiote, je lui ai répondu que je ne m'en sentais pas capable. Alors, dès que vous avez parlé de meurtre, j'ai pensé qu'il avait voulu me débarrasser de mon mari. Je n'aime pas dire du mal d'un mort mais c'était un sale type.

– Si on tue tous les sales types de la terre, on règle le problème de surpopulation.

Il y eut un bref coup à la porte et Clément fit son entrée. Il chuchota à l'oreille de Romano que le médecin avait terminé son examen.

– On va venir vous faire signer votre déposition, annonça-t-elle à Ariane Tourtier. Ensuite, vous pourrez rentrer chez vous.

Clément attendait dans le couloir.

– J'ai pris l'initiative de faire monter le docteur dans votre bureau, j'espère que j'ai bien fait.

Le médecin attendait debout, pour ainsi dire au garde-à-vous. Il tendit à Romano une main poilue, ornée d'une gigantesque chevalière.

– Bonjour madame la commissaire.

– Alors, ça donne quoi ?

– Notre homme est un peu faible mais la tension est correcte et le cœur aussi.

Romano dégaina son sourire le plus faux cul. Le médecin lui parlait avec une espèce de connivence de notables qui lui faisait horreur.

– Merci, docteur, de vous être déplacé aussi vite.

– Je vous en prie, madame la commissaire, simples relations de bon voisinage. Je lui ai fait une petite piqûre de remontant. Si vous avez le moindre doute, appelez-moi, ce sera un plaisir.

– Je n'hésiterai pas, comptez sur moi.

Ce type n'était pas mielleux, il était sirupeux. Romano regrettait le médecin punk, plus sexy, plus original, et décida-t-elle, sûrement plus compétent.

Tellier attendait à côté de la machine. Romano prit un expresso qu'elle avala en trois gorgées.

– Vous ne voulez pas un chocolat ? On a intérêt à prendre des forces : non seulement le vieillard est égoïste, mais le vieillard est coriace. Vous croyez qu'on deviendra comme ça ?

– Comment savoir ? répondit prudemment Tellier, qui imaginait mal la commissaire devenir plus coriace encore.

Le vieil homme avait retrouvé sa posture, droit comme un i. Romano ouvrit le feu.

– Reconnaissez-vous avoir assassiné François-Xavier Tourtier, le conjoint de votre petite-fille ?

Sans un mot, le vieil homme promena son regard de l'un à l'autre, avec un sourire faible qui donnait néanmoins une nette impression de défi.

– Nous avons de solides preuves contre vous. Si vous nous dites la vérité rapidement, vous vous épargnerez une fatigue inutile.

– Je suis vieux, je suis malade, et oui, en effet, je suis fatigué, mais je n'avouerai pas un meurtre que je n'ai pas commis.

Romano eut peur qu'il exerce son droit de se taire : bien dans son style de vieux sage. Ils en auraient vite le cœur net.

– Racontez-nous la soirée du 19 mars, depuis le moment où vous êtes parti vers le Non-Lieu jusqu'au décès de François-Xavier Tourtier.

Le vieillard poussa un soupir, comme s'il était las d'avance.

– Tout compte fait, je veux bien un peu d'eau.

Il attendit le retour de Tellier et but lentement avant de poursuivre.

– Je vous ai déjà raconté. Ariane et son mari sont passés me prendre, nous sommes arrivés en avance. Pendant que tout le monde s'agitait, je suis resté tranquille dans un coin, près de l'écran installé pour diffuser le film. Quand le discours a commencé, je n'ai pas bougé. J'entendais très bien d'où j'étais.

– Votre petite-fille nous a dit que vous vous étiez isolé quelques minutes, peu avant la cérémonie. Soi-disant pour vous reposer.

– Ah oui, j'avais oublié. François-Xavier était infect avec les serveurs et je savais combien il était pénible à Ariane que j'assiste à tout ça – notre inimitié lui pesait. À un moment, j'ai prétexté vouloir un moment de calme avant cette soirée fatigante et je me suis éloigné. J'avais envie d'être seul.

– Quelle heure était-il ?

– Environ cinq ou dix minutes avant le discours.

– Entre 18 h 20 et 18 h 25, donc ?

Le vieil homme approuva de la tête.

– Où êtes-vous allé ?

– Je voulais rester tout près – Ariane aurait été peinée que je manque le début de la cérémonie. J'ai pris le couloir, j'ai ouvert une porte et je me suis trouvé dans une petite pièce avec un immense rayonnage de bobines.

Romano se tourna vers Tellier. Elle comprit que lui aussi avait fait le rapprochement. Après un temps d'arrêt d'une ou deux secondes, elle reprit.

– Il n'y avait personne dans la pièce, à part vous ?

– Non. J'ai trouvé une chaise à roulettes qui me tendait les bras et me suis reposé quelques minutes. Je suis retourné dans la salle juste avant le discours qui, chose rare, a commencé exactement à l'horaire prévu.

– Nous reprendrons tout à l'heure, annonça Romano en se levant.

Sa voix sèche ne laissait rien paraître de son excitation.

31

Debout derrière son bureau, Romano se frottait les mains l'une contre l'autre, surexcitée. C'est pour ces moments-là, où une enquête basculait sans prévenir, au détour d'un énième interrogatoire ou rapport, qu'elle adorait son métier. « Le diable est dans les détails », aimait-elle à répéter, convaincue que l'expression prenait toute sa vérité dans le domaine criminel. Les détails, voilà ce qui empêchait toujours le crime d'être parfait.

– *Juste avant le discours* : Criaud et de Courcel ont utilisé mot pour mot la même expression. Et le discours en question, d'autres témoins l'ont signalé, a commencé pile à l'heure. Nos deux lascars prétendent s'être isolés au même endroit au même moment : autrement dit, l'un des deux ment.

Tellier hocha la tête.

– Reste à savoir lequel des deux. M. de Courcel a, par rapport au père Criaud, l'avantage d'avoir un témoin : Ariane nous a dit, la première, qu'il s'était isolé quelques minutes juste avant le discours. Elle n'a sûrement pas inventé cette histoire, qui n'arrange pas les affaires de son grand-père, alors qu'elle cherche à le protéger.

– Vu le rythme d'escargot auquel marche de Courcel, la bobinothèque était sans doute le seul endroit suffisamment proche pour s'isoler quelques minutes. Le père Criaud, lui, a dû être sollicité à de multiples reprises par ses serveurs et se déplacer plusieurs fois. Son emploi du temps de la soirée est nettement plus flou.

Romano dégaina son portable.

– Je convoque Criaud tout de suite, pour en avoir le cœur net. Allô ? Dans combien de temps pouvez-vous être au commissariat ?

Elle raccrocha sans même saluer son interlocuteur.

– Il est à la bibliothèque de Wazemmes, il arrive.

Aussi impatients l'un que l'autre, Romano et Tellier se rendirent à la machine à café, pour guetter l'arrivée de Criaud.

Cinq minutes plus tard, le prêtre entrait dans le commissariat, avec sa veste noire et sa barbe également défraîchies. Il portait un grand cabas de supermarché rempli de bouquins. Romano ne put s'empêcher de se pencher pour y jeter un coup d'œil. Le seul titre lisible était *Voyage au bout de la nuit*. Elle le guida dans le petit bureau, où flottait encore le parfum d'Ariane Tourtier.

– Si on vous envoie en tôle, vous aurez du mal à rendre vos livres dans les trois semaines. D'ici là, la bibliothèque vous aura fichu une sacrée amende.

Le prêtre la regarda d'un air surpris.

– En prison, moi ?

Romano soupira. Cette équipe de menteurs patentés commençait à lui porter sur le système.

– Le 19 mars dernier, lorsque vous vous êtes rendu au Non-Lieu pour la décoration de François-Xavier Tourtier, où étiez-vous entre 18 h 20 et 18 h 30 ?

– Je vous l'ai dit, je me suis retiré pour m'isoler quelques minutes avant le début de la soirée. J'ai poussé des portes au hasard et je me suis retrouvé dans une petite pièce pleine de bobines de fil.

Romano enchaîna du tac au tac, de sa voix la plus cassante.

– Vous nous l'avez dit, en effet, mais nous avons des raisons de croire que vous nous avez menti.

Le père Criaud les regardait, apparemment sans comprendre.

– Je vous assure que c'est la vérité : entre le stress de l'installation tout juste terminée et le stress des mondanités qui allaient commencer, j'avais besoin de me recueillir.

– Contentez-vous de répondre aux questions. Je me fous de savoir si vous vouliez papoter avec le Très-Haut ou avec votre petite amie.

D'un signe de tête, le père Criaud indiqua qu'il prenait note des consignes, même s'il ne comprenait pas le sens de cette conversation. Ses propos directs et son regard franc avaient un incontestable accent de vérité. S'il mentait, il mentait bien. Romano soutint son regard quelques secondes mais il ne flanchait pas.

Tout en gardant les yeux braqués sur lui, elle revoyait la petite pièce, qu'elle-même avait utilisée comme salle d'interrogatoire le soir du meurtre. Elle se souvint de la chaise à roulettes trouvée à l'entrée, puis du vieux fauteuil déniché derrière le paravent, qu'elle avait transporté pour s'y installer. De nouveau, elle sentit l'excitation la gagner. Et si les deux hommes s'étaient trouvés dans la pièce en même temps ?

– Où étiez-vous assis ?

Le père Criaud laissa s'écouler une longue seconde avant de répondre, avec une voix nettement moins assurée.

– Au début, je me suis assis sur un vieux fauteuil en cuir, que j'ai trouvé dans un coin, le temps de souffler un peu. Ensuite, je me suis agenouillé, à côté.

– Dans quel coin, exactement, votre fauteuil ?

– Au fond à gauche de la pièce.

– Vous voulez dire, derrière le paravent ?

Le prêtre baissa les yeux.

– C'est ça.

Romano poussa un soupir d'aise et lança à Tellier un regard triomphant.

– On a des raisons de penser qu'une autre personne est venue dans la pièce presque en même temps que vous. Si c'est le cas, vous l'avez forcément vue : ça vous dit quelque chose ?

Il y eut un silence, que Romano trouva très long.

– M. de Courcel, le grand-père d'Ariane, est entré une ou deux minutes après moi, en effet.

– Avez-vous vu M. de Courcel faire quelque chose qui vous semble suspect ?

Cette fois, le père Criaud baissa les yeux. Il se tourna vers Tellier, comme pour puiser du courage, et le capitaine soutint son regard avec douceur. Le silence s'étirait. Tout comme l'obscurité se remplit peu à peu de silhouettes et d'ombres, il se peuplait de petits bruits : ronronnement des voitures, glouglous du radiateur, pas dans le couloir.

Romano et Tellier étaient suspendus aux lèvres du prêtre comme à celles d'un marié pendant l'échange des consentements. On connaît d'avance la réponse mais la tension gagne quand même.

– Pas sur le coup, mais maintenant oui, souffla-t-il enfin.

Romano se leva pour s'étirer plus à son aise. D'un signe du menton, elle invita Tellier à prendre le relais.

– Dites-nous exactement ce que vous avez vu après l'arrivée de M. de Courcel dans la bobinothèque.

Le père Criaud paraissait moins tendu. Maintenant que la décision était précise, parler semblait le soulager.

– À travers un petit espace vide entre deux pans du paravent, j'ai vu le grand-père d'Ariane entrer dans la pièce, jeter un regard autour de lui et sortir de sa poche une cigarette électronique. J'ai pensé qu'il fumait en cachette, comme un ado. Pour ne pas lui gâcher son plaisir, je n'ai pas signalé ma présence et suis resté agenouillé, sans bouger.

– Agenouillé ? interrompit Romano. Je croyais que vous n'étiez pas croyant. Je vous rappelle que vous parlez sous serment.

Le prêtre esquissa un sourire.

– La génuflexion est une posture propice à l'humilité, qui ne nuit à personne.

Romano fit mine de ne pas comprendre que la remarque lui était destinée.

– Ensuite ?

– M. de Courcel a sorti de la même poche un petit flacon de plastique, comme ces échantillons donnés dans les hôtels. Il a ouvert la cigarette et le flacon, puis a rempli le réservoir. Il faisait ça sur ses genoux, avec dextérité. Je pensais que la cigarette lui appartenait, jusqu'au moment où j'ai reconnu les initiales de François-Xavier Tourtier, qu'Ariane avait fait graver.

– Vous n'avez rien dit ?

– La scène était curieuse mais je n'imaginais pas assister aux préparatifs d'un meurtre. Je me suis dit que le vieil homme avait emprunté la cigarette électronique et y versait son mélange personnel. Plus le temps passait, plus il aurait été étrange de me montrer.

– Quand avez-vous fait le rapprochement ?

– Quand j'ai vu M. de Courcel repartir sans fumer, j'ai pensé qu'il avait mal calculé son temps. Il était l'heure du discours et je devais regagner la salle, moi aussi. Après la cérémonie, quand François-Xavier a sorti sa vaporette, je me suis dit qu'il avait demandé au vieil homme de la recharger pour lui. Au moment du malaise, j'ai cru à un accident, comme tout le monde. C'est quand Ariane m'a parlé des seringues d'adrénaline remplacées par de l'eau que j'ai compris.

– Faux témoignage dans une enquête criminelle, on peut vous en coller jusqu'à sept ans.

Le père Criaud regarda Romano droit dans les yeux, l'air vaguement offensé.

– Je n'ai jamais rien dit de faux.

– Mensonge par omission, c'est le même tarif, surtout quand on couvre un criminel. « Tous ceux qui peuvent dire la vérité et ne la disent pas seront jugés par Dieu. » Saint Justin Martyr, dialogue avec le juif Tryphon.

Tellier adressa un regard admiratif à sa cheffe, tout aussi impressionnée de cette citation jaillie de sa mémoire. Dommage que son interlocuteur ne soit pas plus croyant qu'elle, tout ce talent pour rien. Il faudrait recaser ce truc devant son beau-frère : saint Justin Martyr, ça produisait son effet.

– Sans doute, répondit le père Criaud dans un sourire. Mais saint Augustin nous enseigne que le mensonge qui a pour but d'être utile à une personne est diminué par cette intention.

– OK. L'exégèse, c'est comme les alcools forts, sympa mais à petite dose. Pour le moment, on ne mentionne pas votre faux témoignage, je vais réfléchir.

Elle avait prononcé la phrase comme quelqu'un qui vient d'essayer une paire de chaussures et n'a aucune intention de l'acheter. Là non plus, l'issue ne faisait aucun doute. Rien à faire, ce prêtre athée lui était très sympathique.

32

Le père Criaud signa sa déposition d'une écriture mal assurée et rendit son stylo à Romano.

Tous se levèrent et sortirent du petit bureau. Dans le couloir, ils tombèrent nez à nez avec M. de Courcel et Clément, qui revenaient des toilettes. En voyant apparaître l'homme qu'il venait de dénoncer, le prêtre se crispa.

– Je ne pouvais pas faire autrement, souffla-t-il d'une voix blanche, tandis que Romano lui prenait le bras pour l'éloigner.

Le suspect répondit par un sourire qui semblait exprimer un certain soulagement. Il avait compris la phrase du père Criaud et ne s'en cachait pas. Cette fois, sa comédie tirait à sa fin.

– Clément, raccompagnez le père Criaud à l'accueil. Nous poursuivons l'interrogatoire de M. de Courcel.

Le vieil homme reprit place sur sa chaise, avec une sérénité inhabituelle pour un meurtrier sur le point d'être inculpé.

– Le père Criaud vous a vu remplir la cigarette électronique de François-Xavier Tourtier, dans la bobinothèque, quelques minutes avant sa remise de Légion d'honneur. Reconnaissez-vous les faits ?

– Oui, répondit le vieil homme d'une voix ferme.

– Quel produit avez-vous versé dans sa cigarette ?

– Du jus de cuisson de crevettes, que j'avais laissé réduire pour qu'il soit plus concentré.

– Saviez-vous que François-Xavier Tourtier était gravement allergique à ce produit et que toute exposition pouvait lui être fatale ?

– Oui.

– Avez-vous remplacé le contenu des seringues d'adrénaline de la trousse de secours par de l'eau ?

– Oui.

Contrairement au prêtre, le vieil homme avait opté spontanément pour des réponses monosyllabiques.

– Où et quand avez-vous remplacé l'adrénaline des seringues de Tourtier par de l'eau ?

– Je savais qu'il avait toujours sa trousse sur lui, sauf le soir. Quand il montait travailler ou se coucher, il rangeait la trousse habituelle dans une commode du salon : il en avait une autre à l'étage, dans sa table de nuit. Un soir où Ariane m'a invité à dîner, j'ai attendu qu'il file dans son bureau, à peine le dessert avalé, comme toujours. J'ai fait l'échange quand Ariane est allée à la cuisine préparer du thé. Je m'étais entraîné, il me fallait moins d'une minute.

– Vous reconnaissez donc être coupable de l'homicide avec préméditation de François-Xavier Tourtier, époux de votre petite-fille, Ariane Tourtier ?

Pour le coup, la réponse ne vint pas du tac au tac. Le vieil homme eut un sourire inattendu. Son regard allait de Romano à Tellier, avec un mélange de soulagement et de malice. Il avait nié longtemps, et pourtant, jamais des aveux n'avaient été aussi sereins.

– J'ai longtemps pratiqué les échecs, rien de tel pour apprendre à perdre. On anticipe les coups de l'autre, on établit des stratégies, bref, on mobilise son intelligence et son imagination. Ce qui ne garantit rien, bien entendu. Quand l'adversaire prononce le fameux « Échec et mat », on ne discute pas. Le gagnant a gagné, le perdant a perdu. Ce n'est pas une partie de boules à la Pagnol. Bien sûr, je reconnais avoir commis cet homicide.

Putains d'aristos, ils ont quand même la classe, se dit Romano, impressionnée par cette déclaration chevaleresque. Elle eut une pensée pour son ancêtre, qui avait sûrement comploté des années pour obtenir sa particule, sous Napoléon III. Romano *de* Chastegnac : elle le cachait comme une maladie honteuse mais son père y tenait beaucoup.

– Vous vouliez empêcher votre petite-fille de déménager à six mille kilomètres ?

– Oui, mais pas pour les motifs égoïstes que vous sous-entendez. Il ne s'agissait pas de la retenir auprès de moi mais de l'éloigner de son mari.

Romano eut une moue ironique.

– De ce point de vue, on ne peut que louer votre efficacité. Vous l'avez sacrément éloigné, le François-Xavier.

Le vieil homme sourit.

– Ricanez autant que vous voulez, madame la commissaire. Autrefois, les ricanements me faisaient ricaner, maintenant, ils me sont indifférents.

Tellier le relança doucement.

– Dites-nous-en plus sur votre mobile.

– Désolé si je parais grandiloquent, mais je voulais libérer Ariane du joug de son mari. Ma fille a épousé un abruti qui a détruit sa vie, au sens propre. Je n'ai pas voulu que l'histoire se répète. Si Ariane repartait dans ce coin perdu, elle replongeait dans son rôle de bonne épouse décorative – au moment où elle prenait enfin de la distance et de l'autonomie.

Tellier se tripotait nerveusement les mains. Il devait retenir à grand-peine une de ses diatribes non-violentes. De son côté, Romano n'était pas indifférente aux relents vaguement féministes du meurtre – ce vieux bonhomme était un sacré malin. Mais si on zigouillait tous les maris dominants de la terre, ça risquait de mener loin. Il existait quand même des procédés plus pacifiques.

– L'histoire ne se répétera pas, c'est un fait, mais les homicides familiaux n'ont pas que des avantages pour les générations suivantes. Enfin, vous ne serez plus là pour le voir.

Contrairement à Tellier, qui prit son air pincé, le vieil homme accueillit la remarque avec un sourire.

– Une chose est sûre, je ne regrette pas.

Tellier le regarda d'un air soucieux.

– Vous êtes sûr ? Si je note ça dans votre déposition, ça n'arrangera pas votre situation.

– Vous êtes gentil, capitaine. Cette histoire m'aura permis de faire votre connaissance, ce n'est pas rien. Non, je ne regrette pas, et vous pouvez le noter.

– Vous qui prétendez être adepte de la discrétion, vous auriez eu mille occasions de faire votre petite dînette tranquille, enchaîna Romano. Pourquoi l'avoir tué ce jour-là ?

– Cette soirée était le contexte idéal pour faire croire à une exposition accidentelle à l'aliment auquel il était allergique. Au pire, si le scénario de l'accident ne marchait pas, cela compliquait l'enquête et multipliait le nombre de suspects. Sans compter que cette fin sous les projecteurs allait bien avec le personnage : François-Xavier adorait être le centre de l'attention.

– En somme, vous avez voulu lui faire plaisir, conclut Romano. Tellier, je vous laisse finaliser la déposition.

Elle remonta dans son bureau pour informer Bertin que l'affaire était terminée. Il décrocha, de son éternel ton furibard, et elle lui résuma l'issue de l'enquête.

– Un meurtrier de quatre-vingt-cinq ans ? Ridicule !

Romano éloigna le combiné pour atténuer les aboiements du divisionnaire. Elle savait que les succès n'appelaient pas toujours les félicitations, mais lui reprocher personnellement l'âge du meurtrier manquait de tact.

– Que voulez-vous qu'on fasse de ça ? reprit le divisionnaire. Malade, en plus ? Vous allez voir qu'à la fin, c'est nous qui allons passer pour des salauds !

– C'est-à-dire, commença Romano d'une voix timide, je crains qu'on manque de leviers d'action sur le paramètre de l'âge.

– Ne me prenez pas pour un con ! Simplement, je pense à l'image de la police. Figurez-vous que ça fait partie de mon boulot.

– Bien sûr, approuva Romano, un poil trop servile.

– Pas de demi-mesure. Si on inculpe un vieillard de quatre-vingt-cinq ans plus ou moins mourant, il faut en faire un monstre absolu. Trouvez-moi un psychiatre du genre lyrique : tant pis s'il est un peu timbré. Vous avez deux heures. La meilleure défense, c'est l'attaque.

33

Assise sur le sol de sa cuisine, Romano regardait d'un air déconfit Ruru, qui regardait d'un air déconfit son plateau de croquettes.

– Vas-y, sers-toi de ta patte ! Avec la patte, je te dis ! Regarde, toutes celles-là, tu peux les attraper !

En quarante-huit heures dans sa famille d'accueil, le chat avait oublié comment prendre les croquettes sur son plateau d'éveil. Tellier avait raison, l'éducation était une école de patience.

Le flash publicitaire pour les chaussettes *made in France* laissa place à un bulletin météo signalant la fin de la pluie, puis au *jingle* de début de journal. Après un attentat en Irak et un massacre de lycéens aux États-Unis, le journaliste annonça l'arrestation du meurtrier présumé de l'homme d'affaires François-Xavier Tourtier. Au micro de l'envoyé spécial au siège de la police criminelle de Lille, le commissaire divisionnaire Jean-Luc Bertin tenait à saluer le travail remarquable et la détermination sans faille des équipes d'investigation qui, au terme d'une enquête particulièrement complexe, avaient permis d'identifier le coupable de ce crime odieux.

Vint ensuite l'analyse d'un professeur de psychiatrie criminelle à l'université de Nantes, auteur de nombreux ouvrages, qui se montra également à la hauteur des espérances de Romano – tout compte fait, trouver un psychiatre fou n'avait rien eu de compliqué. Il pérora longuement sur la cruauté de l'assassin. Le machiavélisme du *modus operandi* dénotait une personnalité d'une grande perversité.

– Un pervers narcissique ? demanda la journaliste, visiblement aux fraises.

– Un pervers pas narcissique, ce sont les pires.

Venait ensuite le témoignage bouleversé de l'aide ménagère : un si gentil monsieur qui lui proposait toujours du café, elle n'arrivait pas à y croire. Enfin, l'inévitable voisin qui racontait son inévitable stupéfaction. Jamais il n'aurait imaginé une chose pareille. Ce qui, se dit Romano, était plutôt une bonne nouvelle. Si on imaginait que chaque voisin cachait un meurtrier, les tête-à-tête dans l'ascenseur deviendraient encore plus pénibles, sans même parler des réunions de copropriété.

Bref, se réjouit-elle en éteignant la radio, Bertin devait être content.

Elle prit une douche rapide et sortit de chez elle au pas de course. Comme le voulait la tradition, elle avait invité Tellier et Clément à fêter la fin de l'enquête au Café de Paris.

De nuit, elle trouva la Grand-Place plus belle que jamais. Quand elle avait été mutée de Nanterre à Lille, c'est là qu'elle avait bu sa première bière – de même que, son premier soir à Toulouse, elle avait bu un verre de Fronton place du Capitole. Depuis, elle s'attardait rarement sur la Grand-Place, préférant l'intimité des petites rues du Vieux-Lille.

Les façades étaient en réalité très disparates : l'immeuble de *La Voix du Nord*, notamment, détonnait, avec son curieux mélange d'Art déco et de régionalisme plus ou moins authentique. Pourtant, l'ensemble dégageait une impression d'harmonie. Ce mélange de désordre et d'ordre plaisait à Romano, bien plus que l'ordonnancement architectural parfait d'autres places célèbres plus homogènes.

Au moment où elle s'engageait dans la rue Pierre-Mauroy, elle reçut un SMS de l'adjudant. Il était désolé mais sa femme avait rendez-vous chez l'esthéticienne et il devait garder les enfants. Elle rangea son portable, prise d'un doute désagréable. Est-ce qu'elle n'avait pas un peu forcé la dose dans ses discours féministes ? Clément, qui avait un bon fond et était gaga de sa femme, était en train de se faire bouffer la laine sur le dos. À force de bourrer ce crâne vulnérable, elle avait fabriqué un monstre – ou en tout cas un gros pigeon.

À cette heure-ci, la vieille brasserie n'était pas trop bondée. Tellier était déjà installé à une petite table, devant une bière qui commençait à perdre sa mousse. Heureusement qu'elle était à l'heure. En le voyant de loin, elle fut frappée de son air triste. Il faisait des efforts pour donner le change mais la grossesse de son ex devait le miner. Il lui aurait fallu un peu de distraction.

En la voyant arriver, il lui adressa un sourire – pas seulement pour jouer la comédie, sans doute, mais parce qu'il était soulagé d'échapper à la solitude. Elle héla un serveur, qui lui vanta la cuvée spéciale 350, brassée en l'honneur des trois cent cinquante ans du rattachement de Lille à la France. Elle préféra s'en tenir à une Duvel, accompagnée de charcuterie et de frites. Le tout fut apporté à une vitesse record – une des raisons qui la faisaient revenir. Ils trinquèrent à la santé des enquêtes passées.

– Vous ne trouvez pas que leurs frites sont moins bonnes qu'avant ? demanda-t-elle.

– Vous croyez ?

– C'est peut-être parce que Clément n'est pas là pour les enfourner à la chaîne. Les frites, c'est comme les sports collectifs : il faut un meneur de jeu pour donner du rythme. On nous dit de savourer les repas lentement, mais pour certains trucs, plus on mange vite, meilleur c'est.

– Peut-être, approuva Tellier en attrapant une poignée de frites, avec sa bonne volonté habituelle. En tout cas, la bière est bonne.

– On remet ça ?

Déjà, Romano appelait le serveur. Ils trinquèrent de nouveau, avec une bonne humeur un peu forcée. Rien à faire, l'ambiance n'était pas aussi festive que prévu.

– Ariane Tourtier va se retrouver très seule, finit par remarquer Tellier, dans un soupir.

– Si elle était partie en Inde, elle aurait vu son grand-père encore moins et aurait vécu en tête-à-tête avec un sale con. Ce qui nous rend moroses, c'est d'avoir mis sous les verrous un vieux filou très sympathique.

Tellier s'étrangla avec sa bière.

– Le vieux filou a commis un assassinat.

– N'empêche, j'aime mieux coffrer de vraies ordures. Préférer le coupable à la victime a un côté rabat-joie.

Tellier hocha la tête. La loi était la même pour tous mais plus agréable à appliquer pour certains que pour d'autres.

– Vu son âge et son état de santé, il passera une bonne partie du temps à l'infirmerie.

Romano approuva du menton en finissant sa bière. 19 heures à peine et elle était déjà éméchée. Pas de doute, elle était d'humeur à picoler. Une cuite plus déprimée que festive. Et elle savait pourquoi. La fin de cette enquête lui laissait un sentiment désagréable d'inabouti, même si elle avait essayé de planquer la chose sous le tapis – ce qui, d'ailleurs, ne marchait jamais.

– De vraies ordures, on en trouvera d'autres, ça ne manque pas. En réalité, il y a un autre truc qui me chiffonne.

Elle avala une tranche de saucisson, non pour ménager ses effets mais pour réfléchir à la façon d'aborder les choses.

– Vous vous rappelez le regard que de Courcel a adressé à Criaud, quand ils se sont croisés dans le couloir ? Vous avez vu quoi, dans ce regard ?

Tellier ferma les yeux pour essayer de revoir la scène.

– Du soulagement, peut-être une certaine satisfaction.

Romano secoua doucement la tête de gauche à droite.

– Moi, j'y ai vu de la jubilation. Bizarre, après nous avoir tenu tête aussi longtemps. Ça ne m'a pas frappée tout de suite mais après. Je n'arrête pas d'y penser.

– Il devait être soulagé à l'idée de quitter le monde avec la conscience tranquille. Et heureux, tout compte fait, que la comédie soit terminée. Dans une situation comme celle-ci, les gens sont pleins de contradictions.

– C'est sûrement ça.

Tellier la regardait fixement, conscient de ne l'avoir nullement convaincue. Puis ses yeux se posèrent sur le verre vide de Romano et il finit le sien d'un trait.

– Vous voulez qu'on refasse un dernier tour d'horizon ? Les filles sont chez leur mère, je suis dispo.

– Pas la peine. Je vais jeter un coup d'œil toute seule, pour avoir la conscience en paix.

Tellier n'était pas vexé. Sa cheffe savait quand elle avait besoin de lui et quand elle devait être seule.

Romano déposa l'argent sur la table et ils sortirent sans attendre la monnaie. Maintenant que sa décision était prise, elle piaffait d'impatience.

À peine entrée, elle alluma un grand feu, sans même enlever sa veste. Puis elle enfila un jogging et sortit une bouteille de Coca. Pour atteindre l'état mental qu'elle recherchait, une légère ébriété n'était pas mauvaise mais il ne fallait pas en rajouter. L'objectif était à la fois simple et très compliqué : revoir une dernière fois cette enquête, dont elle était imprégnée depuis dix jours, avec un regard neuf. Pour tout réexaminer sans préjugés, elle avait mis au point tout un rituel.

Sur son téléphone, elle sélectionna le compositeur anglais du XVIIIe siècle réservé à cette occasion. Sa musique, remarquablement ennuyeuse, était utilisée par le métro londonien pour éviter les attroupements de jeunes. Un bruit de fond idéal. Ensuite, elle déchira une feuille en petits morceaux, où elle inscrivit le nom de chaque document du dossier. Le principe était de piocher les papiers au hasard : revoir les éléments dans un ordre aléatoire aidait à renouveler le regard.

Restait le plus difficile. Atteindre une espèce d'attention flottante, proche de celle du psychanalyste. Accorder la même importance à tout, sans s'intéresser à un détail plus qu'à un autre. Bref, essayer de redécouvrir les informations comme si c'était la première fois.

Pour éviter toute distraction, elle se débarrassa de Ruru dans la chambre du haut. Comme toujours, il se laissa transporter comme un paquet de linge sale, en la regardant de toutes ses pupilles dilatées. Puis elle s'accorda quelques minutes pour contempler les flammes, dont le côté hypnotique était une excellente mise en condition.

Elle piocha un premier papier qui l'amena à se plonger dans la deuxième déposition d'Ariane Tourtier. Elle la lut à voix haute, sans ressentir le moindre déclic. Cette histoire du four solaire comme révélateur de la médiocrité de son mari était trop étrange pour ne pas être vraie. Elle tomba ensuite sur l'interrogatoire de Locatelli. La maladresse avec laquelle il avait tenté de charger Arnaud Vancel, sûrement pour protéger Ariane Tourtier, était presque émouvante. Rien de nouveau, là non plus.

Le troisième papier désignait la dernière déposition du père Criaud, qui datait de la veille seulement. Avant d'attaquer la lecture, Romano allongea son fauteuil pour s'étirer et se détendre au maximum. Quand l'événement était encore très présent dans la mémoire, il était plus difficile de prendre de la distance. Elle relut la scène que le prêtre avait surprise dans la bobinothèque, et fut impressionnée, de nouveau, par la profusion de détails : Criaud avait un sacré sens de l'observation. En arrivant à la deuxième page, elle fut prise d'un frisson. Comment avaient-ils pu louper ça ?

34

Tellier décrocha à la première sonnerie, comme s'il attendait son appel.

– Vous êtes chez vous ? Vous pouvez venir ?

– Je cours dans le jardin des Plantes, je peux être là dans une demi-heure.

Elle aurait dû s'en douter : quand Tellier picolait, son sens du devoir l'amenait, si possible, à éliminer juste après.

– Allez à l'entrée principale, je vous envoie un taxi.

Elle raccrocha sans laisser à son adjoint le temps de discuter, commanda une voiture en deux clics puis retourna à son ordinateur. En deux secondes, elle trouva la photo qu'elle cherchait. Sa mémoire ne l'avait pas trahie.

Redescendu sans un bruit, Ruru vint se frotter longuement la tête contre ses jambes, comme pour la féliciter de sa découverte. Tout compte fait, ce chat était plus futé qu'il n'en avait l'air. Puis elle se souvint qu'elle avait oublié de recharger le distributeur électronique de croquettes : une fois de plus, c'était juste son estomac qui s'exprimait. Au fil du temps, le chat confirmait sa personnalité médiocre et prévisible, doublée d'un esprit terriblement étroit. Ce qui, bizarrement, ne parvenait pas à le rendre antipathique. À se demander même si ce n'était pas le contraire.

Elle versa un demi-paquet dans l'engin et se mit à faire les cent pas dans son salon. Fébrile, surexcitée, comme un chercheur qui vient d'accomplir une avancée décisive après une longue phase de réflexions infructueuses. Maintenant, elle avait besoin de Tellier pour lui renvoyer la balle, discuter ses idées et donner les siennes.

Qu'est-ce qu'il foutait, ce taxi ? Elle ouvrit l'application de son portable pour suivre l'itinéraire en direct. Le petit pictogramme indiquait que la voiture était justement en train de se garer devant son immeuble.

Elle sortit sur le palier et écouta avec impatience les pas se rapprocher dans l'escalier.

– Venez voir, j'ai un truc à vous montrer.

– Euh, vous auriez peut-être une serviette ? Je n'avais pas prévu de courir et j'ai oublié d'en mettre une dans mon sac.

Elle remarqua, seulement alors, que son adjoint dégoulinait de sueur.

– Prenez ça !

Elle lui balança un torchon qui traînait sur la table et il la suivit vers l'ordinateur. Elle zooma sur la photo de la cigarette électronique de Tourtier.

– Regardez les initiales gravées. En général, ce sont des trucs voyants et moches mais Ariane Tourtier n'est pas du genre m'as-tu-vu : elle a choisi une gravure très discrète. Bigleuse comme je le deviens, je ne l'avais même pas vue avant de mettre mes lunettes. Criaud a prétendu que c'est à cela qu'il avait reconnu la vaporette de Tourtier, quand il a vu de Courcel la remplir. En réalité, du fauteuil où il était, il n'avait aucune chance de voir les initiales.

Tellier scruta l'image avec concentration puis hocha la tête. Romano, qui attendait son assentiment, poursuivit, surexcitée.

– Le seul qui pouvait voir la gravure à ce moment-là, c'est celui qui versait le liquide. Autrement dit, le père Criaud.

Le capitaine se leva, gagné par l'excitation.

– Voilà pourquoi le témoignage du prêtre était aussi précis. Dire que j'ai admiré son sens de l'observation. Et voilà pourquoi, à l'inverse, de Courcel s'est montré aussi laconique quand il nous a décrit la scène. On a mis ça sur le compte de son caractère : en fait, c'était une astuce pour ne pas contredire l'autre témoignage. Moins il en disait, moins il prenait de risques.

Il soupira.

– Je n'aurais pas cru qu'un prêtre puisse mentir sous serment, mais de la part d'un usurpateur, on pouvait s'y attendre.

– Tout s'est passé exactement comme ils l'ont raconté, sauf qu'ils ont inversé les rôles. De Courcel se reposait derrière le paravent et il a vu Criaud préparer le meurtre. Tout à l'heure, vous avez dit que la comédie était terminée : exact, sauf que nous nous sommes trompés de comédie.

Tellier, assis devant l'ordinateur, avait pris la pose du Penseur de Rodin. Incapable de tenir en place, Romano se remit à marcher de long en large.

– De Courcel ne nous jouait pas la comédie de l'innocence, mais celle, plus subtile, de la culpabilité. On a été bon public.

– Mais pourquoi a-t-il endossé le crime à la place du père Criaud ?

– Je me suis posé la question en vous attendant et j'ai un scénario. De Courcel est vieux et malade, pas grand-chose à perdre. Criaud a la vie devant lui et est aussi le seul soutien d'Ariane Tourtier. Le grand-père, qui est à la fois sage et malin, a dû le convaincre que tout le monde y gagnait s'il prenait sa place. Et puis, il a dû se dire qu'il devait bien ça à celui qui avait libéré Ariane de son boulet de mari.

En passant devant la cheminée, elle arrangea une bûche et donna un puissant coup de soufflet, qui fit partir les flammes encore plus haut. Tellier sortit son bloc-notes de comptable de sa vieille sacoche. Écrire l'aidait à réfléchir.

– Reste l'autre question, reprit Romano. Pourquoi Criaud a-t-il voulu supprimer Tourtier ? Dès le départ, je me suis engouffrée dans l'idée d'une relation amoureuse avec Ariane. Le vrai mobile n'a sûrement rien à voir avec ça.

– Les deux hommes se connaissaient peut-être avant l'arrivée du prêtre à Lille.

– Il faut revoir leur parcours. Reprenez la première déposition de Criaud pendant que je regarde le CV de Tourtier. On cherche les recoupements.

Pendant que Tellier sortait son ordinateur, elle commenta le parcours du banquier à voix haute.

– Londres, Toronto, Casablanca, Bruxelles, Los Angeles. Tourtier avait une sacrée bougeotte, et pas seulement pour des raisons professionnelles – l'assistante nous l'a bien dit. Il voulait aussi renouveler son cheptel de collègues à harceler, et quitter ses différents postes avant de s'attirer une réputation sulfureuse. Son seul emploi en France date de 2009, à Paris. Où était Criaud, à ce moment-là ?

– Il terminait son séminaire, à Paris aussi. Son ordination date de janvier 2010.

– Le problème, c'est qu'ils ne devaient pas fréquenter exactement les mêmes cercles. Tourtier était un petit con de trente-trois ans plein aux as, qui devait claquer son pognon dans les restos et les boîtes chics, en ramassant des filles au passage. Criaud finissait sa thèse en tenant la main de son curé gauchiste moribond. Pourtant, il y a forcément un lien quelque part.

Tellier leva le nez de son ordinateur, le regard brillant.

– Vous vous souvenez de ce qu'il faisait, comme bénévolat ?

– SOS Amitié.

La voix de Romano avait pris une intonation triomphale.

– Le voilà, le croisement qu'on cherche ! Criaud a pu recueillir les confidences d'une femme violée par Tourtier. Beaucoup d'appels proviennent de victimes d'agressions.

Tellier fit une moue. Son enthousiasme était retombé.

– Sauf que l'anonymat est appliqué strictement. Même si une personne se suicide au bout de la ligne, il n'y a aucun moyen de l'identifier pour envoyer des secours. Les victimes appellent justement parce qu'elles n'ont aucun nom à donner : ni le leur ni celui de l'agresseur.

Romano se leva, frustrée.

– Vous avez raison, ça ne tient pas debout.

Elle avait repris ses allées et venues devant le feu, dans cet état de tension maximum dont elle ne savait s'il était agréable ou désagréable. Dans ces moments-là, il fallait faire comme un spéléologue égaré : ne pas se laisser décourager par les galeries sans issue et mettre toute son énergie à chercher la bonne piste, menant à la lumière. Cherche, ma vieille, se dit-elle tout bas, comme à un chien qu'on encourage à flairer, la solution n'est pas loin.

– J'ai une autre idée, proposa Tellier. Des années après avoir recueilli les confidences d'une victime de Tourtier, le père Criaud croise sa route et le reconnaît, grâce à un détail donné lors de l'appel. Il décide alors de venger la femme qu'il n'a pas pu aider.

Romano soupira.

– Je le vois mal commettre un assassinat pour venger une inconnue, dix ans après.

– Ça ne colle pas, reconnut Tellier, désappointé.

– Ou alors, reprit Romano en continuant de marcher à grands pas fébriles, il croise la route de Tourtier, fait le lien avec l'appel reçu des années plus tôt, comme vous le disiez, et décide de s'assurer qu'il a cessé de sévir. Les types dans son genre se contentent rarement d'une seule agression.

Tellier enchaîna. De nouveau, sa voix surexcitée était au diapason de celle de sa cheffe.

– Il se rapproche du couple pour se faire son opinion. Et il découvre que Tourtier, sous ses airs de mari fou d'amour, continue d'agresser des femmes.

Romano s'arrêta net, puis se précipita sur le dossier posé sur la table.

– Putain de merde, qu'est-ce que j'ai foutu de ce papier ?

35

– Quel est l'abruti qui inventé le Post-it ? Ça colle sans coller, une vraie chierie !

– C'est le principe de l'adhésif repositionnable, observa timidement Tellier, qui regardait sa cheffe sans comprendre.

Il n'avait aucune idée de ce qu'elle cherchait mais ce n'était pas le moment de poser des questions.

– Justement, un principe à la con ! D'ailleurs, il paraît que les études de marché prévoyaient que ce truc serait un fiasco. Comme quoi, même les gens payés pour exploiter la bêtise humaine n'arrivent pas à en mesurer l'étendue. Ça y est, je l'ai !

Romano brandit victorieusement un Post-it jaune pâle avec un numéro de téléphone à rallonge et s'expliqua enfin.

La femme que Tourtier avait agressée, ce pouvait être la jeune fille au pair colombienne. Tout collait : le départ précipité, l'absence de nouvelles, le changement de coordonnées.

– On a combien d'heures de décalage avec la Colombie ?

Tout en posant la question, elle vérifiait sur son portable.

– Sept heures. Il est 14 heures, impeccable.

Tellier regardait Romano composer le numéro de téléphone, anxieux. Leur histoire tenait la route mais n'était encore qu'une hypothèse.

Romano se présenta et expliqua qu'elle appelait au sujet du séjour dans la famille Tourtier.

– Je n'ai rien à vous dire, rétorqua la jeune femme avec un léger accent hispanique.

Elle avait parlé d'une voix si dure que Romano eut peur qu'elle ne raccroche.

– Vous savez que François-Xavier Tourtier a été assassiné ?

– Bon débarras !

La réponse avait claqué, cinglante. La qualité de la communication était excellente et la voix semblait venir non du haut-parleur du téléphone mais de la pièce même.

– Je ne vous demande pas de faire une déposition, juste de parler deux minutes. Tourtier était une ordure, je vous comprends. Seulement, si on n'arrête pas le vrai coupable du meurtre, le faux risque de rester en prison : c'est ennuyeux. Il vous a agressée ?

En guise de réponse, la jeune femme éclata en larmes.

– Vous pouvez y aller. Ce salopard est mort, il ne nuira plus à personne.

Les arguments de Romano n'étaient pas très subtils mais ils avaient porté. D'une voix qui se raffermissait peu à peu, la Colombienne expliqua que François-Xavier Tourtier avait profité d'une absence de sa femme, un soir, pour la violer. Terrifiée à l'idée qu'il recommence, elle n'avait plus qu'une idée en tête : rentrer chez elle. Sauf qu'elle n'avait pas de quoi se payer un billet d'avion et ne voulait pas en parler à ses parents – ni à Ariane, bien sûr. Elle s'était finalement confiée au père Criaud, qui l'avait suppliée de porter plainte. Mais sa famille ne se serait jamais remise du scandale, et elle non plus. Il avait payé son retour à Bogota et lui avait conseillé d'inventer une maladie de son père.

D'un regard, Romano et Tellier confirmèrent leur scénario : Criaud avait assassiné Tourtier pour l'empêcher de nuire de nouveau.

– Le père Criaud est un homme exceptionnel. Si vous le voyez, dites-lui que je ne l'oublierai jamais. Et aussi, ajouta la jeune femme dans un sanglot, que je lui souhaite d'être très heureux.

– Je n'y manquerai pas, promit Romano avant de raccrocher.

Elle n'avait pas très envie de s'étendre sur le sujet.

36

La soirée s'était terminée dans une ambiance plus morose encore qu'à la brasserie. Romano n'avait rien d'une justicière et avait choisi d'être flic pour le plaisir intellectuel de la chose : la résolution de l'énigme lui procurait toujours une intense satisfaction. Mais elle avait beau se défendre de mettre du sentiment dans son travail, elle ne pouvait ignorer que le faux prêtre faisait un coupable tout aussi attachant que le vieux sage. On en revenait toujours là : préférer le coupable à la victime laissait un goût désagréable.

Tellier, quant à lui, était lugubre. Il avait tenté un discours sur le danger d'une justice sauvage, sans conviction. Si bien qu'après un verre de chablis bu sans plaisir, chacun était allé se coucher. Juste avant de dormir, Romano avait envoyé un SMS à Clément pour lui demander de venir au Macchiato à 8 heures, afin de l'informer des derniers rebondissements. L'occasion, aussi, de lui rappeler qu'il n'était pas père de famille à temps plein.

Romano et Clément arrivèrent au Macchiato en même temps, chacun d'un côté de la rue. Ils étaient les premiers clients mais Romano eut tout de même droit au « Bonjour commissaire » tonitruant du patron.

– Comme d'habitude ?

– Mettez-moi la même chose qu'à l'adjudant, ça changera. C'est un jour un peu spécial.

Clément écouta le récit des événements, bouche bée. Fait exceptionnel, il en oubliait de boire sa cochonnerie à la chantilly. De temps en temps, il prenait quelques notes sur son calepin et Romano attendait qu'il ait terminé pour continuer. L'adjudant n'était pas très bon pour faire deux choses à la fois.

– Voilà, vous savez tout, conclut-elle en plongeant dans sa tasse XXL.

Le truc était sucré, certes, mais pas si mauvais. Clément fit comme elle et avala d'un coup la moitié de sa boisson.

– Je récapitule tout, pour vérifier que j'ai bien noté tous les détails.

Le nez dans son carnet, il retraça, avec une concision inhabituelle, l'histoire du crime que Romano et Tellier avaient reconstituée. L'appel de la victime d'un viol de Tourtier à SOS Amitié, où Criaud était bénévole, la rencontre de Tourtier et de Criaud à Lille, dix ans après, au moment de la création de l'association d'insertion, la connexion établie avec la confidence reçue dix ans plus tôt, grâce à un détail encore inconnu, la volonté du prêtre de surveiller l'ancien banquier, le viol de la jeune fille au pair, sa décision de l'empêcher de nuire.

– C'est exactement ça, félicita Romano avec enthousiasme – si Clément comprenait, ça tenait la route.

Elle se rembrunit en se souvenant que l'affaire n'était pas réglée pour autant.

– À un détail près : on n'a aucune preuve et la jeune Colombienne refusera sans doute de témoigner. Autrement dit, il nous faut les aveux de Criaud.

Tellier fit son entrée à ce moment-là, les bras étrangement tendus devant lui.

– Ma chaîne a sauté, je dois me laver les mains.

Il revint peu après, les ongles en deuil – d'autant plus dommage que, pour une fois, il avait mis son pull à l'endroit. Irrécupérable.

– J'appelle Criaud et on va le voir. Je sens mieux des confidences entre gens de bonne compagnie qu'un interrogatoire officiel au commissariat.

Le prêtre était au Carrefour d'Euralille, en ravitaillement de jus de fruit pour une soirée prévue le lendemain. Romano lui demanda d'abandonner son chariot dans l'hypermarché et de les retrouver dans le centre commercial, côté gare, devant la pâtisserie Poulaillon. Le centre était tellement grand que la plupart des enseignes de restauration avaient au moins deux points de vente, de quoi se perdre. L'avantage de Poulaillon, c'est qu'il y avait une seule boutique.

Le rond-point de Lille-Flandres, éventré par les travaux, était bloqué.

– Quel bordel ! On aurait mieux fait de venir en métro, s'exclama Romano.

– Quand les travaux seront finis, ce sera sûrement très bien, nuança Tellier, optimiste.

Pour le moment, les tas de gravats et les immeubles à moitié détruits, dont ne restait que la structure de ferraille, donnaient une impression de fin du monde. Romano, qui n'était pas d'humeur à perdre du temps, abandonna la Clio sur le rond-point même, à côté d'une tractopelle. On n'était plus à ça près.

Criaud les attendait devant la pâtisserie, très pâle. Les cinq minutes qui venaient de s'écouler avaient dû lui paraître longues. Les rares tables étaient occupées. Pas le lieu rêvé pour recueillir les aveux d'un meurtrier.

– On va ailleurs, annonça Romano.

Ils la suivirent dans l'allée principale du centre commercial, déjà très fréquentée. Les magasins de fringues n'avaient pas encore ouvert mais de nombreux voyageurs, accompagnés de leur valise à roulettes, avaient préféré se mettre à l'abri de la pluie pour parcourir les quatre cents mètres qui séparaient la gare de Lille-Flandres de celle de Lille-Europe. Les deux flics et le suspect marchaient l'un derrière l'autre, en file indienne, plutôt mal à l'aise. Enfin, Romano s'arrêta devant un restaurant asiatique, fermé à cette heure, où un jeune homme en casquette rangeait les chaises sur les tables pour le ménage.

Romano entra et lui tendit sa carte.

– On veut discuter au calme, on va s'installer au fond.

Le jeune homme les regarda, sourcils froncés et visage crispé. Il semblait se demander si la requête d'une commissaire de police primait sur les consignes de ses chefs. Romano ne lui laissa pas le temps de réfléchir. Déjà, elle enjambait le cordon de plastique, se dirigeait vers la table la plus éloignée de l'entrée et reposait trois chaises au sol.

Le serveur en avait pris son parti et retrouvé ses réflexes professionnels. Il s'approcha d'eux, avec son sourire de commande.

– Qu'est-ce que je vous sers ?

– Trois double expressos, répondit Romano, d'autorité – la cochonnerie partagée avec Clément au Macchiato l'avait laissée sur sa faim.

– Les machines ne sont pas allumées.

– Alors laissez tomber, on n'a pas soif.

Le serveur sembla hésiter à leur rappeler qu'il était obligatoire de consommer mais le regard noir de Romano le décida enfin à s'éloigner.

Au même moment, la sonnerie du portable de Criaud se fit entendre et Romano poussa un soupir excédé. Le prêtre renvoya l'appel avec un murmure d'excuses. Romano le regarda droit dans les yeux.

– Si vous aviez réellement observé M. de Courcel remplir la vaporette, derrière le paravent, vous n'auriez pas pu voir le monogramme gravé de Tourtier. Comme disait ce brave Nietzsche, le diable est dans les détails. Vous l'avez vu, c'est vrai, parce que c'est vous qui remplissiez la vaporette.

Le prêtre, livide, semblait sur le point de tomber dans les pommes.

– C'est moi qui l'ai remplie, oui, et M. de Courcel a tout vu. Je ne l'ai su qu'après.

– Il est plus facile de s'improviser prêtre que de s'improviser assassin.

Le père Criaud prit sa tête dans ses mains, et poursuivit, d'une voix blanche.

– Dès que le médecin s'est étonné de l'absence de réaction aux piqûres, j'ai su que mon scénario d'accident était foutu.

Romano hocha la tête.

– Tout s'est passé exactement comme de Courcel nous l'a raconté, y compris pour vider l'adrénaline des seringues, sauf que c'était vous, et non pas lui. On pourrait presque imprimer son procès-verbal et vous le faire signer à sa place !

– Vous vouliez empêcher Tourtier d'agresser d'autres femmes, c'est bien ça ?

Le prêtre leva vers Tellier des yeux surpris.

– Nous avons appelé Maria hier, elle nous a raconté. Comment avez-vous compris qui était Tourtier ?

Regonflé par le rappel de ses nobles motivations, le père Criaud se lança dans un récit qui confirmait les hypothèses de Romano et son adjoint.

Chez SOS Amitié, il avait reçu l'appel d'une jeune femme violée par son patron, à la banque. Il avait l'habitude des histoires difficiles mais cette conversation l'avait marqué plus que les autres. La jeune femme, qui avait déjà subi une agression sexuelle, répétait qu'elle allait se jeter par la fenêtre. Et lui, en face, ne pouvait rien. La règle d'anonymat de SOS Amitié est stricte : impossible de remonter la source des appels, même quand les appelants semblent sur le point de se suicider.

– Vous avez su si elle était passée à l'acte ?

– Je n'ai rien vu dans les journaux mais ces choses-là ne sont pas toujours mentionnées.

– Comment avez-vous fait le rapprochement avec Tourtier ?

– En voyant sa mèche blanche, j'ai eu un choc : la jeune femme m'avait donné ce détail. Les dates et le métier collaient, et aussi la réputation du personnage. Au début, j'ai cru que Tourtier était rentré dans le rang après son mariage. Ariane me disait que leur relation s'était dégradée mais pensait qu'il lui était fidèle. Et puis, un matin, Maria m'a appelé, en larmes.

– Il y avait d'autres solutions pour l'arrêter. Si la jeune fille au pair ne voulait pas témoigner, vous auriez pu demander à la police de rechercher d'autres victimes.

Le père Criaud secoua la tête.

– L'issue était incertaine et je voulais épargner ce calvaire à Ariane. La mort de sa mère, les frasques de son père : elle a déjà eu plus que sa part. Vu la célébrité de Tourtier, l'affaire aurait forcément fait la une des journaux. Je ne sais pas si elle aurait été assez solide pour le supporter.

– Quand M. de Courcel vous a-t-il convaincu de se faire accuser à votre place ?

– Le lendemain de la mort de Tourtier, juste après votre visite, il m'a demandé de venir le voir. Il m'avait vu faire, dans la bobinothèque, et se proposait d'endosser la culpabilité. Il prétendait n'en avoir plus pour longtemps et préférait que je sois là pour soutenir sa petite-fille.

– Dans ce cas, pourquoi ne s'est-il pas tout bonnement dénoncé ?

– Il pensait que vous étiez du genre tenace et que vous ne l'auriez pas cru. Il fallait que vous arriviez à cette conclusion par vous-même.

Putain, se dit Romano, le champion d'échecs avait encore de beaux restes.

Le portable de Criaud se manifesta de nouveau, en vibrant. Romano, d'un geste du menton, l'autorisa à répondre.

– Une otite, ça fait souvent de la fièvre, ne t'inquiète pas. Je rappellerai ce soir. Moi aussi.

À son air dévasté, les deux flics comprirent que c'était sa compagne. Ce type ne verrait pas grandir sa fille.

Au moment où le prêtre remettait son portable dans sa poche, Romano dégaina le sien.

– Je dois prendre l'appel. Tellier, venez avec moi, ça vous concerne aussi.

Ils se dirigèrent à l'autre extrémité du restaurant et Romano rangea son téléphone.

Tellier s'en doutait, l'appel en question était imaginaire.

– Alors ? Vous en dites quoi ?

Le capitaine regarda longuement sa cheffe puis poussa un interminable soupir.

– C'est-à-dire, euh...

– OK, je voulais vérifier, on est d'accord.

Ils rejoignirent le père Criaud, parfaitement immobile, tendu à l'extrême.

– On a réfléchi, si on libère le vieux, on passe pour des guignols. En plus, coriace comme il est, il va falloir le torturer pendant des semaines pour lui faire avouer son innocence.

Le père Criaud prit un air hébété puis comprit enfin.

– Impossible. En parlant avec vous, je me suis rendu compte que je ne voulais pas qu'un innocent aille en prison à ma place.

– Vous vous y ferez très bien, et lui aussi. Il a des goûts simples, et ce sera le chouchou de toute la prison.

– Il sera bien traité, soyez-en sûr, renchérit Tellier.

– Et si ça nuit à votre sommeil, confessez-vous à votre évêque. Très sympa, pour un ecclésiastique.

Criaud leva vers eux des yeux mouillés. La scène risquait de basculer dans des effusions et Romano avait horreur des effusions. Heureusement, son portable eut le bon goût de vibrer, pour de vrai cette fois. Clément.

– Cheffe, Bertin est passé au commissariat, il m'a demandé où on en était. Je lui ai dit qu'on s'était trompés de coupable mais que cette fois, on tenait le bon. Je crois vraiment que je lui ai bien tout expliqué.

Romano hocha la tête, incapable de dire un mot. Des conneries innocentes aux conséquences incalculables : elle l'avait bien dit.

37

En deux phrases, Tellier et Criaud étaient au courant. Ils échangèrent des regards affligés. Le prêtre n'avait pas savouré longtemps la perspective de sa liberté. Romano, qui détestait les apitoiements autant que les effusions, se leva.

– Bertin est sans doute retourné à son bureau. Tellier, venez avec moi. C'est juste à côté, il n'y a plus rien à perdre. On vous tient au courant.

Abandonnant Criaud, immobile comme une statue, ils sortirent en hâte du restaurant, sous le regard curieux du serveur. Ils s'engagèrent dans l'allée du centre commercial, où les magasins étaient en train d'ouvrir. Ils marchaient côte à côte, dents serrées et lèvres pincées, plongés dans leurs pensées. Les mêmes pensées qui tenaient en un mot : gâchis.

– Attendez-moi là, ordonna Romano en arrivant devant le commissariat d'Euralille. Si on y va à deux, Bertin trouvera qu'on lui met trop la pression. Il risque encore moins de céder devant témoin.

Elle sonna à l'interphone et la porte automatique s'ouvrit lentement. Après deux secondes interminables, le sas se décida aussi à la laisser entrer. Le vieux flic moustachu l'accueillit avec un sourire, qui disparut devant sa mine sinistre.

– Vous venez voir le patron ?

– Il est luné comment ? Je veux dire, par rapport à d'habitude.

– L'OL a fait match nul, ça va.

Elle monta les marches comme on monte à l'échafaud, c'est du moins la comparaison qui lui vint à l'esprit. Ce n'était pourtant pas le moment de flancher. Courage, ma vieille, s'encouragea-t-elle, sers du Bertin à Bertin, c'est encore ce qu'il préfère.

Elle toqua un grand coup à la porte puis fit son entrée sans attendre de réponse, comme un cow-boy dans un saloon.

– Monsieur le divisionnaire, vous savez à quel point je suis sensible à l'image de la police.

Bertin leva de son écran des yeux stupéfaits. Au moins, elle avait pour elle l'effet de surprise.

Poursuivant sa technique d'étourdissement de la victime, elle enchaîna, sans lui laisser le temps de réagir.

– Et justement, l'image de la police ne risque-t-elle pas de sortir salie de la libération de M. de Courcel, l'octogénaire que nous venons de dépeindre comme un monstre dans tous les médias, expertise psychiatrique à l'appui ? Je suis venue vous demander votre avis. Dans la mesure où le faux coupable comme le vrai préfèrent laisser les choses en l'état, ne serait-il pas dans l'intérêt de tous d'éviter de remuer cette boue ?

Bertin enleva ses lunettes et se frotta les yeux.

– Vous êtes consciente de la gravité de ce que vous me demandez ?

– À circonstances exceptionnelles, mesures exceptionnelles, répondit Romano d'un ton sentencieux.

Le divisionnaire gardait le silence. Au fil des secondes, Romano prenait espoir. Cela ressemblait de plus en plus à un effet destiné à mettre en valeur sa grandiose mansuétude.

– Très bien, on va faire comme ça, mais que personne, absolument personne, ne soit au courant. Faites en sorte que vos deux collaborateurs se taisent à jamais sur cette malheureuse affaire.

Bertin avait prononcé la phrase d'un ton tellement sinistre qu'on aurait pu y voir une incitation à couler Tellier et Clément dans le béton. Avec lui, il fallait savoir interpréter.

– Du coup, reprit-il d'un ton presque joyeux, si on clôt l'enquête, ça vous fait gagner du temps. Je me disais que vous pourriez peut-être vous impliquer dans la suite du projet « Management par la bienveillance ». On doit lancer un module pour niveau confirmé.

Quel vieux salaud, admira Romano. Avec lui, rien n'était jamais gratuit.

– Avec plaisir, je serais ravie de poursuivre cette belle aventure.

– Parfait. Et, j'oubliais, le projet « Gagnons du temps avec la fiche de temps » a remporté le prix de la simplification administrative. Vous avez gagné deux mille euros pour une action de cohésion d'équipe. Je vous laisse voir : accrobranche, cours de cuisine, ou, pourquoi pas, aller brasser de la bière tous ensemble, très tendance paraît-il.

– On verra, marmonna Romano.

Sur la bière, sa religion était faite : le plus agréable était quand même de la boire.

Elle referma la porte du bureau avec des sentiments mélangés. Elle avait sauvé la peau de Criaud mais Bertin l'avait eue, une fois de plus. Encore une bonne action qui se retournait contre elle. Exactement comme Criaud : s'il ne s'était pas engagé chez SOS Amitié, comme un con, il ne se serait jamais embarqué dans ces emmerdements. Elle se souvint d'avoir lu dans la salle d'attente du dentiste qu'être gentil est bon pour la santé. Quelle supercherie. Être gentil vous fout dans la merde, point barre.

Tellier l'attendait devant la sculpture des tulipes, en apnée. Il fondit sur elle.

– Alors ?

– Il laisse tomber mais il m'a encore entubée, annonça-t-elle d'un ton lugubre.

– Je savais que vous y arriveriez, s'écria le capitaine en faisant des sauts de cabri.

Il lui broya la main avec une joie d'enfant.

– Putain, Tellier, je vais y laisser mes phalanges.

38

À moitié allongée sur un transat, Romano regardait les serveurs et les flics transporter les plateaux de toasts, en sirotant un verre de vin. Vu la température, un grog aurait été préférable. Martine, moulée dans une robe en lainage rose pastel qui soulignait ses accueillants bourrelets, donnait des instructions souriantes. Tout le monde obéissait sans moufter.

Après avoir envisagé brièvement de laisser l'équipe décider de l'utilisation des deux mille euros du prix, Romano avait tranché toute seule. Entre les sportifs, les geeks et les gastronomes, la discussion aurait duré des heures et peut-être tourné au pugilat – paradoxal pour une action de cohésion d'équipe. Un bon vieux gueuleton : rien de tel pour mettre tout le monde d'accord. L'innovation, c'était l'épreuve du concours de simplification administrative, pas la récompense. Et puis, la chose était facile à organiser – du moins le pensait-elle.

Quand elle avait annoncé la nouvelle à l'équipe, Clément, à qui personne ne demandait rien, avait pris la parole, d'une voix tremblante d'enthousiasme. Son cousin, responsable commercial de la Chaufferie, pourrait sûrement leur avoir un prix d'ami. L'assemblée avait accueilli l'idée avec un frémissement de bonheur. Depuis quelques mois, pour tous les Lillois, la Chaufferie était *the place to be*. Autant dire qu'aucun flic, dans ses rêves les plus fous, n'avait espéré y mettre les pieds.

Galvanisé par cet accueil, Clément s'était lancé dans une description lyrique : la magnifique chaufferie ancienne, le panorama unique sur la ville, et, surtout, le grandiose *rooftop*. Dans un moment d'égarement, ou peut-être de paresse, Romano avait accepté la proposition de Clément – comme si toutes les initiatives de l'adjudant ne se terminaient pas en catastrophes. C'est alors que Tellier, contre toute attente, était rentré dans une espèce de transe.

– Un *rooftop*, s'était-il extasié, c'est génial !

Romano l'avait dévisagé, surprise. S'il y en avait bien un qu'elle imaginait indifférent à l'idée de se rendre dans un endroit branché, c'était lui. Puis, elle avait compris : putain, il voulait profiter du *rooftop* pour installer un four solaire !

De fait, le bon plan de l'adjudant n'était pas si bon que ça. Ce que Clément (ou le cousin de Clément : comment savoir ?) avait oublié de préciser, c'est que le prix d'ami, qui avait bouffé la moitié du budget, leur donnait accès exclusivement au grandiose *rooftop* – et non aux salons qui étaient en dessous. Organiser un événement en extérieur au mois d'avril à Lille : c'est ce qu'on pouvait appeler mettre toutes les chances de son côté.

Romano sortit la main de sa couverture pour attraper son verre de rouge – avec ces chaises longues alignées dans le froid, on se serait cru dans *La Montagne magique*. Quitte à donner dans l'ancienne usine textile, elle regrettait d'avoir abandonné son idée initiale d'organiser la fête au Non-Lieu. Quand elle en avait parlé à Tellier, en avant-première, il avait trouvé la chose de mauvais goût. Au moins, ils auraient été au chaud.

Pour corser l'organisation, le père Criaud, dont l'association devait assurer le repas, avait failli tout annuler à cause de la mort du vieux de Courcel. Un malaise cardiaque après deux semaines de prison : le prêtre n'avait pas eu à culpabiliser longtemps. Ariane avait tenu à ce qu'il préside l'enterrement de son grand-père, qui avait eu lieu la veille. Tellier, présent à la messe par sympathie pour la jeune femme, avait jugé le sermon du prêtre émouvant et subtil. Avec cette phrase à double sens, très bien trouvée : « Ce serait une erreur de garder de lui l'image d'un criminel. »

Ariane faisait face avec courage à cette nouvelle perte, comme au reste : la trahison de sa voisine et amie, acceptée avec indulgence, et, surtout, l'identité du meurtrier et son véritable mobile. Criaud avait tenu à lui dire la vérité. Une fois le choc passé, elle avait pardonné à son directeur spirituel ce meurtre accompli pour la bonne cause et s'était remise de ce qu'elle avait appris sur son mari. D'après Tellier, elle envisageait de commencer des études d'interprétariat.

Tout en se tortillant sur son transat en teck, très design mais décidément dur aux fesses, Romano arrêta un serveur chargé d'un plateau de fromages grandiose.

– Excusez-moi, il doit y avoir une erreur, on n'a pas commandé de fromages.

– C'est le père Criaud qui vous l'offre personnellement, il a dit qu'il vous devait bien ça.

– Ah bon ? Vous ne me couperiez pas un bout de quelque chose, sans que ça se voie trop ? J'ai un creux.

– Du comté ? Le père Criaud a pris ce qui se fait de mieux : du vingt-quatre mois.

– Très gentil de sa part, remercia Romano.

En même temps, dix ans de prison évités valaient bien deux ans d'affinage.

Clément s'approcha de Romano, soucieux.

– Je viens de vérifier le site de Météo France. Ils ont dessiné un nuage qui cache les trois quarts du soleil. À mon avis, ça veut dire qu'ils prévoient du temps couvert.

– Hum, je pense comme vous, approuva Romano d'un air pénétré.

– J'ai regardé le thermomètre du four, on est à trente-sept degrés. Pour un enfant, c'est bien, mais pour une côtelette, je me demande si ce n'est pas un peu juste.

– Ça va se lever, prédit Romano avec l'assurance sereine d'un oracle.

– Tant mieux, approuva Clément, rassuré. Je vais préparer le spritz.

Tellier la rejoignit à son tour, un grand sourire aux lèvres. Il passait d'un petit groupe à l'autre, avec une aisance inhabituelle – en général, quand la quinzaine de flics de la brigade se trouvait réunie, il était plus réservé qu'en assemblée restreinte. Il comptait sûrement profiter de l'occasion pour convertir tous ses collègues à la cuisson solaire, et devait être transcendé par la grandeur de sa mission. Romano ne l'avait pas vu aussi détendu depuis des jours. Pour lui comme pour Ariane Tourtier, le four solaire avait quasiment un pouvoir magique. Mais il prit un air déconfit en voyant passer de nouveaux plateaux. Romano eut peur qu'il se vexe.

– Du carpaccio, du tartare, des sushis, que voulez-vous, capitaine, la mode est au cru, on ne peut rien contre le sens de l'histoire. Mais il y a aussi des côtelettes et des hamburgers.

– J'ai apporté quelques brochettes maison en plus, ça a toujours du succès.

– Quelle viande ?

– Bœuf. La viande vient d'un petit abattoir artisanal de la Creuse. D'après le dernier rapport de l'association L214, ce sont les plus attentifs aux derniers instants de leurs bêtes.

– Vous avez bien fait. Quand l'animal est heureux, la brochette est tendre. Servez-la bleue : une viande d'une telle qualité, ce serait dommage.

Bertin fit irruption derrière la grue classée monument historique, survolté, le regard d'un fou. Il attrapa le bras de Romano et la prit à part.

– Je viens de croiser un type en tablier qui s'est présenté comme le père Criaud. Ce n'est pas *votre* père Criaud ?

Romano hésita à souligner l'improbabilité statistique qu'il existât un autre père Criaud mais ce n'était pas forcément de nature à le calmer.

– Si, bien sûr. Il dirige une association dans la restauration. Je ne vous en avais pas parlé ?

Bertin parut sur le point de s'étrangler.

– Comme si ça ne vous suffisait pas de laisser un assassin en liberté, vous lui confiez vos budgets ! J'espère que vous lui avez demandé des toasts aux crevettes ? C'est un spécialiste, non ?

Romano se garda de répondre. N'étant pas superstitieuse, elle n'avait pas pensé à la composition des canapés.

Clément s'était approché pour demander dans quel frigo était le prosecco. Il voulut apporter son soutien à la commissaire.

– En même temps, observa-t-il timidement, c'est une occasion de donner du travail à des sortants de prison.

Cette fois, Bertin semblait au bord de l'apoplexie.

– Vous voulez dire que ces gens qui entendent vos conversations ont un casier ?

– Des bricoles, presque rien, répondit Romano qui n'avait pas la moindre idée de leur curriculum vitæ. Vous m'avez demandé la plus grande discrétion. J'ai pensé que confier notre buffet à Criaud était un bon moyen d'écarter tout soupçon.

– Commissaire Romano, rugit-il avant de disparaître, votre folie vous perdra !

Tellier, qui était parti chercher sa glacière de brochettes dans sa voiture, était de retour. Romano se dit qu'il valait mieux en terminer avec le menu.

– Pour le dessert, j'ai pensé que les cookies n'étaient pas terribles pour la bedaine de Clément. J'ai prévu du carpaccio d'ananas : c'est frais, ça passe tout seul.

Tellier hocha la tête, sans protester.

– J'ai aussi apporté des brochettes banane, chocolat, chamallow. Tout fond ensemble, c'est délicieux.

Clément accourait, tout frétillant. De gros nuages noirs approchaient aussi.

– Cheffe, cheffe, on a franchi la barre des cinquante degrés, je crois qu'on peut enfourner.

RÉALISATION : NORD COMPO À VILLENEUVE-D'ASCQ
IMPRESSION : CPI FRANCE
DÉPÔT LÉGAL : MARS 2020. N° 142432-4 (2062253)
IMPRIMÉ EN FRANCE